U0132936

心灵之约

姚彩霞 著

河北教育出版社

图书在版编目(CIP)数据

心灵之约/姚彩霞著. – 石家庄:河北教育出版社,2000.6
ISBN 7-5434-4071-7

Ⅰ.心… Ⅱ.姚… Ⅲ.纪实文学-作品集-中国-当代
Ⅳ.I25

中国版本图书馆 CIP 数据核字(2000)第 26060 号

书　　名	心灵之约	
作　　者	姚彩霞	
责任编辑	潘海鸥	
封面设计	吕敬人　刘　静	
出版发行	河北教育出版社	
	(石家庄市友谊北大街 330 号)	
印　　刷	河北天鹿印刷事务所	
开　　本	850×1168 毫米　1/32	
印　　张	11.125	
字　　数	237 千字	
版　　次	2001 年 1 月第 1 版	
	2001 年 1 月第 1 次印刷	
书　　号	ISBN 7-5434-4071-7/I·562	
定　　价	16.70 元	

序

杨　溯

　　我是《心灵之约》的第一个读者，第一个与作者进行了心灵对话。品读之余，我拿起了笨拙的笔……

　　与作者相识是在 1985 年的中秋。那时她尚以小说创作为主。读她的小说倍感这位女作家生活积累之丰富、写作功底之深厚。在她的小说里没有做作，难见浮躁，找不到追什么"流"，跟什么"派"。如果说她在 80 年代是用故事情节、人物形象来间接反映对生活的感悟，那么 90 年代以来，作者又开始了用散文直接表达对人生的体验。请大家来读一读这本书，赴一次作者的"心灵之约"。

　　——对人生的思考。在《父亲》、《母亲》、《无言的诉说》、《真情悬念》、《第一缕情思》、《温暖的牵挂》、《三十六岁的风景》、《心桥》等篇中，作者对亲情、友情、爱情给予了生动再现和深刻诠释。生活在传统与现代观念相互碰撞的时代，人人都会有苦恼、失落。作者在生活中曾屡遭常人少遇的挫折，但她未被击倒，她"站着，自己为自己助威呐喊，自身以外的丑恶只能成为个体生命景致的陪衬"，这是多么乐观、豁达的人生态度。

　　——对社会的关注。在《黑夜与白天对接》、《价值》、《家园》、《城市行进序曲》、《都市"常青树"》等篇中,作者对民族历史、国家发展等看似与己关系不大的事件给予了充分表现和描述。"中国人,站起来!这个世纪之音穿透历史,震痛我的胸膜……"。在这里我们不仅听到女作家为民族自强的呼喊,也看到了一位中华女儿的赤子之心。

在《心灵之约》成书之前我已读过书中的每篇文章,也了解文章的创作始末。读遍《心灵之约》全书,难闻无病呻吟,不见扭捏作态。用"文如其人"来概括作者是再恰当不过了。朴实的文章缘于朴实的生活。她日常生活极为简单:不施粉黛、不讲吃穿,为采访好的素材不惜带病奔波。写作、读书就是作者生活的全部内容。

在商品经济大潮的冲击下,今天的文学确实没有往日的辉煌。但我坚信,曾经诞生过诗坛泰斗李白、杜甫,诞生过文学巨匠鲁迅、郭沫若的中国文学终将再度辉煌,走向世界。因为人民群众不但需要高水平的物质生活,更需要高质量的精神享受;因为有包括姚彩霞在内的有责任感的作家们将会不断生产出更多更新更美的精神产品。

我期待着。我们期待着。

2000 年 2 月 14 日凌晨

目　　录

目　录

目　录

目 录

目　录

心灵之约

那个人走进我的视线时，由于我的不以为然，他只停留在远方朦胧着，因此没有发生故事。

突然有一天，电话铃不同寻常惊天动地，那固执与不容忽视如月台上将要开车的预备铃，我无法置若罔闻随意去翻那本仅供消遣的杂志，赤着脚咚咚咚跑去拿起电话。

这样的铃声常会遇到，但并非所有的铃响我都乐意去接。我说，您找谁。对方答非所问地说出我的名字。

我惊讶地跳上桌子，顺着陌生的声音搜寻记忆的细枝末节，大脑的屏幕上终于未能反馈出任何信息。

过眼烟云的世事多得让人应接不暇，顾此失彼，对方的善意提醒令我既感动又感激。

他说，他出差到我所在的城市，顺便来看看我。我不能拒绝。

太阳温柔地对城市诉说爱的私语，树枝绿浪翻飞摇曳起舞。他与我并肩走在城市的林阴道上，续接着若干年前初识时谈论的话题。其实我与他的邂逅平淡得不值一提，然而今日重逢仍不约而同认定那次偶遇是天意是缘分是命定，话题不时在此间缠来绕去。高大的身躯和不曾间歇的步履反衬出我的弱小与局促。我努力放松着自己，东拉西扯谈天说地，谈出书写文章以及稿酬高低，想不到谈话出奇投机让人顿生相见恨晚之憾。街头的冷食未能使我们热情降温,谈兴愈浓。那样的一种忘我与空气中流浪的微风融为一体,构成一幅大写意的画。后来就去吃饭,后来就在街心花园的石椅上各执一听可口可乐对饮。黄昏时分,我送他回旅馆,那时绚丽的晚霞将西天涂抹得橙黄桔红淡紫蔚蓝靛青乳白,令人眼花缭乱,暮露将我衣裳洇润得缥缈虚幻,我背向熔金的夕阳往回走去,心情轻松无比。若干年前在朋友家相遇,我们小酌。后来朋友南迁,是他告诉我朋友的新址。

初识以后的岁月便有书信往来,但那声音随时光流逝渐渐变得淡远模糊,以致后来几乎成为陌生。

抹不去的是记忆。那便是用心去感应彼此,那便是缘吗?

缘分!若干年前它隐藏在我与他之间有意让我们擦肩而过失之交臂;如今当它露出庐山真面目时,复变得温柔可亲善解人意。我预感到,这次重逢注定了我与他要发生故事。

那个日子以后,我便感到了一种莫名的焦虑和忧郁。我想我身体的某些零件一定出了问题,我甚至胡思乱想担心自己在某一日的清晨会突然死去。医生说神经过敏一切正常。但是我确乎跟过去不一样了,而且心慌气短失眠厌食。有一天当我从梦中惊醒,我终于意识到病在何处,缘何而病。我再也无法控制地哭了。

哭着,我拨通了他的电话。他在我哭声的伴奏下笑,笑得爽朗无忌像个大孩子。那笑声抚摸着我的耳膜令我感到心的宁静与踏实。他说听到了我的呼吸,我的声音,但是从未听到我哭。你哭,我听着。

我放纵着自己将哭声通过电波向他播放了四十分钟。后来那边的笑声消失，其间便有一大段静寂的空白暗示某种期冀。后来我对着话筒说："我没事了。"口气像面对老师的小学生，胆怯而羞涩，抹去满脸泪痕，故作轻松一笑："再见。"挂断电话。

哭了便似乎觉得心中负载的重荷减轻了许多。哭的不是眼泪，而是情感的必须。也自责像个孩子，孩子们的本真让我羡慕嫉妒，想哭即哭，爱笑就笑无所顾忌。我已经不是孩子。生活教会我伪装自己，也伪饰生活。学会了这样生活便认定生活本该如此，而且自鸣得意。结识并熟知了他，为什么让我发现生活中的我已经失去了自己？

有真情不敢涉足是悲哀，投入真情而遭到拒绝同样悲哀。我幸运，我爱，且被人所爱。所以珍惜，所以渴望，甚至……任性。

在万籁俱寂的深夜，我握笔给他写信，然而无从落笔。岁月无情，生活流水般匆匆而逝，回眸的一瞬，又怎能寻回当年的无意与有意？凝七年于一周一日？

重要的在于开始，生活着的一切都会是真。

相信一句话：心有灵犀一点通。待某日他读到远方来信，他一定能回溯自己心的律动，验证自己爱的真伪。或许他声色不动，或许他波澜不兴，然而这不动不兴只要出自本真，不同样是对我和他情感的必要审视和冷静抉择吗？

生活不是儿戏。

有一组默记在心的电话号码不能随意去拨，那里有他患难与共的妻子和挚爱的女儿；有一个熟悉而陌生的声音令我惶恐而又渴望聆听，于是，便有了虚实相间恍恍惚惚亦真亦幻的心境,充塞白昼和黑夜填补生活和稿纸,这样的日子是轻松抑或沉重?

眼前总有那个身影在晃动,或远或近依稀可辨,耳边惟有那个声音在轻唤,若有若无,游丝般不绝如缕。于是我对他说:感谢你给了我如此切肤之爱难言之隐,都市生活不仅磨圆我的性格,庸常的日子也浊蚀我的心。你让我恢复自我,看清自我。

我要对他说,心藏一个秘密,只要苍天不老,日子就会灿烂明亮;胸怀一种希冀,只要情难绝,爱就无怨无悔。

不是还有那个心灵之约吗?

我想那个日子到来之际,我们会双双走入对方的视线,高大的他会拥我入怀,听我讲关于一个男子和一个女子的故事。我会对他说,我爱你,你是我的心,我不再对心哭泣。想他一定会笑声如歌,笑声过后不再有难捱的沉寂。

因为故事虽然不长,但真实而且美丽。

天使在舞蹈

　　一个精灵在梦中飞舞时，大地寂静无声。城市醒来后，映入眼帘的是一片洁白：天空洁白，树木洁白，道路洁白，屋顶洁白。怀了一份惊喜来到户外，连呼吸也会变成一团洁白。

　　飞扬的雪花是严寒的天使，冬日的美丽来自天使的装扮。

　　雪花唤起了孩子们的兴奋。好奇驱使着他们冲出家门，以迎接精灵的降临。他们模仿着样板戏《智取威虎山》里杨子荣打虎上山的样子，将棉袄反穿其外，致使褴褛的棉花裸露出来，以制造出穿了翻毛皮袄的效果。嘴里一刻不停地喊出鼓点，"呛才一才哐，呛才一才哐。"伴着鼓点，集体张牙舞爪，徒手创造了一幕幕顶风冒雪划着雪橇奋力上山的逼真景象。这时母亲必然要一遍又一遍唤着一个个孩子的乳名。孩子们装作听不见，与纷飞的雪花共舞：一会儿奔忙于夹皮沟，一会儿穿梭于威虎山，可着嗓门儿高喊，"穿林海，跨雪原，气冲霄汉……"在天地之间，于想像的众人瞩目之中，尽情地扮演杨子荣、小常宝、李勇奇、座山雕、栾平、八大金刚。声音袅袅升空，尔后被厚实浓重的寒气侵蚀得细瘦，于悄然中四散而去，似有若无。雪地上留下了纷乱的足迹，或大或小的脚印儿很快被一群群白色精灵所覆盖，而出演英雄或土匪的天使们不一会儿也都变成了雪人：雪白的眉，雪白的头发，雪白的双肩，雪白的睫毛,雪白的鼻孔。

下雪不冷化雪冷,孩子们在雪花的簇拥下不停地"呛才一才哇"着,反复地"气冲霄汉"着,寒冷会被一寸一寸逼退。所以孩子们的脸上洋溢着热烈的通红,头上冒着蒸蒸热气。一红一白将这个飘雪的冬天渲染得多姿多彩,趣味无穷。漫天大雪,成为冬的完美写照,恒定不变地储存在不醒的童年梦乡,辉映着天真无邪的童心。

雪,在不急不缓地下。冬的快乐隐匿其间,令人回味。

当然,下雪对于孩子还有更要紧的事去做,比如,捕鸟。像鲁迅先生曾描写的那样,先扫出一块空地,再用一根短棒将筛子或箩筐支起,筐底下撒了谷类,绳子的一头缚住木棒。另一头由人牵了远远躲开,看着,待鸟啄取食物时,突然拉动绳子,一只或几只小鸟就会被严严实实罩在筐内。

但孩子们真正捕到手的鸟并不多。

当看到鸟儿战战兢兢钻入埋伏圈,脚跟尚未站稳,性急的孩子会按捺不住激动,猛地牵动绳子,结果惊飞了鸟群;或者罩住小鸟,将手伸进萝筐时,筐掀得过高,导致罩住的鸟儿不翼而飞。仰天望着仓皇而逃的小生灵,孩子们毫无愠色,朗声齐叫:飞了,飞了。那喊声明明是对鸟儿的祝福。鸟儿带着祝福飞得又高又远,只把孩子们撇到了银装素裹的大地上。

那时候,天空飞翔的鸟儿多得像秋日的落叶,如今我站在同一片天空下,却只能看到森林般的楼房。成长的城市渴望楼房,长大的我们,何处再寻童年的踪迹和不醒的梦乡……

心 桥

不敢肯定你一定读过我的文章,但不能否认有一个人读过我的全部文章。奇怪吗?其实挺正常,这个读过我全部作品的人,过去我们不曾相识,现在——当然另当别论了。

是的,你猜对了,他是我丈夫。

每一篇作品完稿时,我会迫不及待地喊来丈夫(哪怕是在深夜,类似的情况屡禁不止),让他评头品足。丈夫在阅读我的思想时,我躲进小屋忐忑,样子十分地神不守舍。

丈夫读我的文章仔细且又挑剔。偶尔出现的错别字,会成为用餐时的作料,刺激得我有几回打喷嚏,将米饭喷到了他雪白的衣领上。但对我,他鼓励多,批判少,丈夫这一招绝对聪明。

年轻时,丈夫痴迷于文学,写过诗,填过词,还发表过小说之类的文字。之后蓦地就对文学断了念想,迅速改弦更张,转入某政府部门,认真地当起了捧着金饭碗的小职员,与世无争,生活安定。其实职业就是饭碗,选择的同时便是舍弃。而生活给予每个人选择的机会就目前的现实而言几乎趋于零。丈夫选择饭碗,舍弃诗和小说,这符合一般规律,民以食为天嘛。诗和小说再为人们所需要,但无法为肉体凡胎提供每日必需的蛋白质、维生素和多种微量元素以及多少卡路里的热量。

　　我的出现恰好为丈夫的放弃做出积极的补偿。我自作多情地如是想。事实上，任何自身以外的人是无法补偿他对生活的某种放弃的。这是丈夫常说起的话。

　　我写散文写小说，丈夫做我的编辑我的读者。两个人积极性很高，配合也十分默契。

　　我无法体会丈夫读妻子所写的那些文字时是一种什么样的心境；但我能觉察到丈夫读妻子作品与读其他人的作品有着截然不同的感触和喜好，包括发表的和未发表的文字。

　　我的文章涉及了我生活的全部。丈夫用心去读，是喜是悲是苦是乐总能在第一时间里与我思想产生碰撞从而共鸣。类似于这样的文字，我一般会给他们起个统一的名字，叫做小说。那是我生命里的歌。

　　当然我还写过一些别的文字。那些文字呈现的是我的感情之旅，字里行间渗透着忧伤的眼泪及痛苦的叹息。那些文字素朴真实，真实得与现实所发生的一切构成一种无法增删某个字的对应关系；素朴得如不化妆的我。那些素朴与真实的生活，我毫无保留地袒露给丈夫去读。丈夫读时表情庄重，腰板笔直，读完后沉默许久。那沉默使我的心跳莫名地加快加重。然后丈夫望定我说，写得很好。"遭到"丈夫表扬的机会对于我来说并非很多。初恋时，街上飘满了女孩子们的披肩长发，我梳了两只传统式发辫去见他。他说，他准备将头发蓄起来，条件允许的话也梳成我那样的两条黑辫子。如此幽默风趣的表扬我至今记忆犹新。面对我的文章，丈夫的最高评价不过是：挺不错的。我反问一句：真的吗？这当然是因为我对如此评价颇为不满，想追加些夸奖什么的，用意自然就无法遮掩。丈夫意会女人的敏感与虚荣,但金口玉言仍不轻易施舍,只道是:真的很不错。便霸道地将一场眼看要挑起的争论扼杀在摇篮里,剩下悻悻的我陷入进退不得的窘境。

丈夫望着我说,写得很好。我懂得那是丈夫最真实的表达,宛如我笔下的文字。之后他又说:如果还感到痛苦,就放声大哭一场,憋在心里,久了会生出病来。

如果有一种民意测验找到丈夫头上,问问你最喜欢读什么文章,丈夫会不假思索地回答:我最喜欢读夫人的文章。对于丈夫来说,妻子的文章不是世界上最美妙的文字,但妻子的文章犹如他们共同创造的那个生命——儿子一样令他们珍爱一生。有妻的文章参与丈夫的生活与生命,那滋味肯定独特。

世界上有许多著名建筑为众人所瞩目,但几乎所有建筑都需要墙架的支撑与阻隔,但有一种建筑不需要墙,那是生命与生命构筑的情感桥梁。

我的文字是通向丈夫心灵的桥梁。

心　事

　　当某件事需要解决，打一个电话或几次电话给能够帮助你的人，问题就会迎刃而解。当打电话的人目的仅仅为了打电话时，你说这种电话打来会有结果吗？

　　所以你说，写信吧。因了对信的期待，就有了电话中所不能完成的表达。

　　结果是什么呢？比如数学中二次方程的求解，寻找结果的惟一途径是运算过程，当你经过一番艰苦卓绝抵达彼岸，却发现这个方程式没有根即无解。这种结果使人产生徒劳无功的沮丧。尽管如此，你的运算不可或缺且完全有效。哪位老师会因为方程式的无解而允许他的学生简化过程呢？或者因了过程的必须结果的虚无而判你为错误呢？没有结果即为结果。生活何尝不是如此呢？我们用一生的心力去寻求一种结果，无数次在寻求中对未知的结果展开想像，也许这结果根本不存在，但是又有谁肯放弃追寻呢？我设想我的追求大概也会像一道无根的方程式，那么过程是否应该省略？如果一个人的一生毫无追求，在走向生命的终点时，他却突然悔悟，但是生命已经结束。想到这些结果不免感伤，于是就禁不住要问：为什么要开始呢？

　　一天的时间并不漫长，但当你以每秒钟为单位去切割时间，去等待一种声音，"漫长"将失去一个词汇的意义，她会变成一把铁钳,将你的所有想像、思维、感觉挤压成另一种形式:焦灼。你与焦灼混为一种形态,非固态非液态而类似于油锅上架起的物体所具有的形态。那个声音终未出现呢?焦灼,只能化为零。然而时光不再。

庆幸的是曾单独拥有的那个下午,那个下午的阳光在旷野里纵情嬉戏,我与你坐在房间里。房间里氤氲着温暖、温润的气息。这气息鼓荡着两颗心渐次接近,并做一次试探的触摸、交流与交融。那个为别人所忽略或为我们专门营造的一个下午的时光,沉实地在心海里划过印痕,欢快地流淌在记忆的河流中,淙淙,涓涓,潺潺,汩汩,一如你的谈吐儒雅而娓娓动情。这感触深深植根于心灵,在午夜的静寂中蓬勃出幸福的细浪,一束束,一朵朵,一圈圈濡湿我的梦境。

我像个不知天高地厚的孩子,在你的注视下自由自在撒欢,两天之后,突然长满了心事,我就惶悚得不知如何向我的至爱诉说。

我属狗。为什么属狗?我们异口同声问对方,问自己。也许这是上天有意的安排,而并非偶然事件。

血型 A。一个典型的多血汁人。然而我们不期而遇。

我要求自己面对你的时候,不动声色,无所谓,甚至有意冷落你。但是我忽略了,一个男性,一个女子,二者的交往一旦出现意外的碰撞,那感情就一定有了异样。结果怎么样?就是现在这副模样。你看到了,我在抹眼泪。这样的结果是不是很糟?很可笑?很不可思议?!

我愉快而苦恼地朝着通向结果的道路跋涉。那条路上写满我经常可以读到的字眼:道德,规则,观念,但我在一种磁场的作用下身不由己。

有一句话叫做:海内存知己,天涯若比邻。我不喜欢它在特定年代所赋予的政治涵义而被人无端滥用,但我觉得用它安抚我自己现在的心灵恰如其分。自安自慰的心理看来并非阿Q独有,然而,人在不能得到所渴望得到的一切时,又能怎样呢?怎样支撑自身的失衡呢?惟有自安自慰。

什么是知己呢?无论怎样解释这个概念,都难尽其意——情人?朋友?夫妻?血缘?但人们共有的心理,应当是渴望拥有知己的吧?谁是我的知己呢?我能被人视为知己吗?

知己……

土地与阳光

我下乡的第一天，队长说：地里正在收红薯，你去吧。我接过三齿铁耙往肩上一扛，跟在队长身后，就这样开始了我的插队生涯。

公社通知，最近有霜冻。晚红薯必须在霜冻以前收完入窖。

我走到地头上一看，地里撒满了大人孩子。队长贴着地边横着走，走到没刨红薯的地垄上往前望望，说，你把三垄，干不动我到对面接你。

地垄那么长，像一条没有尽头的长龙弯弯曲曲伸向远方，我虚张声势地学着队长的样子往手心啐一口唾沫，说：没问题，这么三垄算什么。

队长看我张牙舞爪地抢起铁耙，落下，往上一兜，一嘟噜红薯冒出地面，点点头。"悠着点儿，下铁耙时别离红薯棵太近，近了就容易把红薯刨烂，烂了没法下窖，这点红薯要吃到明年红薯下来哪。"队长说完，就忙自己的活儿去了。

刨红薯的活儿很简单，根本不用学。原来以为，下乡干农活也要像工厂学徒工一样，由一个师傅带着，几年出徒。来到乡下一看，全不是那么回事。队长说，"种庄稼不是造机器，记住一句老俗话就行——庄稼活儿不用学，人家咋着咱咋着。"队长用土话说的时候，合辙押韵琅琅上口。

我刨了有一丈远，浑身开始冒汗，衣服一件件往下减，最后只剩一件衬衣。

汗珠子一摔八瓣的滋味从这时有了体验。天阴着脸，空气潮得能拧出水，湿透的衬衣遇到风吹，背上像贴了一层冰，脸上的汗淌到脖子里，又热又冷的感觉迫使你不能停下手中的活计。铁耙一点点加重，我已经无法抢起它。

乡下十来岁的孩子抢着铁耙就像玩杂耍，一副满不在乎的模样，看得我既美慕又气馁。

晚上收工的时候，分给我的三垄地只刨了一半，我想我就是不吃晚饭不睡觉也无法完成任务，我要累死了。

记工员来记工，看看我溻湿的后背，又数数垄说，给你记三分吧。

我笑笑说，都行都行。我开始变成靠工分吃饭的农民了。

队长说，今儿吃派饭，等把那间破仓库的屋顶苫了草，你自己再立伙。

晚饭是杂面条，其实是大杂烩，所谓的杂面就是玉米面红薯面黄豆面小麦面按比例的掺和，面条很少，里面有浓稠一锅汤，汤里放了霜打的红薯叶或者芝麻叶或者萝卜缨，切了块头很大的红薯，这样的一顿饭，无需炒菜，也不用再准备干粮。我看着盆一样大的海碗里花花绿绿，就想这一盆是全家吃，还是往地里送。食欲十分强烈地膨胀起来。

我吃下那么一大盆饭，觉得这顿饭真香，一下午的劳累忘得一干二净，我在当天的日记中写道：农村是个广阔的天地，农民的派饭香甜可口，我终生难忘。我要在这里滚一身泥巴磨一手老茧炼一颗红心，向毛主席他老人家报喜。

　　农村一年四季都在忙,所以我最渴望的是下雨,下大雪。只有这样的时候我们才能歇工。但是山区缺雨缺雪,我们的渴望一般都只能是竹篮打水一场空。偶尔的一次下雨,我们就要学着电影《战洪图》里坏人的腔调念咒语:下吧,下吧,下它七七四十九天我才高兴。

　　也只有下雨的时候,我们才能东串西串地看望一批下乡来的知青,有男生也有女生。多数的时候都是男生找男生,女生找女生。

　　我们不像老三届,下乡时背一大捆书,慢慢受用。我们上学的年代无书可读,也无暇读书,整天要学语录写大字报跟着队伍游行。所以我们下乡的时候行囊简单,一身轻松。

　　我们聚在一起的时候就琢磨,怎么能吃到一顿饱饭,一顿好饭。大家一商量,有的出去买盐,有的到队里菜地弄菜,有的找男生借煤油炉和菜刀。炒一碗青菜,切一盘萝卜条,烙一摞玉米面饼子,便也能吃得热火朝天,心满意足。

　　我被安排到一家农户暂时栖身。一对老夫妻,妻子刚死不久,老头儿便去了闺女家。躺在漆黑的三间空房子里无法入睡,风从窗格门缝挤进来,我害怕得瑟缩成一团。天不亮我挟着被子砸响队长家的大门。队长一家全部跳下炕趿拉着鞋问我:出了啥事?我拖着哭腔说:我不去那儿住,你给我另找地方,不然我就搬你家不走啦。

　　后来队长说,你可把我吓毁啦,半月前,后山女知青让人家活活用刀砍死了,就是破不了案。

　　我当时不知道内情,我说,太可怕了,房子那么大,我住你们家吧。

　　我就住到了队长家。队长有九个孩子，前面清一色八个娘子军，第九个终于盼来了传家宝，队长一家惊天动地庆贺期待的坚韧，生育的久盛不衰，最后给儿子取名叫来拴，似乎拴住了未来。我和队长的长女次女三人睡在一张比单人床宽比双人床窄的网子床上，过重的负载压得床腿此起彼伏地呻吟。还要不断去紧绳子，网才能展开。

　　村里的妇女经常将一只衲了一半的鞋底斜插在裤兜里，有一点闲暇就抽出来飞针走线衲上三行五针，鞋底衲得针脚密实行距一致，像拿了尺子量出来一般，少女们热衷于衲鞋垫，鞋垫上铺陈了花红柳绿的图案，图案的精巧与别致证明少女的能干与聪颖。歇晌的时候，少女们凑在一起喊喊喳喳说着一些悄悄话，妇女们与汉子们坐在一起，大声说话，大声地笑骂，也大声地喊着人做伴儿：上一号去?! 答应的人跑过来，俩人勾肩搭背走出一片农田，下了沟沿，只露出个脑袋，却还在两不误地继续着谈话。一会儿站起身，裤带尚未系好，就往回走了。

　　那时候我会把农具放平，坐到农具的木把上，勾着头，在细碎的土地上乱涂乱画。或者写一句英语会话，或者写一段语录，或者画一匹战马。我在学校时常办墙报，黑板报上无数次地画着战马，形容"奔腾急，万马战犹酣"的气势，我们的刊头叫"奔腾"。队长这时会讲一段《三国》或者《水浒》，但经常的情况是，宋江与曹操争雄，鲁智深与孙权对饮。听众们兴趣盎然地竖着耳朵，惟恐漏掉一个细节。

　　阳光闲散地挥洒着热情，土地上有了淡淡的蒸气，几只鸟儿在田埂上蹦蹦跳跳，表达着轻松的心情。

锄草的时候，我自觉地学着王银环的姿势，前腿弓后腿蹬，恭恭敬敬地当农民的小学生。大队部当时放过一场电影，片名叫《朝阳沟》。里面的主人公王银环的热情与笨拙，令我们知青一会儿悲痛一会儿开心。锄掉禾苗的我，瞅准没人注意，会迅速将它们的尸体掩埋，然后半天不吭声。

手上磨出了血泡，磨出了老茧，那时候我就觉得跟农民有了心理上的平等。

除了干农活儿，晚上有大量的时候空白着。有一个时期我迷上了画画，就半夜半夜趴在床上画，画过一些戴帽徽的军人，画过一些炼钢工人，也画奋蹄疾驰的骏马。后来想学英语，就向同来的知青借来一套广播英语教材，没完没了地念，没黑没夜地写；后来又喜欢上吹口琴，自己买不起，向同伴们借，刚能找全了音，就又没了兴趣。后来记工员的母亲找我代抄一些歌词，很神秘的样子，抄的时候必须到记工员家，屋子还得吊上床单，小偷一样。我好奇，但很乐意抄写，很久以后我才知道记工员的母亲是个基督徒，她生病的时候，不吃药不看医生，经常在黑夜中祈祷忏悔；遇到不如意的事，她也总是忏悔自己。有一次我抄那些圣歌到很晚，抄着抄着竟趴在桌上睡着了，醒了以后开始发烧，那个三寸金莲的老妈妈就一首一首地唱着那诗歌，我感到有些担心，老妈妈会不会是潜伏的特务？她的行为是不是在为她的真实身份作着一种掩护？我是个共青团员，知情不报，我就会变得反动。我的抄诗，就成了事实上的帮凶。可是记工员也是团员，她为什么不怕呢？或许她已让老太太拉下了水，毕竟她们是母女啊。我胡乱想着的时候，记工员给我熬好半锅姜汤，逼我喝下去，蒙上棉被让我睡一觉,第二天我果然好了。老太太以为是主的胜利,以后就开始向我渗透,动员我加入她的"组织"。记工员在一边不高兴地嘟怪:娘,人家城里人不兴这一套。有一次,队长到记工员家串门,正赶上老太太在做"功课",我想,糟了,这回还不把老太太斗倒斗臭才怪呢。我偷眼看队长的表情,队长滴水不漏地跟记工员商量着工作。老太太家是中农成份,在农村,中农很让人歧视,就像城里人对走资派的狗崽子。我去记工员家,就很谨慎,总是看好了没人,才做贼一样溜进她家院子里。若碰巧避不开人,我会谎说借一把铁锨或者一只碗,然后急急离去。

乡下人串门,差不多也带了嘴去,遇见主人家吃什么跟着就吃,走时顺便再带些。主人客人都极自然,似乎这是当地一种习俗。

记工员去灶火屋端来一盘红薯,热的,队长挑了一个,就吃。吃完,队长就走了。

我的紧张、担心纯属多余。

那时候我不懂"教会"是什么意思,对宗教信仰这一类字眼十分陌生,因此对老太太心存戒备,虽然老太太对我亲切和善,但我一点儿不敢放松警惕。总是设问:万一她是坏人怎么办?有了警惕性,跟她家的来往就拉开了距离。

下乡第二年开春,队长说,得给咱们队知青盖间房,上边有安置费,孩子老东跑西颠没个住处也不是个事儿。要是人家爹妈从城里来看孩子,这样,咱也不好交待。

破仓库里清理出一些废农具,房子往上拔高,墙是土坯墙,顶上苫了麦秸,没有窗户。原来门开在人家院里,队长说:现在你是一户人家,门改往外开。

一个女孩子有了自己单独的房子是让人愉快的事，可是我天生胆小，却不敢去住。后来从队长家搬回来，今天拉这个女孩儿来做伴，明天又换了那个女孩做伴。队里的小伙子就恶作剧，晚上故意在门外学狗叫、猫叫，或者冷不丁敲几下门，闹得我提心吊胆，把门闩了，顶上铁掀锄头案板，实在没法，再把床也顶到门上。

睡觉成了负担，黑夜成为灾难，又不敢张扬，怕队长烦了说：没房子住你怕，有了房还怕，城里人这么娇贵。于是忍着。后来就跑到记工员家睡，分了粮拿到她家去。

有一次队长说，在人家住也好，省得你每天连顿饭都吃不上。那你就是人家一口人了，"家"里的事就别往外乱说。

我敏感起来：队长你听到些什么了吗？我没有说过任何人，我妈说，下乡就是接受锻炼，要少说话多干活。

队长说：这样好，这样好。

春天的脚步走向田野时，麦苗绿了，草青了；春天的脚步走向山村，山上的野花开了，树，吐出了嫩芽。我被派上山去修堤灌。男人们打石头，把石头拉到工地上，女劳力到山下拉水泥拉沙子，一车车运到山上。

我拉车上山时一气能上到半山腰，后一半路程我换到车把外拉梢。那一天我和搭档正在谦让，车身向后滑去车把仰起，两个人忙中出错松了车把，车向后沉，山势陡滑，一车水泥飞速向后翻去。后面的人在埋头往上爬，情急中我操铁锹往车轮后面插，车速猛，一下将我带倒，车翻了过去……

哥来到山上的帐篷时，我正在吃馒头。我的右手擦掉一块皮，结了一层血痂。哥说，过春节也不回家，爸妈以为你出什么事了，让我特意来看你。

我穿一件劳动布褂子，肩膀上挂了个口子，裤子打着显眼的两块大补丁，裤脚一只长一只短，脚上的解放鞋小拇趾处已经磨破。

哥说，我先找到队里，又找到你的小屋，在小屋外等了半天，后来听人说你在山上，我又找到东山，那边的人说你在西山，我总算找到你了。

我给哥拿了一个馒头。哥说，就这样干吃？我嗯着，去桶里舀来一瓢水。咕咚咕咚喝下去半瓢。

哥已经下乡五年，他在青年点开"手扶"，有一回进山拉煤，车坏在路上，前不着村后不着店，哥守着车睡了一觉，冻醒后他开始腰疼腿疼，再后来一遇变天就犯病。

哥说，你跟我回家去吧，你得跟我回家，爸妈不见你一面不放心。

那时候知青之间，知青与农村青年之间经常有械斗，械斗的结果是，有人被刺伤有人被抓走。

父母不怕我在农村吃苦，就是不放心我的安全，一个女孩子，遇到那种事，躲都无处躲。常是打群架的捎带着打了无辜的人。这类事件出现得越频繁就越无人管。

修堤灌，是最苦最累的活儿，队长派了谁，说明谁能干，在农村能干总是倍受人尊敬的。我若是在这节骨眼上回家，那不是躲滑偷懒？从此后，队里的人会怎么看我？我还怎么有脸见人？

我不走。

哥说，这会儿你还犯倔脾气。让你回家看看再回来接着修堤灌，又不是把你迁到了城里，你有什么不好意思的？不行，我去找队长请假。

你敢。我拦住哥。

你这样偎头偎脑，让我回去怎么交待？要不你回去我替你干，等你回来了我就回知青点。如何？

不行。

哥没有了招数，端着肩生闷气。哥后来掏出两元钱塞到我手里说，活儿这么累，哥下乡五年，也没干过这种活。我还一直以为你插队不错。你说你本来能留城，非跑到这儿干啥？就你积极别人都落后？哪辈子能出去啊？你不觉得在这儿没一点儿盼头？不过，在哪儿能有盼头呢？哥说着就红了眼圈。

哥小时候总打我，他不喜欢妹妹，特别的男子霸权主义。在学校相遇，我们像一对仇人互相剜对方一眼，然后路人一样各奔东西；在家里，经常斗嘴，他说我眼睛瞪得大，我说他说话嗓门高，针尖对麦芒，各不相让。父母说：上辈子你们是冤家，这辈子又聚头了。下乡以后，虽然不常见面改善了一点关系，但仍比一般兄妹要疏远得多。

哥这样动感情我还是第一次看到，我也受了感染。

我不觉得苦，在山上能吃饱饭，虽然馒头里面黑，但外表是白面，在山下黑面也不能顿顿都有。累点儿，算什么，睡一觉就好了。

哥说：工值一天多少？

我说：一毛二。

多少？一毛二？！我在青年点觉得够可怜的了，一天工值还四毛三呢，顶你几倍。

哥难过起来。

哥再转过脸时，问：真的不回？

我说，不回。哥就走了。我给哥包了两个馒头，哥说什么都不要。我说，工地上吃饭定量高，我每天都有节余，节余归集体。

哥勉强笑了一下，拿着馒头走了。

哥走了以后，我开始后悔。我想家，想爸爸妈妈。

堤灌完工的当天晚上，我跟队长请假准备回家，队长说，这黑更半夜的咋回？你要是个小伙子倒另讲，可一个大闺女家，出了意外咋说？咋给你爹妈交待？要走，也得等明儿个白天走。再说，多会儿走也得有车才能走，车站离咱这儿怎么远，你不要命了？

其实下了山，走过十五里荒野，就能看见那座车站，当天夜里两点有一趟车经过，只要坐上那趟车，就能回到父母的城市。

我回小屋，点上煤油灯，想着野外的那条小路，路两边有很深的巴茅，巴茅的身后有一片片庄稼地。庄稼地里有一两个茅屋，那是浇地的人在那歇息的地方。很荒僻的小路，白天也极少有人走；通向车站的还有一条大道，但是大道绕出去很远。据说小路极不安全，有人曾看见路边的茅屋里扔着一具女尸，女尸被扒得一丝不挂⋯⋯

我抓起菜刀，锁了小屋，一头扎向黑暗。我生性胆小，从不敢走夜路，怕老鼠怕蛇怕蚂蟥怕蝙蝠，怕别人身上的鸡皮疙瘩。但是我想家。我已经挨不到天明。

我豁出去了。

等到我迈上车站的台阶，我的两条腿再也不属于自己，扑通跪在台阶上，我大肆地喘息，冷汗淋漓，浑身颤抖。

我终于爬上火车，握在手中的菜刀已不知去向，我的眼前是黑森森的巴茅，冰冷的荒野，无边无际的恐惧潜伏在空气中，夜路黑得像一个无底洞。

我在城市的关怀下高烧了三天三夜，三天三夜我不停地说着胡话。

那个黑夜从此刻到我的心里，那样胆小的我居然走了那样的夜路。队长说，你真胆大。我蜡黄着脸笑笑：我知道，人在什么情况下能够背叛自身，人其实根本无法用现实证明过去，就像不能用经验证明变化。

后来队长说，你去耙地吧！我就赶了牲口带上工具出发了。往牲口身后挂上那长长的梯子一样的东西时，我心里还没有一点把握，队长踩到梯子似的耙上叉开腿，一甩鞭子，大块大块的土坷垃变成粉末，高低不平的土地变得像铺着地毯的庄园，平坦，松软，气派，广阔。队长来回耙了五趟，我说：我来吧，一跃踩住了耙齿，我仄歪了一下身子但稳住自己，耙往前走，地毯往身后铺陈。耙到地头时，我回眸一望，惊叹自己居然也能创造奇迹。

大片的阳光与土地接吻，美丽的云朵为它们的亲密翩翩起舞，土地放纵着自己一次次将阳光拥入怀中，阳光千般柔情万般体贴地倾泻着爱恋……

那时候我爱上了同来的知青。我们从未说过爱，但是，我想那是男女间产生的有别于其他的感情，那不是爱情吗？

每个星期他来一次，来了他提一桶煤油或者柴油，他是他们生产队的拖拉机手。那个生产队我觉得离我那么远，要见他一面想一想都很累。

他来的时候，先给我的煤油炉换灯捻，添油，再给煤油灯添油换灯捻。然后他开始抽烟，抽完两支，他说，没事吧？我走了。

我站在门内目送他走。

后来队里的记工员开玩笑：你回去住吧，在我们家你俩想亲热也不方便。

我还不懂得怎样亲热。虽然也朦胧地涌起过一些念头，但不具体，那个年代还未曾给我们的初恋提供表达爱慕的样板或者暗示。

割麦子的时候我不知怎么将镰刀砸到脚上竟会伤到了动脉。

差一点要了命。

队长说，你歇着吧，你歇着难受你去看庄稼吧。我白拿工分实际没事干，我就想到他。想到他心里就软软的像泡在水里的发面馒头。

秋天的时候我的脚痊愈。队长说，去修路吧。我几乎要跳起来喊万岁。他也去修路。我们终于有了朝夕相处的机会，我们可以独处，没有猜疑，没有窥视，我们可以放心大胆地交流爱慕。

从山上挖了土垫到洼地上，再将地基夯实。全是青年人，知青有了一次大聚会。我们躲避着同伴的侦探，交换着眼神，飞快地相聚，飞快地分开，像在演着一幕哑剧。

但是还有人比我们机敏，我的铁锹上经常刻了他的名字，他衣袋里常装着我的毛巾。那是无法伪装的甜蜜，也是无法替代的依恋。

有一天我们挖土，从山根挖，掏出深深的凹洞，然后让上面的土自动坍塌。

巧干的结果加快了进度，许多人发挥着这种巧干。

这样干惟一的不足是比较危险。

危险终于出现了。有人被砸在坍塌的土下。

将压在土下的人扒出来的时候，人已经七窍出血，停止了呼吸。

眼睁睁看着一个人欢蹦乱跳地干活，又目睹他悲惨地死去，许多人呆在那里，忘记了思想，忘记了呼喊，忘记了流泪。

把那个不可能活转过来的死人抬上拖拉机送到医院，由小医院转到大医院，人的思维才接受了死的现实。

残酷。真实。如至爱的人编造的谎言。

我醒来时，才记起死去的人不是别人而是他，我爱的人。

那是一段无法省略的生活，而我只能用省略号来描摹那个日子的出现和存在。

一条毛巾。一个铁锹把。是爱情的证明。

初恋被埋葬在那条土路上。埋葬在一瞬间。

瞬间使我的生命觉醒，我知道，我是个女人，我需要他。我需要男人给予爱。

但是他走了。空留下一个女人的觉醒，独自远行……

美丽的咒语

一声悠长嘹亮的口哨是一个美丽的咒语。于是，你的潇洒撞进了我年轻的世界，从那个血色黄昏，所有梦中模糊的影像都清晰了。

每一次回眸，总想捕捉你的眼睛：每一个必然和偶然，青春用它的语言重新诠注。而那个下午是定影胶，当旱冰场上玩得兴高采烈，汗流浃背的我偶然间一瞥，入目的是你悄然伫立凝望良久的身影。秋高气爽的天气，风儿调皮地吹拂起窗帘，像是我跃动的心，所有的梦幻在那个时刻都启航了。

初冬的天空很忧郁，连带着的心也沉重起来，沿着感觉的边缘，我默默地放飞我的期盼——你会来么？许是低沉的水汽湿了翅膀，许是泛舟的日子迷失了方向，你杳无影踪，心无可奈何地坠落。思念再也飞不起来，当冷风将我在台阶上塑成一个无助的造型，我终于接收了你悄然的凝视。那个冬季不再寒冷，我为着你无时不在的身影取暖。

早已断然这不是一个能有结果的故事，盼望却仍然在潜意识里生长，没有阳光没有水份没有养料，但心底那一种梦似的固执，这就足够让它日复一日地繁茂。无声中走着的是怎样的一个故事？

春日的夜，梦和爱情青草一样的生长，你是一匹偶过的马驹，为了丰美你选择了这儿。你像天空中的一朵云，恣意地撒欢,恣意地把你雄健的肌肉与蓬勃的青春印在草坪上,驰骋是你的生命,你英姿飒爽如飞驰去,你身后青色萎靡,泪珠在草叶上星星一样晶莹。有谁为你惆怅得像一缕烟,为你欣慰而心痛,只是想爱的年纪,我真的相信了,就让我们用时间走出彼此的视野,就让两双眸子在背影上编织出最后的结局。

在久远后的某一天,夕阳下一个风烛的老妇人孤独地站成一棵树,她会被西天最美最艳的那抹晚霞拨动心中隐秘的温柔,会记起这个很淡很长的青春的无奈与误解。

青春的故事没有结局,回首时的刹那不就是长长的一生?

岁月不留痕

在村里,知青聚会时成帮成伙正常,若是一对男女知青聚在一起,就会被村里人指指戳戳,视为异端。

有一段时间里我的同伴回城探家,外村的男知青来看过我两次,就被村民们疑神疑鬼,议论了一阵。

这样的事情往往无法解释,为了自己的清白,我也不得不回城探家。

那男知青便去送我,我们一边说一边走,三十多里地玩似地就走到了尽头。我上火车,他顺原路返回。

半个月后我从城市回来,下了车正是晚上,犹豫间碰巧又遇上他。一路说笑着回到了山村。这事不知被谁走漏了风声,很快我和他又成众矢之的。

我们不在意这议论,来往也十分正常。偶尔回家他会去送我,但更多的时候,我和女知青结伴一起上火车站坐车。

若说不同,便是考学走之前的那天傍晚,他来看我,我烙红薯面饼子招待他,两个人,我擀饼他烙,边吃边干,五斤面做完,竟然也吃个一干二净。

后来他就说肚子疼,头上疼出汗,我在一旁急得直搓手,但于事无补。那晚他走得很晚,似有话要说但终未说出。

第一年寒假我回家,他已回城工作,但未能见面;第二年寒假他先约了我,去一家电影院门前相会。两人见面后就转到电影院后面僻静处，滔滔不绝地说着分手后的生活以及当知青的某某如今的下落。后来他将一叠东西塞给我，说，你回去慢慢看。分手的时候，我感到彼此有了恋恋不舍的缠绵。

那是一部小说手稿，所描写的正是我们共同经历的岁月，其中有隐隐的恋情。

仿佛是为了向插队的村民证明什么，也仿佛自己还未理清自己，那恋情就任其隐忍着、埋藏着，直到数年后我携了丈夫回家，再见到他时，我突然发现，他仍是独身。

我无从判断，他的独身一定是为了等我，但我无法欺骗自己，看到他独身，我有一种刺骨锥心的难过。

我们共同走过下乡的路，也一起走向回家的旅途，但我们终未走到一起。

后来他终于娶妻，时年已三十五岁，待要生子，却又出意外，那个儿子未脱离母体，便与母亲双双走向生命的终极。

他依然独身。

那时候，我发誓，远离他，此生再不见他。我发誓的时候，再次体验到锥心刺骨的难过。

初恋的窗口

一队军人从少女身边走过,有一道目光与她相撞,少女本能地躲避开那目光,脸却莫可名状地红到耳后。

军人排队进餐,与少女站在同一个窗口。少女的目光追逐着什么,又回避着什么,神情有几分恍惚。

那位军人宽肩高个儿,方脸大眼,看上去有几分腼腆,书生气十足。

军人排队进餐厅,然后四散开去各个窗口买菜打饭。

少女远远地坐在一个角落,用眼睛的余光捕捉高个儿军人的行踪。她无法听到他说话的声音,她想,那声音一定与众不同地悦耳。

军人的实习期就要结束了,之后重返院校读书。

那一夜,少女翻来覆去,心事重重的样子。

第二天,军人在副食窗口排队:帽檐齐眉,耳轮粉红,衣领上方露出森森的黑发。

少女排在军人身后,军人一步步接近窗口。如此近距离地与年轻军人站在一起,于少女还是第一次。少女禁不住慌乱起来。军人的前边站着一个人,那个人即将转身离去,那么紧接着军人也要离去,少女的脸憋得通红。

军人转身欲走,少女冲口说道:喏,您的饭票……少女将饭票硬塞到军人手中,不等军人做出反应,慌不择路地逃出餐厅。

少女买了毛线,找了编织书,跃跃欲试地要织一件毛衣。有人问她:给谁织?少女莞尔一笑,不置可否。

少女熬了五个通宵,兴奋使得少女精力旺盛。

军人接过饭票,发现饭票里夹着一封素笺,军人若有所悟,打了饭菜到角落里独自咀嚼少女的机智。

晚上,军人如约而至,静静地听候那脚步声由远而近,近至少女不自然起来。

军人努力组织着思想,抑制着紧张:对不起,我很敬佩您,但是……请您原谅。

少女站在那里,黑黑长长的睫毛遮盖着羞涩、失望、怅惘,无语。

军人快步走了。

刻在少女脑海里的是模糊的眷恋和清晰的军礼。

少女只是遗憾:彼此谁也未留下姓名。

少女终于织好了毛衣,那银灰色的毛线里缠绕着少女的心事。少女缝了包裹,寄给心中的军人。

包裹最终退了回来。地址不详,没有收件人姓名。少女常望着那个包裹发呆,那是少女第一次对异性萌动的感情渴望,那样的渴望随着军人的离去成为一种美丽的忧伤,植根在少女丰富脆弱的心田里……

后来,少女从箱子底翻出那件银灰色毛衣对丈夫说:这是我的初恋。

丈夫抚弄一下她的脸:留着,是人生的一段美好记忆。少女妩媚地笑了。

花的遐思

一

夕阳溢金，落叶飘零，在飒飒秋风中，我与一株曾经娇艳无比的月季悄然相对。春夏秋冬，大自然一个不经意的轮回，却不知摧残了多少因过分娇美而不胜风寒的生命。月季的风华已逝矣！独自在秋风中因怀恋而哀伤。可我却这样安慰她：生命中有过一次辉煌，便足够了。在你芬芳之时，便应想到今日的落魄。

二

走过花坛，我竟发现一株株艳丽的玫瑰不同往日。驻足顾盼，缕缕芳香沁人心脾。除了我的心跳声，我忽地又听见一阵低沉的呐喊：高不可攀的人啊，我们准备了漫长一个冬季，精心雕饰、万分斟酌过的花容，难道不值你一顾？对着这些自怨自艾的花儿，我感慨万千：你们哪里知道，你奉献得越多，人们对你的要求也越多。因为你展现给人们的是花红叶绿，而不是曾在冬秋的煎熬。

三

在和煦的微风中，一朵灿烂的月季在颔首微笑，引起了——一个因兴奋塞胸欲找人分享的过客的好奇！调皮的花儿，你是窥视了我的秘密，还是和我一样对生活有深深的爱意？可你却无法像我一样对人倾吐，只能自醉，以至于那膨胀的爱将你的脸憋红，甚至洋溢出来。

四

在窗外的阳台上，夏天里最后一朵月季在挣扎，身旁众姐妹的倩影早已凋零。我知道，那沃土中融有昔日的美艳与翠绿，如今都呵护着这一棵惟一的希望。于是，有了寄托，也有了安慰。可是，不知这惟一的一株想过没有：风华已逝不再回，以这即将衰败的花容乞求人的怜爱，又能得几许欢乐？我倒认为：与其苟且地活，遭人冷淡，莫如壮烈地死，留人赞叹！

五

在公园的花丛里，大朵大朵的各色花儿争奇斗妍。游人那些赞美之辞多得让她们习以为常以致不屑一顾。可她们是否曾低下高昂的头，看看簇拥她们的小草呢？是否更深一点想到，点缀春天的是朴实无华的茵茵碧草，而不是几朵高傲的花。她们，充其量是锦上添花。

三十六岁的风景

烛光里的风景很美,三十六支蜡烛,支支都有至爱至美的底蕴。只有你能感受它,只有你能拥有它,所以我说你很富有;你这般富有,我真不知该送你怎样的生日礼物——我的夫君。我不是哲人,无法用哲人的智慧为你点燃生日的烛焰;我也不是诗人,无法以诗人的灵感为你写成祝福的诗篇……我贫穷得很。但所幸的是我还有一双并不灵巧的手,当一束淡淡的温馨呈现在你的面前,你可知道这里面弥漫着我精心编织的故事吗?故事很短却很美丽,就像你身后的岁月,虽然不算太长却很动人。面对三十六岁对你的殷殷期待,愿你珍惜我为你献上的那个素雅温情的氛围,当你把那束温馨吸进鼻孔,我的祝福,也随一缕清风镌刻在你的心灵之窗。

我们相识在那个令人沉醉的月夜。

路灯在树影中忽明忽暗,空气中飘来了尘土味,隐隐地还有花香。但我却能清晰地闻出你深沉的呼吸,耳边便有你低沉的声音响起。

星星在湛蓝的夜空中蹦跳,情人们梦幻般走过眼前。夜,漾起宁静忧郁的情韵。

在这多情的月夜,你抚摸了我。

激情如潮水般涌过,淹没全身。

我铭记着你充满力度的拥抱，用心感受着层层起伏的爱的波涛。

朝花般的初恋是这样的美好，令人终生难忘！

三十六支蜡烛，摇曳出至真至纯的爱慕与体帖，那暖暖的桔黄，就是你热诚的情怀？读你在朝朝暮暮，你是我生命中一部寓意深刻的书，我愿意一生一世去读。

当我经历了撕心裂胆的痛苦和前所未有的欣喜洗礼后，拖着疲惫的身躯走出产房，迎接我的，是你温暖如春的目光。这目光绿柳般抚慰了我脆弱的心灵，我咬住嘴唇，含泪向你投去故作坚强故作轻松的微笑。

谢谢你，你创造了一个辉煌的生命。我的爱人——你对着我耳语。

听你喁喁私语，便油然想起那个月华如练的夜晚，一对情人走向街灯深处，身后奏出了令人百听不厌的钢琴曲——《献给爱丽丝》。那旋律至今在耳畔袅袅不绝，缠绵不断。

那是你倾诉的热情么？

旅途的劳顿，使人精神萎靡，情绪烦躁，只要将手伸到行囊里，便能感到你切切的关怀：有我最喜爱的小吃，有我未看完折了角的《红字》；还有你亲自买来并细心地剪了袋口的牙膏。这春雨般体贴的情怀，夜夜润湿了我的梦境，濡湿了我的心灵。你父亲般的慈祥，兄长般的宽厚，师长般的尊严，朋友般的慷慨，用我的一生去爱，夫君，能抵得上你寸寸厘厘、分分秒秒、始终不减的理解么？

哦,我的爱人。三十六支蜡烛的燃烧,是你人格的象征。

夜晚的街头你挽着我的手臂,我扯着蹦蹦跳跳的儿子,走向我与你初恋的圣地。

月上柳梢头,人约黄昏后,远处有柳笛透亮的音色奏起,悠悠尾音在萋萋芳草上缠绕。夕阳迟暮,雾霭朦朦,一个令人迷醉的氛围。一首流动的情调钢琴曲。

掬一杯鲜红鲜红的葡萄酒,一支一支,点燃起三十六支蜡烛,闭上眼许一个美丽的心愿,烛光阑珊着三个色彩缤纷的梦幻。

浅斟慢饮,轻吟细唱,让留存于心底的一腔忧郁流出,续一段初恋时温馨而又令人心颤的痴情。

三十六岁的季节很沉,犹如从初恋走向今天。真实多于梦幻的三十六个春秋,诉说着从单纯走向成熟的艰辛与喜悦。

三十六岁的季节很美,当一束淡淡的温馨呈现在你的面前,你能猜出这里面弥漫着我精心编织的故事吗?

当你熄灭烛光,把那束温馨吸进鼻孔,我的祝福,也随一缕清风镌刻在你的心灵深处。

三十六岁的季节很沉,烛光里的风景很美。

这是我心的诉说,献给你——我的爱人,在你三十六岁生日的晚宴!

温暖的牵挽

第一次被男孩子握住我的手，我才上五年级。那是在一个长长黑黑的山洞中，我们同班的十几个小男生小女生屏住呼吸，小心翼翼地在其中摸索着。山洞里很静，可以听到从洞缝里渗出水珠的滴答声。

两个大个子的男生在前面，他们打着手电引路。当时小小的我紧张地扶着石壁，在满目的黑暗中只能感觉到前面恍惚的灯光，耳边低响着同学们的提醒："这儿是水，那儿是坑。"我握紧的拳头中是渗出的汗水。真恨不得立刻走出这沉闷压抑的山洞。

忽然，脚下一滑，我尖叫一声，立刻被一双有力的手托住。同学们把手电传过来，在不很明亮的灯光下，脚下原来是一个不算小的水潭。那个用手托住我的是一个平素不爱说话总有些腼腆的男孩。在桔黄温柔的光线下，他抿着嘴巴，微笑地注视着有些狼狈和惊吓的我。

过了一会儿，大家恢复了平静和开始时的队形，我们又向前移动了。忽然耳边响过一声低沉的叮嘱："来，握住我的手。"我竟温顺且自然地在黑暗中递出了自己惶惑不安的手。于是在长长且黑黑的山洞中，我的手一直被他紧紧握着，在相互的扶携中，他像个细心且伟岸的男子汉，不时地告诉我：别碰着洞壁，别掉下水坑，我一直表现得很乖很顺从，坦然且安静地让他牵着我的手，一直向前面走去。虽然什么也看不见，但我却再没有掉进水潭或撞在洞壁上，直至将长长的黑洞走完而进入一个明亮的洞外。

山洞是埋在一人多深的露天穴里，同学们依次爬了上去。轮到我的时候，那个男孩从上面探下头递下他的手依然善意地只说着同样的话："握着我的手。"在他诚挚的微笑中，迟疑的我握住他温暖有力的手，踩着洞穴内凹下的坑，终于爬了上来。

于是他缩回手，扬起头，脸上闪出极快慰且自豪的笑来。

直至现在，我已忘记了他的名字，但在我需要时递过来的一双手，山洞中他温柔的提醒，还有当爬山洞时他那明朗的笑，却令我难以忘却。岁月日渐模糊了他留在我记忆中的容颜，但那声低沉有力的叮嘱，却仍在我的人生旅途上回响。他的那双温暖的手不时在脑海中定格。每当我变得犹疑和彷徨，他的低语总会及时在耳畔响起："来，握住我的手。"

每当我和幼年的朋友们谈起这段趣事时，总会提到那个男孩来；每当此时，心中总有一种难以触及的惘然。

而今，那个小男孩应该长成一个真正的男子汉了。他或许早已忘记了自己曾在一条黑黑的山洞中握住一个小女孩的手，轻轻提醒着她："这儿是山壁，这儿是水坑。"他不会知道直到现在，那个女孩在心底仍珍藏着对单纯岁月的追怀，对他的一份感激和尊重。

他也不会知道，在漫长且孤独的人生中，面对这个陌生的世界，在众多相识的面孔和不相识的面孔中，我多么希望能寻一份温暖的牵挽，当他走过我的身旁会对着彷徨无依的我说声"来，握住我的手。"

就这样，什么也无须说，什么也毋宁想，只要在心底珍藏着温暖的感动和真诚的尊重，在沉默中感觉对方的存在。就这样，握着我的手，如同握着我的一生，在坚强和相互的扶携中，像走过那长长又黑黑的山洞一般走向生命的永恒。

就这样，我们静静地相携着，小心走过每一处沟壑每一份磨难，从今生走向来生——如果真有来生。就这样，我们手拉着手走过此生永不寂寞的爱河。

透明的拥抱

我走近你的时候，你沉静地注视着我：用层叠的丹崖，用茂密的葱郁，用烂漫的山花，用飞流的瀑布，用涓细的乳泉。

我就在这沉静的注视下走进你的怀抱。

一群少女从我身边经过，她们的颈项挂满山核桃山果子串成的项链，少女们的脸透出健康的釉子色。繁华的大都市偶尔会见到山桃山栗串成的椅垫、壁挂，但那是对城市的点缀，而你的怀抱里满目皆是这样的山桃山栗，它们是你的儿女吗？

我买了两串项链，一串为山桃穿成，一串为山栗连缀。仅用了两元钱。少女接钱的时候两腮飞起红云，眼睛里跳出喜悦，她说，再卖六串我就凑够学费了，就可以念书了。

我伫立在那里，久久迈不动脚步。我又买了两串。

你袒露着贫穷给我，我以为你心里定然会流泪，月牙潭是你积淀的泪水吧。

身后传来了粗重的喘息声，我看到一位老者背了一篓何首乌，吃力地向上攀援。

少女追上来："给您钱，您多给了十元！"

你耸立着傲骨，是为你的血液注入坚韧吗？

站在你的肩头，我自以为高大了许多。老者在下山，他的背篓在身后一蹿一蹿，像背着一头小鹿。老者的身影渐渐远去,却如一页尚未读完的书,让人难以释怀。

那个背影所透出的是你的灵性吗?

回音壁像是一座天然的巨型剧场,许多人高喊:我,来,了……顿时四壁皆为轰鸣的回响。细心察看,陡峭的崖壁上写着一行小字:回音壁前,对石誓言,今生不变,与君百年。我想像它是一个美丽而凄婉的爱情故事,相爱的男女背负因袭的传统,不得不面对你做出一种反叛,一种抉择。你为他们的相爱作证,你在为爱作证的同时,是否也接纳了他们殉情?

你沉静地注视着我。

你包容贫困,接纳苦难,忍受责难。你仍沉静如初,所以造就了你的不俗、不屈、不张扬、不自卑的性格。

黄山、泰山、华山,无数山川,人迹踏遍,人们无暇顾及你,然而你固守自己的清静,将北方少有的浑厚瑰丽、庄重温柔塑造于一身,经冬历夏,岁岁年年,无悔无怨,这便是你的品格。

那老人,那少女便是你的化身。

你不表白辉煌,不掩饰粗陋,从而袒露自身,丰满自身,证明自身,你就是智者的化身。

在你的怀抱里,我会变得透明。

哦,嶂石岩。

联　想

一

　　让我们再踏一回浪吧,我说。

　　当浓浓的夜色走近我的窗前,我又点燃了红蜡烛,看烛光摇曳,等待一片喜悦降临,于是,忍不住闭上双眸,哪怕就一小片温情,哪怕就一小会儿莅临。

　　打开窗户,风,进来,拥抱着我和蜡烛,如一个幻影。

　　我触摸红蜡烛的柔情,在深夜里,联想,丝丝缕缕。

　　可,分明,是一只强有力的手紧握住我的心,步入那红色企盼里,沐浴幸福。晶莹的酒杯里斟满红色的情愫,我静坐在冥想的波谷浪峰,苦渡;捧一杯,喝,又是一腔落寞在眼里转动,激起死水微澜,翻翻滚滚。

　　在迟到的幻觉中,朝我走来向往,痴痴的凝视击碎了一把孤寂封闭的心锁,怦然落地。

　　时光停滞。

　　而心,真的已无力再去抖落披在身上的暖意,假如,敞开的胸怀能够依赖。

　　跨越漫长一世纪截住人生,追随太阳,或者赠予你。

　　我面对阳光。

我走向你。

面对狂涛。面对风雨。

面对阳光里的朝霞和星星和夕阳，化一种心力……

怀念的遐思追着云朵给你的凝视增加永恒，燃烧的血液伴着虔诚的愿望一定会使我们的胸怀温暖如春吧。不要沉默。

走进我，一如我走进你的生命里。

我举着红蜡烛，依窗期待。

回首沙滩，夕阳映红西天。

阳光牵动潇洒，我跟在后边，握住一双强有力的手爱恋生命，轻轻启动敏感的心扉，应一声前方的呼唤，望眼欲穿——

海上的浪花开，我到海边来。

原来你也是看浪花，才到海边来……

我举着红蜡烛，烛光引影。

让我们再去踏一回浪吧，我对自己说。

二

小雨又至。

雨，叩打我的窗棂，淅淅沥沥，不绝于耳。

我隔窗眺望远离俗世的天空，明明暗暗之中寻找着心的轨迹上你的目光，和我一样么？

是一种无奈的期盼，空有一腔凄凉的思念相伴，你在哪里？

我没有见过你青春的容颜，也没有触摸过你的肌肤；我没有享受到你依偎胸前的陶醉;我没有……

上苍给你的是雨的亲情,是泥土的拥抱;天与地拥有了你与你的纯洁的全部,留给我的只是一阵霹雳的雨……

我在哭泣。握住小雨细细的灵秀身躯在哭泣。我已躺在自己设置的痛苦里等待着你的呼唤,哪怕是那么微弱的一声;当我在心里跪拜祈求幸福降临时,我的心就在你的身边,与你同行——

我知道生命的存在是人的愿望;而我存在的生命是等你的再生。

于是,我静静地在泪水中执着,怀想着你的温情。

冬天。春天。

夏天。秋天。

小雨在敲打我的窗棂,声音清脆柔媚,我抬起梦牵魂绕迟迟难醒的身躯,睁开魂牵梦绕迟迟难醒的双眸——

是你在外面吗?

那个怀想看不清晰。

我只能哭泣,哭泣我流血的魂灵;哭泣我飘散的心魄;我去寻你,让我去吧,哪怕是风,是雨,是雪崩是地陷在前方阻挡,我不怕;我会淌着殷红的血来架一座桥,架一座通向你的桥——

你会踏桥而来。

固　执

诗人云游四方。

诗人身后总会播种故事。普通人无法体验诗人的情怀与浪漫。

或许，诗人的南方之行，会收获爱情；诗人的北方之旅能喷涌诗行。

诗人说：一天听到一百次爱的问候……让我费解。一百，是来自不同声音的表达，还是同一内容的重复表白？欢乐颂式的和声，难以突出个性，而复调式的咏叹则需要坚韧的耐心。奇怪的是诗人对一切来者不拒，像一只硕大的冰箱能吞食所有的精神食粮，且未消化不良。

一百，极言其多，不是定数。一百种声音向诗人诉说同一句话，受话者不会因激动而心力交瘁，或者在单调的歌唱中向往其它。无论这声音多么动听，心灵多么柔软，肉质的耳朵都会被重复磨出硬茧。多可惜啊。

得到的却无法拥有，而拥有的非自己所求。文字游戏中暗含的意义，实际上你我两心知，刨去游戏，是一个人最缺少的东西。向往。于是来者不拒。于是，想像自己得到了。

大热的天，老远的路，就为在想像中得到一次满足，振奋着自己，活出些样子。你来，走到天涯海角。

十二度。是啤酒度，不是酒精度。斟满啤酒的思维，是谈话的过渡。身后有猜疑好奇的目光,你的声音变了,说啤酒。不管是什么酒,喝多就会醉,醉翁之意不在酒,也有一说,借酒浇愁愁更愁。我们喝得腼腆。酒是媒介,它不说话,但能传神。

双唇贴在杯沿儿,吮成游蛇,有一种激情在舌尖形成,渐渐被酒点燃成渴望。十二度,只是啤酒的表达,具有纯物质的属性;一天一百次爱的问候,是什么,灵魂的张扬么?人生活在物质世界里,瞩望,是另类的内容。瞩望远离现实,超然物外。这是人类共有的局限,悲哀,也是人类的优长和特点。

我爱人类的优点,我爱人类的悲哀。

一两株,三五株浓淡相宜的树阴下,诉说着夜的情话;远处的汽车,疾驶而过,车轮碾轧的声音与汽车行进的方向势不两立背道而驰。

诗人的脸上绽放出天真微笑,皱褶里积累着兴奋,你能赴约,就是对我的鼓励,你看,我们坐在别人的目光里,多好。别人做不到。可我们做到了,而且做得很好。这不仅仅是酒的作用。但我们得感谢酒。

这就是诗人扬言的"一天一百次……"吧。

诗人的生命之河未干涸,诗人的笔下就会流淌出激情的诗行,诗是什么,是生命,生命是什么,一定是诗。

爱情是最美的诗行,诗人的爱情,是阳光,空气,海洋,大地,还有酒。

我说,诗啊,我不会写诗。诗人说,多妙,这就是诗。

你看,这就是诗人。

诗人为了他的诗,果然来到天涯海角,这不会是第一次,那么一百次,夸张么……

挽　歌

　　一个平常的日子，你来了。你穿一件时下人们都爱穿的那种夹克衫，脚上的皮鞋式样别致，显出你的儒雅与不俗。近视镜片掩饰住的眼睛，看不清其真切表情。

　　我们见过面的，那是几年前。依稀记得你要找什么书，像是未找到。记忆极易被忙乱冲淡、充塞，这次看到你的一刹那，几乎未认出你。

　　你好像长高了。脱口而出的惊喜立刻暴露了我的随意与孩子气。

　　气氛却因此变得轻松而活跃。

　　淡漠的记忆恍若重新冲洗的底片，渐次变得清晰澄澈。

　　阳光艳艳地跃上玻璃窗，穿过柔软的帷幔，恣意在我摊开而未看完的稿子上铺洒。

　　心，在宁静中起伏，在波涛浪涌中渐入沉寂。

　　那是刻意追求所不能达到的境界。

　　中午时分，你匆匆归去。留下山一般挺拔伟岸的背影让我去读。

　　几年前，相遇而未能相知，今天的邂逅是否要对上次的疏离做出某种诠释？

　　白花花絮状的云朵不时进行着新的排列组合，给大地投下忽明忽暗迷离斑驳的光影,是否对芸芸众生也是一种暗示?

缓缓地行,痴痴地想。

入夜仍不能寐。恍惚中像是在睡,又似已醒,朦朦胧胧便进入了奇怪的梦境:哥哥的拳头追着我瘦弱的脊背——丑八怪,丑八怪……梦醒时腮边珠泪两串。我不禁感叹,儿时的记忆刻骨铭心,而那时的丑小鸭如今已为人妻,为人母了呀。

怅然若失。

第二日,心里惴惴的,无所依傍。拿起电话,随便拨一个号码,对方陌生一句问话:"你找谁?"惊得我如梦初醒。

我找谁?

临下班,电话铃骤响。抄起电话,良久无声"喂,……我就是——"

竟是你!

我与你相对而立,默然无语。就是期待这样的相见吗?就是渴盼这样的静默吗?

你说,我太像你的妹妹。

我讲了昨晚的梦境。

你豁然笑了,"我不是那个凶狠的哥哥,你也不是丑小鸭。"

心,掠过一道温暖,复又变得淡然。

我仰起脸看你,欲证实你心的真伪。你表情坦然、神圣。

我的心颤颤地一热:"谢谢你。"

我抽回手,可是只抽出了一半。

我僵立未动。

"答应我,做我的妹妹,永远。"

我的心无限膨胀,又次第萎缩。听着你狂乱而沉重的心跳,我固执地说:"不,我不愿意。"

你拥紧了我。

"永远是朋友。"我说服着自己,选择着答案。

你笑了。笑得勉强。

那个晚上,我睡得好香。一夜无梦。

一段难解的缘,一首无字的歌,一棵终难结果的树。

清醒而痴迷的依恋浸透了苦辣酸甜,理智而忘情的企盼充填着聚离悲欢。爱是灾难,爱是痛苦,爱是魔鬼。

你说:"别陷进去。"

我说,"无论如何不能陷进去。"

似乎是在提醒对方,无疑又像在警告自己。

冷处理。回避不见。

月余,彼此相见,人瘦衣带宽,热烈的爱之焰将对方几尽焚毁。毕竟不是二十岁的少年,毕竟过了情窦初开的花季,然而,依旧痴痴爱恋。

爱,灼疼了我的心,煮沸了你的血。

束手无策。

漫长的春天姗姗远去,夏日的煎熬近在眼前。

想去接受豪雨的洗礼,以冷却净化那颗多日来骚动不安的灵魂。在雨中奔跑,在雨中漫步,在雨中思索。

人要自爱,始得爱人,方能被爱。男人女人,不可轻信任何人,更不可将自己托付给任何人,方为独立的人。当爱成了对方的负担,投入与付出都将失去意义,爱就会失重。你表情凝重,语气冷峻。

我懂。

你说:你太单纯,我喜欢你的单纯。可这个社会不允许你过于单纯,包括爱情。我爱你,不为别人只为自己,在爱中,我感到了快活。而不会为你幸福才去爱。换句话说,如果哪一天需要以我们的爱作代价,以求我生活的某种平衡,我会背叛你。但是同时,我不会为了你而做出任何牺牲。人,只爱自己,爱别人也是为了自己。

我呆呆地看着你,身上一阵热一阵冷,脸上一会儿白,一会儿红。

你说的是真的?

千真万确。

你真实的表白,虽然令我吃惊,但也使我清醒。真实的外衣是残酷,那么内核应该是具体。

我不再幻想。

人,很难认识自我,一旦敢于正视自身,便能面对一切,那个伟岸挺拔的背影是我虚拟的。

雨,还在下,一忽儿大一忽儿小,天色渐晚,一支歌从不远处打开的窗子流泻而来"爱是 Love,爱是人类最美的语言,爱是……无私的奉献。"

那个随风飘来的故事,只在我握笔准备写它时才会变得清晰,而一旦将它写成文字,一切也都随风而逝了。

一缕天光从渐暗的空中折射过来,我眼前变得模糊一片,泪,终于扑簌簌流下来。

父 亲

父亲老了。

曾经年轻的父亲,胸前佩戴着勋章,英俊挺拔,目光炯炯,以无所畏惧的胆魄和前所未有的气概实现了伟人"打过长江去,解放全中国"的梦想。那个青春的父亲用微笑将自己定格于泛黄的历史片断中,自豪的神情至今毫不褪色。

我曾怀疑那枚勋章是父亲专为照相而借来的,因为至今谁都未曾见过勋章的庐山真面目。"文革"破"四旧",我和哥哥翻箱倒柜企图将其扫地出门或者据为己有,不料被父亲的火眼金睛所识破,父亲说,找死啊你们。我和哥哥不依不饶百般纠缠,一下把父亲惹急了,父亲瞪圆了双眼,扯开了上衣前襟,刹那间,一枚枚钮扣像纷飞的子弹迸射过来,哥哥的鼻子当场被击中,鲜血瀑布似的喷薄而出。父亲的鼻孔喘出两道粗气,嗓门大得像打雷,并且毫不客气地朝我们挥起了拳头:实话告诉你们,挖我的心吃我的肉行,想拿走我的"命"——没门!还敢耍横,老子和你们拼了!

闻风丧胆抱头鼠窜,是对当时的我们的真实写照。父亲嘭嘭嘭地擂着自己的胸膛,状如我们上体育时放肆地拍打着篮球,聆听着这种奇妙的声音,躲在墙角我们感到又恐怖又好笑。

后来,父亲佩戴勋章又照过一次相。那时父亲已从部队转业到地方,可父亲依然穿了老百姓的服装,跑到当时居住的城市里最正规的照相馆留下了自己的"倩影"。相片居然堂而皇之挂在家里最显眼的地方——客厅的门楣上方。父亲的装束不伦不类,你就由不得来访的同学对他的身份猜来猜去——比如说父亲是潜伏的国民党、特务、反动派什么的。仿佛父亲的勋章真的是假冒,我和哥哥从此见人就忍不住做出一副心怀鬼胎的模样,给人留下低眉顺眼矮人三分的印象。父亲不然,照片上,他在笑,那笑不是摆出来让人欣赏,而是从心底涌流而出,自尊,自信,意气风发。

再后来,父亲的那些照片已不复存在。"文革"的一把火烧毁了有形的一切,剩下的是无法根除的思想残片。长大的我们在整合记忆恢复理性后,恍然觉得经历的一切就像一个传说,遥远、朦胧、缺少真实性。而我们被记忆之手推向事件之外,以一个旁听者的角色倾听历史的娓娓诉说,不再幼稚的我们,心震颤了,血沸腾了。其实,我们怎么能成为历史的旁观者?

过去的走远了,远去的一切不会因时光的流逝而消失。

蒙昧无知的我们长大了,年轻英俊的父亲却老了。

如今,已经荣登至爷爷宝座的父亲,夏天常卷了裤腿在外面乘凉,孙子或外孙们在膝下环绕,营造的是一种天伦之乐和国泰民安的景象。父亲的满头黑发变得稀疏雪白,似盐碱地上长势欠佳的庄稼。可那笑,不改质量不失本色,一如从前。

爷爷,您的腿上有疤,是不是小时候淘气磕的?

我知道,是幼儿园小朋友打架打的!

不对,自行车撞的——看,我这儿就撞破了,我没哭,医生夸我是好孩子,老师奖励我一朵小红花。

不,是打仗受的伤。对吧爷爷。那您一定认识白求恩大夫喽?他给您治过伤吗?

爷爷讲个打仗的故事,讲嘛讲嘛……

父亲的故事我知之甚少,在我爱听故事的年龄有许多荒唐疯狂的行动将美好天真的欲望遮蔽了剥夺了。儿子渴望了解爷爷的世界。

儿子告诉我,爷爷渡过长江后,先后解放了许多城市:南京、上海、杭州、福州、厦门,还打过金门岛,假如那次攻下金门,现在就省去了许多麻烦。

新中国诞生了。人民解放军这支年轻、勇于牺牲、敢打硬仗、冲锋陷阵的队伍,是催生共和国的有生力量。硝烟刚熄,征尘未洗的父亲再度听到了侵略者的枪响。于是过福州,经江西上饶,绕道浙江金华,搭津浦列车一路颠簸,迎着凛冽寒风出关,趟过冰砭肌骨的鸭绿江……

"嗨啦啦啦,嗨啦啦啦,天空出彩霞呀,地上开红花呀……中朝人民力量大,打垮了美国兵呀……"父亲是唱着这首歌奔赴朝鲜的,或者,这首歌是唱给父亲的吧。

父亲的出征是他一生的荣耀。大概为了纪念这份荣耀,保持这份激情,活下来的父亲特别喜欢这首歌儿,并将歌词里最具光彩的字眼精心收藏,直到女儿出生才作为贵重礼物慷慨派送。

"彩霞,这名字多好听啊!"父亲的口吻里充溢着自豪。曾经我嫌恶这名字,想改成"红卫"、"东升"、"战旗"之类。

父亲说不能。对一个名字的认同,实际上是对另外一种生命的怀念和尊崇;有了这个活泼名字的存在,就使那些牺牲的年轻人的生命得到了真正意义上的延续。

可是父亲一生并未享受过军功章的待遇啊,甚至连50年代进修正规军事院校的学历证书如今也未拿到手——否则他会获取一官半职也未可知。

父亲说,当年,有许多十八九岁的年轻人倒在了战场上,他们亏不亏?为了过上好日子,敢跟国民党反动派拼命?活下来的人,怎么叫吃亏呢?

可是现在有许多人面临生存危机,比如下岗。哥哥说。

新中国来之不易,现在国家强大咱们倒要跟国家斤斤计较了?要想让国家有大发展,就不能只看眼前利益啊,孩子们。父亲说。

儿子说,爷爷的勋章真沉,妈妈见过吗?

我的心头滚过阵阵热浪。父亲的勋章当然是有分量的,它佩戴在一名老兵的心里,所以使父亲青春焕发,虽然父亲已七十有三,但对共和国的那份炽热之爱有增无减。父亲之于那枚勋章,或者勋章之于父亲,是机缘是命运是见证。勋章,或许就是我们国家和民族的象征,它体现一种不屈不挠不卑不亢,自强自立奋发向上的精神。为了创造她的真正辉煌,一生孜孜以求,我以为这就是在提升中国人的生命质量啊。父亲拥有勋章,一生当之无愧。

父亲虽然老了,但我们的共和国依然年轻⋯⋯

城外春色

久雨初晴，这是难得的好天气。早就想到郊外走走，于是邀了丈夫，朝野外走去。

野外风徐，一派迷人的景色：油菜花热烈地开放，满目一片金黄。小麦地郁郁青青，散发着泥土的清香。几片闲置的土地上，小草们争先恐后地开拓着自己的战场。正如芸芸众生，为着生存抑或功利不倦地厮杀与推搡。远远的黑压压的一片枝杈，该是梦醒的桃林了。

走进桃林，只见赭红的或者乌青的枝上附着一朵朵小小的花蕾，鼓鼓的，饱胀着生命的欲望。也似片片霞光，孕育着春的梦幻。其中迫不及待的几朵，害羞地半张着花瓣，好奇地张望着陌生的人间。

出了桃林，经农人舍地。两犬争相狂吠，正欲逃离，被丈夫一把扯住，笑道：你不跑，它只狂吠而已；你若一跑，反要咬你了，你哪里跑得脱？信其言，竭力装出镇定的样子来。犬们果然只是干吠一阵，见无人理它，自觉没趣，于是摇了摇尾巴，鼻子打出很响的怨恨声，又伏在那里了。置身繁华闹市，走在人群中，赞扬与诋毁，成功与失败，原是不必大惊小怪的，以平常平静的心态走过去即是。于是善意恶意或褒或贬的目光只能无奈地停留在原地，或被迫目送你前行。于是，行走着的你，成为别人的风景，这风景无疑更属于你自己。

　　出了农人舍地，见一池塘，清澈的水面上，几只鸭子在扇翅戏水。岸上青草丛生，一些蓝色的小花点缀其间，像绿底碎蓝印花的地毯，像满天眨眼的星星，像一首清纯的小诗。

　　走过青草地，穿过一片碧绿的菜畦，便是一座绵延的小山。山麓上铺陈着漫漫的衰草。低头审视，则见纤细的新草在默默地努力地上长，令人想起一种艰苦卓绝的精神。艰苦卓绝，使一株小草由瘦弱变得强大；艰苦卓绝，使生命繁衍不息。向上走，是一大片苍翠的松林，林间，阴凉静谧，偶尔可听到几声婉转的鸟鸣。松树虬枝盘曲，苍劲的枝干，龟裂的树皮，令人心生沧桑的感喟，或者忆起了自己的老父亲，在感喟与追忆中，人也似乎成熟了许多。

　　转过松林，到了另一边山麓，只见一座民房静静立着，几只鸡正在门前悠闲安详地散步。一只狗伏在那里晒太阳，看见我们来，抬头望了一下，大概见无大碍，又晒它的太阳去了。离房子不远处，有几棵梨树，上面缀着嫩黄透亮的叶子，紫蕊白瓣的花儿，远望如一片新雪。古人用"忽如一夜春风来，千树万树梨花开"来形容雪景之壮观，看来是写出了梨花的神韵的。

　　沿房前小路，蜿蜒行至一条小溪边。两旁是支着大棚小棚的菜畦，几个农人在那里忙碌着，间或传来几声乡间俚语，还夹杂着一串纯朴的笑声。置身此地，仿佛又回到了当年插队的山村，回到了那群忠厚平凡而又默默无闻的乡亲们中间，心中不觉涌起微微的波澜。

　　踏着湿润润的小青草，顺着小溪前行，一片竹林便呈现在眼前，这竹林使人神清气爽，恍若回到了故乡。瘦长瘦长的枝干,窄细窄细的叶子,在微风中轻轻摇曳,如微醉的高洁的隐者,潇洒豪放而又不失其风度,姿态可掬可爱,真要令人倾倒了。

这地方不是去年来过吗?丈夫轻声问道。

是的,去年的好心情带我到这里,使我的浮躁得到了过滤,那么,这里也会滤去烦恼的吧。

时间过得真快,眨眼一年就过去了。

我们往回走。走的是原先来的路。经过池塘时,我竟然听到蛙鸣,"呱呱呱呱"地叫着,那几只鸭子还在水中游戏。

一种被时光催促的紧迫之感,由心底而生。烦恼是什么,浮躁是什么,一切都无法阻挡时间的脚步匆匆前行。

城外的春色真美。城外的春色能滋润心灵,心灵便四季如春。

树的记忆

　　刚入秋，我回了一趟家乡。

　　那是黄昏，各种各样的飞鸟儿集结在房前屋后纵情歌唱，优美动听的歌声令夕阳陶醉，于是我看见西天涂抹上缕缕彤云，将天地妆扮得格外妖娆妩媚。那是上苍感动的脸庞。树木在夕照中沉思默想，像个哲人。

　　我的目光一下被吸引——那棵白杨树，它居然那么高大，那么挺拔，粗壮的躯干上有个碗口大的疤，那疤年深日久，漆黑如墨，与青灰的树皮形成较大的色彩反差。谁能想像得到，当年它柔弱细瘦，像个发育不良的少年。然而今非昔比。让人感慨的是，许多年来它一直保持着站立的姿态，栉风沐雨，经冬历夏，披星戴月，昂首不屈，它不累吗？

　　我想到了少年的它以及与它有关的种种。

　　那时的我也是个少年。

　　记得清楚，那天家里有客人来访，客人骑了一辆红旗牌加重自行车。车停靠在门前的石阶旁，没有上锁。趁母亲沏茶的当儿，我凑上前俯在母亲耳朵上，小声但恳切地要求着一件事，开始母亲一口拒绝了我，但我毫不气馁，一遍又一遍起劲地陈述着我的请求我的迫切，到后来，我几乎要流泪了，那是急的。母亲显然有些为难。母亲思忖了片刻，望望少年的我，答应我前去试试。

我躲进厨房里,忍不住向客人落坐的房间探头探脑,且竖起了耳朵。

等母亲再次走近我时,我看到了母亲脸上宽容释然的微笑。母亲说,去骑吧,小心,千万别把人家的车摔坏了……

我子弹一样射出家门。

我握住了自行车锃亮清凉的车把。我注意到:车的横梁用黑色塑料带从头至尾缠得结结实实;车的尾灯裹着一块红绸布;前后两只轮子上缚着红绿黄三色相间的毛刷——车行走时,它的样子类似于跳跃的彩色刺猬;车静止不动时,它呢,又像只慵懒笨拙的毛毛虫。车的后瓦上印着两面重叠的红旗,很显眼。车几乎可以说是崭新的,而且尊贵。

我一只脚踩住脚蹬,另一只脚起落落点着地,使车向前滑行了一段路程后,突然我纵身一跃骑上了车。车把兴奋地扭动几下,驯服地沿土路逶迤而去。母亲的目光在我背后闪烁,仅有半瓶醋水平的我对于车在行驶中方向的把握,情形大抵如婴儿蹒跚学步时对平衡无法把握差不多。专心于驰骋的我,把母亲的叮咛抛给了风和风中飞翔的鸟儿。

我在门前的土路上来来回回地骑,邻居的孩子们也跑来凑趣。大呼小叫的孩子们站在路边上像看杂耍一样,投来的目光是艳羡和鼓励。作为骑手的我,所感受到的却是得意和沾沾自喜。好像我就是车主,好像我很富有。不一会儿,我便大汗淋漓,衣服濡到了后背上,头发贴到了眼眉上。即便如此,我也是断断不肯停下来休息片刻的。因为自行车是别人的。因为骑车的机会绝无仅有。

将要吃晚饭时,母亲站在门前的台阶上向远处的我招手,我知道客人要走了。我是多么不情愿客人走啊。但我清楚,我没有理由挽留客人在这里继续待下去。客人怎么能随便听任一个孩子的摆布呢?我放慢速度往回骑,以期多享受几分钟自行车带给我的快乐。快要到家时,小伙伴们似乎有意要考考我的骑车技术,他们手拉手围起了一道人墙,我左躲右闪,总算没把车骑到小朋友身上。但我冲下了土路,迎着一棵小树,不可逆转地撞了过去。

我爬起来的时候,车还躺在离我一丈远的树干上,车把拧了九十度,链子掉了下来。这时我想起了母亲的嘱咐,我吓出了一身冷汗。

等我扶正车把,费尽力气把车链子安到原处,我已满脸满手污黑了。而小树呢,身上有了伤,伤口处冒着淅沥的汁液,宛如少年委屈的泪水。

客人走了以后,我才发现,我的左手掌擦破一块皮,一条裤腿上扯了道口子,膝盖露出来,渗着殷殷的血迹。

如今那棵小树已长成参天大树,树冠如伞,树叶茂盛出一大片浓阴,躯体上的伤口像一枚勋章诉说着它往日的坚忍和刚强。当然,也记录着我的羞愧和莽撞。它是否也窥见了当年我想拥有一辆自行车的奢望?

从机场到家,我坐了半小时出租。到家的时候,我看见两个男孩子一人骑了一辆童车在门前的柏油马路上比赛,孩子大约五六岁,童车的后轮上拖着两只更小的轮子,使得两个孩子在奔驰时,可以无所顾忌地撒开车把;孩子的胳膊举过头顶,远远望去,像鸟儿在空中的翅膀,且始终保持着飞翔的姿势。夕阳斜照,白杨摇曳,家乡在我眼里凝成一幅意蕴丰富的画……

海南行

下了飞机，走出美兰机场，扑面而来的是凉爽宜人的气息。海口到了。

近几年，北方的盛夏酷热难当，如果不是空调帮忙，真难预料，城市密集的人群会不会像田野里久旱无雨的庄稼大片大片枯萎甚至一株株死亡。天气预报随卫星云图变化日日将调门提高：39℃，40℃，41℃，42℃。上天持续的高烧使头昏脑涨的地球人寝食不宁，情绪烦躁。过去以炎热而称雄的南方"三大火炉"，面对北方城市的穷追不舍后来居上，虽是欲罢不能但不得不甘败下风。海南决不是避暑之地。据说，近年来倒有不少聪明人蜂拥至此来过冬。

海口在下雨。城市以淅淅沥沥的节奏将有声有色的街景呈现于久居北方城廓的我之眼中。于是，劳顿疲惫的我霎时被激活了，暑热一下退却了。

那是椰树吧。

婆娑摇曳，婀娜多姿，少女般起伏多情的身影闯入我的视野。单调无聊的心绪顿时隐退，代之而起的是一种愉快透明轻松而湿润的心情。哦……雨中的椰树是由心而造的街景，被雨淋湿的心情是海岛给予我的特别馈赠。

雨在下。

红色的土壤与无边无际的绿色，是城市的固有色彩，还是巧夺天公的匠心所为?两种色彩组成"海南"的名字,使这座最晚建省的省城卓而不群,诱惑挡不住。

一缕炊烟,从椰林深处嫦娥般袅袅升空,氤氲出一片虚幻之境。走进景致里,你会发现,一条细如手指的红色小道,蜿蜿蜒蜒,伸向未知的远方,与炊烟升腾的所在遥遥相接。

小路尽头,牵挽着一座椰木搭成的小屋。木屋嵌在一片茂密葱郁之中,使远方来客恍如置身于童话世界,喧嚣被隔绝,你反客为主,忍不住产生玩积木的欲望。

房前屋后都是椰树,每棵树没有枝杈,笔直一根主干,攀接苍穹,欲揽重霄,大有顶天立地之感。在梢头鼓突出密密麻麻一圈椰子,像上天的眼,注视着脚下的子民,恩泽一方水土,施予一派宁静和泰安。

屋后散落着一片体态丰满的球状之物,大小接近儿童足球。若是一人出入此地,乍一看,会吓出一身冷汗,那些滚圆使你误以为自己步入了地雷阵;仔细一瞧,你乐了,那些状如娃娃脑袋的"滚圆",是椰子,它们赤身裸体保持着原生态的模样,只是它们坚硬的头颅之巅钻出了三两片嫩绿的叶子,留海儿似的装扮着日益变黑的躯体渐次苍凉的容颜。

多么让人莫名其妙的一群小脑袋啊。

主人告诉我,这是用椰子进行育苗。我大大地惊讶了。

椰树的育苗竟是如此简单,几乎完全依赖自然之力使自己的祖孙后代得以孕育繁衍,生生不息。不用专门的园地,无须特别的护理,甚至不要太长的时间,它们茂盛出生机。不久,它们将告别自己的诞生地,连同那黑硬的躯壳一起,植入城市的肌体,以一颗虔诚之心茁壮出高的矮的,参差错落的绿色天使,和着城市的脉搏呼吸成长。从飞机往下看,海南在绿色的海洋里沐浴,红色土壤构成背景,神来之笔成就了一幅好画。

椰树四季结果,所以海南四季碧绿。当人类生存的每个角落都四季常青时,那么我们的地球就会变成一位少女,年轻,美丽。

绿色,是海南的魅力。魅力是赢得未来的先驱。

生命奔腾不息

在我眼里，父亲是严厉的，不苟言笑，面孔冷峻。因为这种印象，和父亲相处，我总是小心翼翼，以讨得父亲欢心，至少不激怒他老人家吧。

父亲生气时，样子十分可怕。他本来眼睛就大，生气时，眼睛瞪圆，眉毛几乎立起来，和根根倒竖的头发交相辉映，让人顿生将被吞掉的恐怖之感。因为惧怕，平时我总躲着他，尽管小心，有一次我还是激怒了父亲。

那天我在做晚饭，厨房的门对着马路，外面发生的一切历历在目：大人到井台上打水，小孩在树下跳绳，狂奔着的是我的同龄伙伴们。我一边搅锅，一边心神不定地张望着外面的景致。终于抵不住诱惑，挪到门口，看两眼，再急急忙忙返回灶前胡乱搅几下锅里的稀饭；还不过瘾，我就出了家门，凑近了看同伴们嬉闹；后来有些欲罢不能，身不由己地加入了游戏的行列。

等母亲叫我的时候，我像野马似的已跑得满头大汗，轻松下来的心情也即刻紧张起来。糟了，这时我突然想起来灶上的锅，锅里的饭。

我往家飞奔。我甚至闻到了浓烈的焦糊味。

父亲站在那里，宽阔的肩膀正好堵住了敞开的门。我一下呆了，贴紧墙根，一寸一寸往前挪。我记起了父亲要上夜班,父亲从来都是吃了晚饭才去接班的,这规矩多少年雷打不动。我慌了手脚,乞怜地望着母亲。说一不二的父亲斜跨了一步,两手卡着腰,用脊背挡住母亲的援助,挡住了我的企图。我感到空前绝望。父亲的脸铁青,浓黑的眉毛直立起来,我预感到父亲要发火了。

母亲从父亲腋下闪过身子,冲我暗示:快跑!快跑!

我有些迟疑。这时我看见父亲回身弯了腰握住了什么,刹那间我反应过来,撒开腿就跑,在呼呼带起的风声中我听到了重物落地的闷响。

父亲没有追我,但落荒而逃的我并不知道。我旋风般一气跑出半里地后,才敢扭头往后看,我看见身后有个重量不轻的板凳。那是由一截废弃的枕木改制而成,看上去怪模怪样,很沉,石头一般,木纹里浸透了沥青。

我完好无损。父亲白费力气——没谁跟他比赛投掷,要不他准拿冠军。

事后,母亲不放心地自言自语,真的没伤着?怎么会呢?太危险啦。

那天父亲饿着肚子去上班。而我恶毒地想:饿死他,饿死他,看他以后还凶不凶!当时我只有八九岁,记得那时小伙伴的家长经常上街游行,每到此时,父母总是要把我关到家里的。父亲要关我时脾气显得很坏,他的坏脾气表现为不说话,狠狠地摔门,重重地上锁。虽然我被锁进了家里,但我还是能听见时隐时现的口号声,锣鼓声,脚步声,我爬到窗台上抓住窗棂往外张望,只能望见人们激昂的背影。

父亲从外面回来后,愈发寡言少语。但我对父亲的惧怕心理不可改变地形成，而且随着时间推移这种心理得到了进一步强化。

母亲说，父亲其实是个有趣的人，父亲心灵手巧，会针灸，会木工活，当过文工团的指挥，还会烧菜——那菜色香味俱佳，品尝了没人不夸。

可是他为什么莫名其妙地发火呢？

我这样问的时候，母亲就缄口不语了。

我也渐渐习惯了父亲的坏脾气。

在习惯中我长大成人。

在父亲七十岁生日来临之际，有一次聊天，我提起了当年被父亲"追杀"的情景，问父亲是否还记得此事。父亲扬声笑了，然后说，小板凳虽重，想伤人是一定能伤着的，更何况你那时还小，跑不脱的。

人在极度苦恼时，总会有一些过激行为，而无论多么失态，到底没忘记对弱小生命的本能怜惜和保护，更何况是父亲对女儿呢。眼前的父亲是何等慈祥，一改印象里四十年不变的冷峻模样。

四十年来，我对父亲无时不在的惧怕心理此时化为一股感动，这感动来自生命对生命的理解，来自生命自身所具有的善良。

由父亲想到更广阔的人生，我这样认为：宝贵的是这个生命的过程，要想使生命奔腾不息，需要的是坚强的内心，而不是让苦恼统治心灵。在苦恼中，你会歪曲对本来美好事物的体验，歪曲本身就是对生命体验的贻误，而生命只有一次……

过　年

小时候盼过年为的是三件事:吃饺子、穿新衣、压岁钱。

年关愈近,孩子们的心跳得愈欢,进出家门的步子愈显纷乱,兴奋的小脸儿上写满了焦急嗔怪:年,来得真慢。掰着手指呼唤年。

年,不紧不慢不急不缓地向孩子们走来。

除夕的晚上家家摆上了团圆的筵席,这一餐吃得仔细,吃得恣意,孩子们可以略微放肆些许,站起来隔着碟子到别人的领地挑选自己喜爱的菜肴,父母不指责孩子们的不守规矩,还用鼓励的眼神对这不守规矩大加赞许。

父亲拿筷子尖蘸了烈性白酒批准扎羊角辫的女儿可以用舌头舔一舔,女儿怯怯迎上父亲一向严厉而此刻温柔的目光,伸出舌尖试试探探舔一下,顿时辣得皱了一张粉脸,眼里汪了一潭泪,家人笑作一团。于是饭桌上的气氛非同寻常地热烈而融洽了,那是对旧岁最深情的吻别。

酒。菜。孩子。笑声。新年姗姗来迟。

没有电视。甚至没有电。一盏如豆的煤油灯闪闪地跳出黄色光晕,灯下齐聚着全家人的脑袋,一家老小全神贯注地投入到手头的工作,有的擀皮,有的揉面,有的包馅,包饺子是特殊的守岁方式。孩子们包的饺子奇形怪状,捏成猫狗,做成炮楼,馅儿塞得或鼓或瘪,煮熟了你会发现那皮里包的,有一块胡萝卜,有五分钱硬币,有一段橡皮,像开杂货店。

子夜的钟声是孩子的催眠曲,困得东倒西歪的活宝们此时再也无法睁开眼迎接崭新的年的到来,只在沉沉的梦中重温企盼的遥遥无期。

这时母亲坐在灯下,嘶拉嘶拉纳实一针,再纳一针,一针一线为孩子赶做一双棉鞋,或者为某一件新衣比齐前襟,一粒一粒钉上扣子。无论夜有多长多短,多深多静,无论活儿有多繁多简,衣服是单是棉,孩子初一早上醒来的第一眼,看到的都会是叠得整整齐齐的一套新衣,和一双可脚漂亮的新鞋。于是母亲网满血丝的双眼里溢出的,是同孩子一模一样的惊喜和满足。

年来到的时候,孩子们装扮得像一夜间忽然绽放的花朵。接着母亲郑重地取出早已准备妥当的压岁钱,或五角,或一元。给予与接受的双方并不看重那钞票的面额,而是陶醉这仪式。几个孩子围着母亲,一个个花枝招展昂着虔诚的脸儿期待着,期待着最爱的人给予祝福,那钞票一律挺挺的新,如一笼新蒸的包子,似刚上身的衣服。幸福沐浴着母亲,滋养着孩子,年,就这样降临了。

一年到头,难得吃上饺子,而初一至初三每天早餐一顿水饺,吃得孩子的脸绽着油光。好胜的孩子便提出比赛,看谁能吃二十个,不,三十个饺子!于是一场紧张的战斗拉开了序幕,有自愿者出来监督,一个、二个、三个四个、十个二十个、二十一、二十五、二十八……眼看已吃到了嗓子眼儿,倡议者不甘示弱,硬着头皮吃下去,二十九,仍未达标,有啦啦队助战,二十九个都吃下了,剩一个算什么,吃!三十个。一举成功,首战夺魁。

　　初一的水饺刚吃完，就该往新衣的口袋里装花生、水果糖、葵花籽了。然后吃着，跑着，在这一处，或那一处燃放一支花炮，或者远远地躲到墙角，捂着耳朵为别人放炮而战战兢兢而好奇地探头探脑。年的节目就是尽情地吃，放纵地玩，开心地笑，年是为孩子特设的节日，年让孩子们留连忘返。

　　过了元宵节，年一步步走远，孩子们举着花灯试图羁绊年，使年能怜爱地多逗留几天，然而年渐次走远，于是孩子们又有了新一轮的期盼，新一轮的等待。

　　年来了，孩子欢天喜地，老人陡生沧桑感，中年人暗生宿命感，紧迫感，年轻人青春勃发，油然而生自豪感和优越感。但有一种共同感受便是："年年岁岁花相似，岁岁年年人不同。"

鸟儿的飞翔

鸟儿在空中飞翔时，并不一味地扇动翅膀，韩老师仰头望着鸟儿做飞行表演时如是想。成群结队的小鸟放肆随意地做着种种高难动作，或追逐，或躲藏，或飘浮，或攀升，或俯冲，如同一群顽童在游戏，使得韩老师下了长途公共汽车后的单调行走，变得轻松而有趣。

鸟儿在前方带路，涉过一条小河，爬上一道山梁，将客人迎进一所乡村中学。

正是秋天，秋日收获的忙碌刚刚结束，孩子们被季节熏染得黑里透红的脸膛闪烁着劳动后的喜悦，一双双被渴望点燃的眼睛，映照得残破的教室灼灼放光。

老师们卸下肩头的锄头、犁、耙、担子，粗糙的大手又捧起课本，执起了教鞭。

校园里顷刻间恢复了以往的龙腾虎跃。墙角的幼草执着地寻找令其茁壮成长的阳光，斑驳的木框、锈蚀的铁钉顽强地支撑起篮球架。尘烟弥漫的球场上奔突跳跃着青春的身影，荆条窝成的篮筐，忠实地承接住屡屡投进的球，旋起的喝彩声不亚于观看世界杯、职业球队任何等级的比赛场面。

在这所乡村中学，韩老师简易的行囊找到了安放的位置：一张桌子，一张床。

气候故意与人作对，夜半更深时袭来寒流，只有窗框而无一块玻璃的窗户,受了怂恿般对骤起的狂风频频让步,平时嬉笑怒骂群起示威的大小老鼠们,此刻在洞中无奈地叹息。

一所学校,分三处上课,东山有两个班,西山有两个班,大本营有三个班。东山离大本营七里路,西山离大本营十七里路。学生们听课地点相对固定,而教师因学科年级的不同,就要在三地间跑来跑去。

韩老师天不亮就动身往十七里外赶。路上下起了雨夹雪,蜿蜒的山路变得泥泞难行,韩老师这时方觉出曾帮他行走的自行车成为累赘。当韩老师两腿泥、满头汗、一身雪地赶到教室时,看看表,他走了整整两小时,离上课仅差三分钟。

全班九十七人无一人请假,无一人迟到。坐在太师椅、小板凳、蒲团上的学生们,人人用专注的神情,思索的目光追随老师的思维,踊跃地回答各种各样的问题。

一年三百六十五天,除了麦假、秋假,学生们在这里成熟着思想,孕育着希望,企盼着成为国家栋梁。

这个寒冷的冬季给韩老师留下深刻印象。教室里未生炉子,门、窗四下挤进的风,刀子一样割人的耳朵。他穿着崭新的军用棉大衣,军用棉鞋,而且穿了棉裤——他已经二十几年没穿过棉裤,但是,一节课下来,他已冻得手脚生疼,寒气无孔不入地直逼他全身,他居然打起哆嗦来。

学生们每年冬天都在这没生炉子的教室里度过,无论刮风下雨,天寒地冻,大雪封门,路滑坡陡,他们当中无一人旷课,上课迟到者也罕见。

案头的《班主任工作漫谈》、《数理化课课通》很快被老师、学生借走。韩老师发现,半个多月时间,师生已人人传阅了一遍。如饥似渴的学习热情,刻苦钻研的韧劲,令韩老师在数九寒天里心中滚过一股热流和感动。

没有教具,没有图书室,没有实验室;冬天没有炉子,夏日没有电扇,甚至桌椅还要学生自带;没有怨艾,没有悲观,没有退缩。

老师与老师为教学在做积极探讨;同学间为一道题的解法争得面红耳赤、各执一词;师生间解难答疑已蔚然成风。

韩老师教过二十几年的书,他的教授对象是城市的孩子;而这个冬天他与乡村的孩子朝夕相处。在这些日子里,他感受到了城乡物质上的极大差别,也触摸到了乡村中学师生的心灵世界。那个世界未因物质的贫瘠而萎缩,相反更广阔,更丰富,更动人。

偶尔从乡下回到城市的家中,韩老师会生出一种牵挂,等他终于明白为什么而牵挂时,韩老师会自言自语地说,当初以为到贫困地区支教三年时间漫长,如今才觉得还是匆忙了,有许多事还未做……

春天的希望

春雨淅沥,丝丝相连,缠缠绵绵,在这如梦的雨季,会使人平添许多忧郁。

街上行人稀少,却步履匆匆,都撑一把蘑菇般的雨伞,隐入迷迷蒙蒙的雨帘。

我和丈夫骑车,急急地行。儿子在我车后座上安静得似一滴水,使人不禁为他心生一丝爱怜。

这样的日子带儿子飞驶在寂静而繁华的街市,已不止一次,每一次飞驶之后,便生出长长的郁郁的焦虑。

儿子两岁了。眼睛大而明亮,额头宽阔,透出一种聪慧和天真,笑时仿佛饮了甘露,传导给人一种甜美的感受。然而,谁能相信,这貌似聪明的孩子,如今还不会说话。

曾经从电台收听到一则消息:有一孩子一岁半时不会走路,也不会说话,经检查患了先天性脑偏瘫。

也曾从某刊物上看到:因孩子幼时脊椎错位而未能发现并及时医治,造成终生残疾:不能直立行走。

这些文字看起来有些骇人听闻,然而却是客观存在。

我和丈夫的心中被一道无形的阴影笼罩着。

但我们相信科学。

于是,我们翻阅有关资料,查双方三代直系旁系血统的遗传基因。

　　一切努力都证实了同一结果：儿子应该是健康活泼的。决不是傻子。

　　雨在不紧不慢地下，风掠过鬓发，将斜飞的雨丝送进口中，使人感到丝丝的寒意。路面上积起亮亮的水，车轮驶过，激起一股白色的细浪，在身后纷纷坠落，撒下一串碎花。常常在这样的日子呆呆地想儿子的未来，痴痴地思未来的儿子。

　　他应该是聪明的，他也许不能像胡适那么轻而易举拿到一百二十三个博士学位，但至少也该到异国的牛津、剑桥、哈佛接受科学的洗礼。然而这一切，都要化为泡影了吗？

　　即将步入中年的我和丈夫，为了事业，使儿子姗姗来迟，如今，命运要来惩罚我们这一对爱孩子却不会带孩子的父母吗？这对我们是一种劫难，而对孩子，未免过于残酷了。

　　远远地望见儿童医院白色的建筑群，好似一位天使，端庄而肃然地隐在漫无边际的雨幕中。望着这位天使，会使人产生一种复杂的情绪和联想。

　　儿子要撒尿。

　　儿子的小鸡鸡长了一圈红痣，使得那生命的象征通体鲜红亮丽，宛若一朵盛开的鸡冠花。接生的医师说："这孩子特殊！"护士讲："我干了四十年，大概有一千个孩子在我手中降生，只有这一个红鸡鸡，我看这孩子非同寻常。"我的同事调侃说："戈尔巴乔夫头上的红痣使他成为当今世界上引人瞩目的政治家，你儿子的红鸡鸡也一定会使他成为伟人。"溢美之词盈盈于耳。我只能付之淡然一笑。我理解，那是一种美好的祝福。

　　但，我同样希望儿子杰出，为了儿子的杰出，我们在暗暗努力。

已经在为孩子准备钢琴，已经有意识地为孩子进行幼儿英语的启蒙教育……

不仅仅要儿子掌握某种技能，还想让儿子从小有较好的生存环境，并使他在情操、气质、修养上得到良好的熏陶与影响。为他未来的成才打下坚实的基础。

对儿子，我们有多么美丽的设想。

可是，七百三十个日日夜夜的艰辛哺育，七百三十个朝朝暮暮的祈盼与希望，就此成了永远？一种揪心的疼痛漫开来，我感到从未有过的疲惫与伤心。为儿子，也为自己。

还记得怀孕时经历的每一份沉重的日子，那时母亲重病在身，我拖着笨重的身体，往返于医院与家里。冬天裹一身寒雪，秋日披一身残霜，日子若那条寂静凄冷的路一样漫长，而我却常常厌食，呕吐不止。为了儿子（权做儿子），也为了母亲，我吃下，复又吐出。这艰辛而忙乱的日子直至儿子降生的那一刻。

该不是因为那时的劳累，使儿子先天发育不良？

为了我能顺利分娩，一向怕因自己而给别人包括女儿添麻烦的母亲，执意回到了河南。临行，母亲安慰地说："那里有你父亲、兄弟和妹妹的照料，我会好起来的。生了，我来给你带孩子。"

我深信母亲这样说也会这样去做，可是看着瘦骨嶙峋，面色苍白的母亲，我还是禁不住泪流满面。

母亲含着微笑离我而去，留给我的是一种怅然与空旷。

生了儿子的我，竟是那样虚弱，走路像踩着云，轻飘飘左摇右晃，那年我三十有二。三十二岁的我看着那样幼小的一团生命，却束手无策，满面愁容。然而不久，我适应了这一切。儿子是我的老师，他用那稚嫩的哭声和甜甜的微笑，将我熏陶得成熟了，练达了。

岁月流年，时光荏苒，转眼儿子就一岁了。多么想带上儿子让母亲看看。我又是多么挂念久医未愈的母亲啊。

还在儿子未出世时，母亲就抱病为孩子缝制了小山似的一大堆小衣小裤，如今，孩子都一岁了，却从未见过外婆。

我决定立刻回河南看望母亲。一年的忙碌与劳累冲淡了我对母亲的思念。一经提起，就再也无法平静这思念之潮，再也无法忍耐等待的煎熬，包括在候车室候车的短暂时间。想像着母亲见到外孙时刹那间一惊和惊诧后的兴奋；想像着兄弟姊妹们对小外甥的夸赞与亲昵；想像着母亲看到孩子后如得一剂良药，从此身体康健，笑声朗朗，全家人雨过天晴般在一起欢聚，畅饮……

这想像太美妙，太迷人。

但是，一切都来不及了。

母亲太累了，一年的等待虽不漫长，但对一个久病缠身的老人来说，度日如年。

母亲走累了，她沉沉地倒下去，再也无法爬起来，与我们同行。

我抱着刚满周岁的儿子，在母亲的遗像前久久凝视：母亲的额上爬满了岁月的沧桑，眉宇间深嵌着生活的艰辛与疲惫，可她却微微启齿对我浅笑。

对着母亲的微笑，我跪下去……

母亲临终前，对守在身边的妹妹说："这五十元钱，给豆豆过生日用！"豆豆是我儿子的名字。妈说完这句话，就永远闭上了眼。

五十元钱是母亲未了的心愿。

我的心浸泡在苦涩的泪水中，我跪在母亲的微笑里。怀里抱着儿子；向母亲诉说我的愧疚，我该早一天回到母亲身边，我可以抛开永远做不完的文章，回到渴望见到外孙的母亲身边。

可是，我的诉说，母亲听不见，听不见。

一辆卡车从身边飞驶而过，像一道闪电，一刹那，便消失在远方。

儿童医院到了。

我收起绵长的思绪，挂号、抽血、拍片子，等等，等等。

所有的检查做完，已经十一点，可怜的儿子，从昨天晚上到现在，十五个小时之久滴水未进，粒米未吃，此时，连哭声都微弱得像小猫在叫。

我的泪盈满双眼，真不愿眼看着儿子受难。

却还要赶到省医院。我和丈夫对望一眼，狠狠心说："走！"跃上车，呼地射出去。

当我们大汗淋漓赶到地点，差一刻钟就要下班。一路小跑找到专家门诊，我已是气喘吁吁，双腿酸软。

专家是位老太太，鬓发染霜，慈眉善眼。我歉然而谦恭地说明了来意，专家便极温和地看我一眼，继而仔细询问着病情。

一缕感激之情油然而生。

儿子六个月，我假满上班。可是却找不来保姆看孩子。如今的保姆也讲效益，同样是挣钱，当然要选择家庭条件优越，孩子大点儿的才肯去干。这些我永远惭愧。

万般无奈，只好把儿子捆在小床上，急急忙忙去上班。

日子却过得缓慢。每天早上匆匆喂了孩子，待中午着了火似地扑到家中，儿子身下早已是汪洋大海。然而儿子却乖得出奇，每每看到儿子时，他或者睁着大眼睛东张西望，或者对着墙上的钟表伊呀自语，却极少听到他哭，无疑这对我是一种慰藉与宽谅。于是，来不及擦去满脸的油汗，抱起孩子左看右看，儿子等不及似地哭起来，迅即便钻进怀里，急急地哑起小嘴。

有朋友说，一同学的孩子十个月时，翻身趴在枕头下，闷死了。

有朋友又说，邻居家的孩子在床上爬，掉下来便摔死了。

听着听着，心里便惴惴的，像有大祸临头，有一日便请了假在家陪孩子。却无法再待二日三日。于是，就与丈夫合计，每班中间轮流回来看一次儿子。

这一捆，就捆到儿子九个月。

莫非儿子走路晚，由此造成？

如今儿子走起路来仍歪歪斜斜，像喝醉了酒，可是检查结果，却并不缺钙。

无法偿还欠儿子的这笔感情债。永远。永远吗？

下班的铃声响起，楼道里有轻微的骚动和细碎杂乱的脚步声。

专家站起身，缓缓脱下白大褂，拿肥皂仔仔细细地洗完手。转向我,口气严肃地说:"回去吧,也不要再到别的医院去看了——"

我的头轰地一声炸开,所有的,一切,都不复存在,陡生出世界末日来临的恐惧与毁灭感。

身心一下子萎缩,希望的金字塔瞬间倾覆,我忘记了自己身在何处,和需要干什么。

我用三年时间营造我心中的金字塔,不是吗?从这颗生命的种子播下之日起,我就开始一瓦一砖地营造希望,我甚至牺牲了对母亲的抚慰,可是,结果呢,坍塌了,倾覆了——我希望的金字塔。

一种无法遏止的绝望升起来,我感到脚下的土地在往下陷,深深地陷下去。

丈夫托住了我。我的脸色一定很难看,丈夫,就让我陷下去吧,这样也许比接受现实要轻松容易得多。

原来,我也如此脆弱,可将孩子捆在小床里上班,那样艰难的日子我不曾掉过泪。然而,现在我无法摆脱绝望。

专家收拾好一切,走过来抚摸我的肩,似要传导给我力量和某种安慰:"回去吧,孩子发育良好,一切正常。"

我懵懵懂懂地似听非听,一边往外走,突然怀疑自己的听力,急切地问:"大夫,您说什么?"

"孩子正常,一切正常。"专家加重语气,惟恐我听不懂似的一字一板地回答。

我仍旧怀疑地望着专家。

专家将诊断结果指给我看,然后就慈祥地笑了,脸上深深浅浅、沟沟壑壑的皱纹都绽开,像一朵迎风颤动的秋菊花。

我的眼泪汹涌喷出，哗哗如注。

走出医院，天已放晴，春天的阳光灿烂地放出金光，暖暖地抚摸着树木、花草、大人和烂漫的孩子，抚慰着我多日忧郁的心。路边的冬青树愈加苍郁，远处的矮墙上探出一枝开得艳丽的桃花，那红色温暖而又清丽，使人的心生出一种恬然而纯洁的向往。

我看着儿子，他眼睛大而明亮，前额宽阔，只是神情有些倦怠。

我充满慈爱与柔情地吻着儿子，轻轻地说："豆豆，想吃什么，妈给你买。"

儿子看着远处的手推车，眼睛一亮，小手一指："妈妈，买包包，豆豆吃。"

我屏住气，定定地看着儿子。

"妈妈买包包，豆豆吃！"

丈夫以迅雷不及掩耳之势，将足足三斤狗不理包子买回来。

我们三口，就在马路边，卖包子的手推车还未走，我们紧紧抱在一起。这巨大的幸福与喜悦淹没了我们经历的所有痛苦与烦恼，引来了许多好奇的目光与看客。

儿子会说话了。

儿子终于会说话了。此时正是他两岁零一个月。我在心里刻下了这个永生难忘的日子。

倘若母亲健在，她也会替我高兴并为我祝贺吧。

太阳微笑着护送我和丈夫、儿子回家，远远地有雁阵飞来，它们鸣叫着从我们头顶掠过，向我们道一声亲切的问候与祝福,然后又高高地飞走,走向它们自己的乐园。街两旁的树木已透出新绿,空气中流淌着花的芳香,被雨水洗刷过的路面,在阳光的照射下,有碎银一般的亮点闪闪烁烁,我的心如这碧空一样澄澈,似阳光一样温馨。我想,无论儿子将来能不能成为伟人,能不能出类拔萃,但我都要从小培养他自认平凡甘于平凡的品德,只有如此,他才可能承受生活的种种磨难与不幸;他才可能严于律己,宽以待人;他才可能具有较好的涵养与素质,从而由平凡走向非凡,由普通走向杰出,敢于正视现实,直面人生,使自己的人生更加辉煌灿烂。

我的儿子,我的太阳,你的明天一定会如这春天的阳光般绚丽夺目,充满希望。

母 亲

少年时,家境贫寒,但母亲仍设法买来两毛五分钱一斤的排骨兑了萝卜炖一锅汤,给疯长的我们补充营养,那样的诱惑是能勾得人淌出涎水的。满屋的肉香与萝卜淡淡的清甜混合成雾状的蒸气,袅袅地钻进鼻孔,少不更事的我们便争先恐后挤到饭桌前,等待那狼吞虎咽的时刻快快降临。

吃到忘情时,会不自觉咂出极响的声音来,那时母亲搬来小凳坐在一边,静静地望望这个,看看那个,满足着我们吃的淋漓。

我吃着喝着,弄出满脸的油汗,顾不上抬头,但我能感到母亲慈爱目光的触摸。那时候母亲会温和地提醒:别巴咂嘴。

长大以后,我曾经参加过一些宴会,宾客进餐时的谦让礼仪,会使人产生食欲,偶尔有人吃出响声,便会遭到鄙夷。那时,我就想起了母亲的提醒。

母亲极少串门,偶尔串门我会缠着一起去。走时母亲常要嘱咐一番:讲礼貌守规矩看大人脸色行事,我口中答应着心早已飞到屋外。母亲办完事时便不多作逗留,扯了我往外走。我不情愿地一步一回头喊着再见,一边寻找留下来的借口。母亲独自走了,我向着母亲的背影许愿:我再玩最后一把就走。那时我正与主人家的小伙伴抓骨子,而最后一把往往在天黑透以后主人家端了饭上桌前我们才肯罢手。

母 亲

长大后读文学作品,常读到这样的细节,主人遇到反感的客人通常以邀请客人共进晚餐为由向对方很礼貌地下一道逐客令,那时我才真正明白了母亲当年的嘱咐。

母亲或上班或访友,走前总要舀来温水,洗脸,对镜把头发梳得一丝不乱,拿鞋刷将鞋面鞋边的灰尘刷得纤尘不染,衣服的皱褶拉平,然后清清爽爽走出家门,我好奇的目光追出去很远,直到母亲的影子在远处消失。

长大后,我看到的所有介绍礼仪的文章都对我的母亲几十年如一日的举止做了相同的注脚——尊重别人,尊重自我。

从记事起一直到下乡,我总穿补丁衣服。那补丁缝得仔细熨贴,或是一朵花的形状,或是一种动物的拼贴,穿出去不但没有产生自惭形秽的感觉,相反倒觉与众不同起来。我穿着补丁衣服曾年年捧回三好生的奖状。母亲说,人穷,志要刚。

如今我也做了母亲,儿子亦不用以穿补丁衣服与别人比刚强。但是我对儿子说:富有无法刻在脸上贴在衣服上。真正的富有是无需向谁表白向谁炫耀的,那是一种精神。它测不出看不见摸不到,但它存在于一个人的整个生命。儿子不懂。

母亲在弥留之际本应说些什么,可是她什么也没说就匆忙走了,走得很远,令我无法追赶。

我终于明白,母亲用一生影响她的儿女。在她生命的最后时刻,其实已留下了最宝贵的东西——那就是信任。

母亲……

情　怀

　　洋人的圣诞节尚在不远处向我们频频招手，元旦却已微笑着翩然而至，要不了多久，国人的春节也会从季节的深处复苏，朝我们姗姗走来。一年的时光就在这过于集中的节日里宣告结束，新的一年就要在老去的一年中诞生。而岁月不老，时光不再。

　　在这样的日子里，我会收到许多新年贺卡，贺卡上书写的祝福语言，简洁、真挚。字里行间令我读出亲人体贴的情怀，友人深切的注视，知己刻骨铭心的惦念。在这种惦念注视体贴中，我体味到了无以言状的幸福与感动。

　　纷乱忙碌的日子里，无数次期待放松身心的时刻能够尽早降临，在沉重漫长又飞速如梦的期待中，却无暇与亲友知己从容地诉说什么交流什么，包括烦恼、辛酸、失意、苦涩、寂寥，任光阴如水逝去。而一张小小的贺卡，提醒了期待的结束，结束了身心的疲惫，结束了对情感的麻木，甚至也结束了对友爱的冷落。这提醒使人生发出美好的联想与动情的想像，曾经的失落与不尽如人意在此刻会被你掸去灰尘一般从心灵深处清扫出去，而会心的微笑就在这一刻梦幻般漾起。

　　捧读着贺卡，便是与一个个活生生的人在谈心。丈夫的贺卡持之以恒，从我们恋爱的那一年始，一年一张，坚定不移，最痛苦的一年和最得意的一年仍未间断。这使我想到，爱情这个字眼，不仅仅包含着甜蜜幸福，而且也蕴藏着坚韧与毅力。一个对生活具有坚韧与毅力的人，未必能赢得称心如意的爱情；而一个对爱情怀有坚韧与毅力的人，最终一定能把握住生活，进而获得美好的未来。丈夫的贺卡如一叶爱情之舟，载着两颗火热的心，驶向因多变而激荡因专注而透明的生活海洋。那贺卡，我珍藏着，如集邮爱好者，时常独自对那珍藏端详，品读。

同学的贺卡，惟有形状，而不附片言只语。一个巨大的心形贺卡，一只笨笨的企鹅嘴里衔着毛笔，一间茅屋，远远的一个人走来，身后是长长的一串脚印；冰天雪地一片丛林，空中飞来密集的鸟群……这贺卡，有着化不开的诗意，也有不愿示人的意韵。

父亲的贺卡，年年一张，一张四字，四字写满每年一张的贺卡：吾儿平安！吾儿平安！读着沉甸甸的嘱托，眼前就会出现父亲苍老的脸，苍老的脸上刻满沧桑挂着浊黄的泪，泪里渗透着深刻的思念以及许多不放心和种种担忧。那贺卡说起来叫贺卡，其实就是一张白纸，三十二开，纸已发黄发旧，父亲却郑重其事地每年寄来一张，而一年中父亲从不写一封信。我买来真正的贺卡将那写着"吾儿平安"的嘱咐细心贴上去，并不求其有种形式，而实实在在是为了永久地珍存。岁月使父亲一天天苍老，不变的是父亲永不苍老的爱与亲情，这爱不仅顽强，而且一生可靠，并使游子漂泊的心有了永恒的依傍。

同乡兼同行的贺卡，用毛笔书小楷并即兴赋诗一首。字俊逸洒脱，诗颇费匠心，并配有画，画却是工笔，细腻而见功力，署名上加盖一方私人印章。收到贺卡，不仅能得良好的祝愿,兼获一帧艺术品收藏,一举两得,岂不乐哉!

　　贺卡随瑞雪降临于我的眼前,我会为贺卡所代表的情怀而感动而感激。岁月消蚀记忆,而贺卡使逝去的岁月焕然一新。

无言的诉说

在我度过三十个风雨春秋后，我终于读懂了您——我的母亲。

从遥远的童年背景里走出忧郁的你，母亲。你撑一顶黄色的油纸伞，在迷蒙的雨雾中徜徉，伞上滚动的雨珠花瓣一般轻轻抖落，身后撒一串深深浅浅、沟沟凹凹的脚窝。

想我曾作为一个心愿种在你的心中。你朦胧的憧憬只有浸渍的幸福，用母爱编织一个梦似的花环，从此，欢乐因我，痛苦因我，微笑因我，眼泪因我。母亲，你沉默无言的注视使我感动得潸然泪下，心底涌出难言的诉说。

我是你前生的邀约，悄悄长在你的田地里，我挺拔的身躯伴着你的憔悴，如花的年龄映着你的苍老。如豆的灯影里剪出您孜孜不倦穿针引线的黑色底片；烟雨朦胧的子夜你敲醒了熟睡的医生，唤回我的生命。哦，母亲，你只用慈爱的目光抚摸我，安详的面庞寻不出一丝懊恼。

你明澈的眼神洞悉女儿心中最细微的纤情，而你的悲苦是我所不能分担，你的寂寞你的沧桑是我走不进的世界。

天要下雨娘要嫁人，这是民歌悲凉的调子，却暗示了你的命运与人生。

少年的你，被外祖母拉着，走进一个陌生的家庭。你忍受不了同伴们奚落的神情，从而加重了你的自卑、怯弱，就像一只迷途的小鸟不知何处是归地。

你认定你的父亲在南京,在那个不大却兴隆的中药铺。

你拒绝继父陌生的温暖,也惧怕碰那陌生的目光,常常在豪雨激荡的傍晚,独自站在冷风横吹的山坡,引出一声长长的非你这个年龄才有的叹息。

我筛选自己的领域,用心去体验你走过的道路,于是,再不会在意自己的委屈,再没有到海滨逍遥的夏季,再没有牵着狼狗的冬日。我知道,其实你的训斥正是我的幸福啊!

我是你儿时捏的那个泥娃娃,我是你少女时代断线的那只风筝。而母亲,你是我永远的爱。

面对着年轻时英俊的父亲和文静的你,母亲,我曾经多么自豪地向小伙伴们炫耀,炫耀那甜蜜温馨的家。

夜阑人静,窗玻璃映入惨淡的月光,偶尔能听到谁在心底暗泣。

外祖母粗糙干裂的手将你与父亲的命运,用纤纤红丝线串起,生生死死,红丝线捆绑沉郁的灵魂。

母亲,我以为满心的爱会流出爱的旋律,可是它只在我的心底回响,眼泪苍白无声,你可理解啊,母亲——我无言的心曲?

离家远行的日子,所有的思念启航,一年一度的家之旅,亲情依然疯长成为藤蔓植物。而我,只有锁起所有的烦忧,小心地择取几朵欢乐的浪花,遥寄一纸平安,夜夜含泪想你展阅时的微笑。

一包小菜,一方手帕,寄托了你——母亲的舐犊之情爱女之心。品尝着你亲手腌制的家乡小菜,心中漾起激滟的湖水,一层层暖意浸透了我浪迹飘泊的孤寂。

在晴日少云的蓝天下，小心翼翼将那方白色的手帕折成欲飞的蝴蝶系在脑后，心，放飞出绵绵思乡的恋曲。

母亲，你这刻骨铭心的爱，怎不催我泪如雨下？

怀抱着一岁的儿子，风尘仆仆赶到你身边。让你看儿子的胖手胖脸胖胖的小脚丫，让你听儿子叮叮咚咚唱歌般的笑声。你看见了，听到了，脸上呈现出安详、如释重负的神情。

母亲，你说儿子像我吗？鼻子像眼睛像？还是哪儿都像？

我把那帧童年记忆中一直清晰的文静的母亲的镜框，取下来细心擦拭，却无法拭去岁月为你刻下的深深印迹。

父亲将那个镜框藏起来，挂起了布满岁月沧桑的苍老的你。

外祖母告诉我，那个文静的女子不是你！

母亲，是真的吗？不会，不是。为什么不是你，不是你又会是谁呢？

别问了——外祖母沉重的回答冻冷了我欢跳的心。

碎了，童年的记忆。那个文静的女子左边的门牙掉了一半，母亲的门牙整齐如玉。忽略了一个细节，竟痛苦了母亲的一生。

如今，您去了——母亲，在我作了母亲的时刻，在我走过三十个风雨春秋的夏季，您永远地走了，我的心曲对谁诉说？

回　家

　　每年离春节尚有几个月的时间，父亲就会一封接一封信地问:今年春节回来吗?什么时间回来?回来打算住几天?

　　信中透出父亲期待的急切。

　　春节有限几天假日仅够往返路程所耗，而请事假探亲也不能年年如此吧。不忍让老父亲扫兴，又不好实话实说,常常是在"回家"以外的话题上绕来绕去。

　　但是,我想回家。

　　对"家"的向往在年节、苦恼时最强烈。童年在外面受了委屈可以躲进父母怀里放声大哭，如今即使有千般委屈万般磨难也只能埋在心里，但有了"家"的牵系，苦难可以减弱，疼痛能够暂时遗忘，幸福会成倍放大。因为家中有思念的人——父亲和母亲。

　　母亲多年前故去，剩下古稀老人——我的父亲,孤灯伴清影,寂寥度残生。

　　我是父母不孝的女儿，在父亲需要我帮扶的时候，我远远地躲开了。而父亲却说:好儿女志在四方。

　　如今"志在四方"的我别说孝敬老人，连最起码的满足父亲一个愿望都无法做到，想来真让人惭愧。一百双父母里会有一百双父母希望儿女有出息，但会有几双父母情愿骨肉分离拒绝阖家团聚?!终于咀嚼出父亲期待的苦涩时,我想,春节我得回家。

去年春节我回到父亲身边，家里的气息浓浓地包裹住我。父亲买了十二挂长长的鞭炮。炖了鸭炸了鱼，灌了腊肠做了熏鸡，蒸了一天的馒头、包子，炸了馓子、糍粑、丸子，仿佛要将我多年未在家过年吃到的好东西都补齐。家里所有的盆盆罐罐、竹筐竹篮都装满到极限，阳台上可利用的空间也都挂得一嘟噜一串串像是小型农贸集市。父亲不停地忙碌着，也不停地说，这个你最爱吃，平时在北方见不到；那个你难吃到，只有爸爸做得最地道。父亲满头的白发在我眼前飘来飘去，父亲的双手堆积着重叠密布的老年斑，父亲的步履明显地蹒跚，可是父亲忙碌得兴致勃勃。

"爸，休息会儿吧，别累着。"那是我的声音。

父亲坐下休息的时候，我看见父亲银白的发梢浸满了汗。父亲操劳了一生，晚年却还要为不孝的女儿匆匆赶回家过年而欢欣鼓舞，父亲，这就是人们常说的那种深厚的父爱吧。

父亲……

夜深了，父亲坐在矮凳上打瞌睡，头一栽一栽却不肯上床去睡。我陪着父亲。但我明白，父亲不想因为睡眠而减少与女儿团聚的时间。父亲就那样鸡啄米般坐在小凳上一栽一栽，团聚的时间得以一分一秒延长，而离别的时刻悄无声息一点点逼近。岁月沉淀的记忆一片片浮上来。

童年时天性好动，一切像个男孩子般贪玩而无所顾忌，放炮崩了手，上树磨破腿，池塘里洗澡呛了水成为家常便饭。父母担心这样的女孩子长大后如何是好？所以他们共同设计了改邪归正的圈套让女儿去钻——教我织毛衣,试图收敛那野性与玩性,我果然淑女了许多,最后将一件毛衣的线织成了半截麻袋片,那线每隔一段或两尺就拽断,重新结个疙瘩再织。父母认为我这个女儿真是朽木不可雕,所以只好放任自流,继续我那放炮崩了手,上树磨破腿,下河呛了水的家常便饭……如今我的孩子已到了我当年淘气的年龄,可父亲却为女儿买来十二挂鞭炮!

新年的钟声响了,夜空中腾起五颜六色的爆竹,父亲睁开眼嘱咐:别崩了手!三十年前父亲也曾这样嘱咐,如今我已长大成人,而在父亲眼里,我还是那个朽木不可雕的孩子吧。

噼噼啪啪的鞭炮声穿过时空,在我们父女耳边再度响起,生命已走过令人难忘的路程,旧的一年逝去新的一年又会开始。年关愈来愈近时,游子的心里会萌生出热望:过年回家,过年回家……

美丽的传说

有人说，一部好的作品可以影响一代人甚至几代人，这话是不是真理，我们暂且不论；但它肯定包含有某种道理，即文学所具有的潜移默化的导引作用，我这么说估计多数人还能接受。我是从一部纪实性作品里得知姜瑞峰这个人的，有关他的背景材料，感兴趣的读者可以去看那本叫做《黑脸》的长篇报告文学，他是这部作品中着力刻画的主人公。我现在不是要对作品评头论足，而是想说说作为书以外的这个人，说说与姜瑞峰相关的一件小事。

那是好几年前发生在河北永年县的事，很多人对此已经淡忘，但是有一个人至今记忆犹新。

一位年近七十的老大娘，因为盖房而向砖厂提前交了买砖的钱，但是迟迟拉不到砖。很长时间过去了，可以拉砖了，然而砖价翻了番。也就是说，原来交的钱只够买涨价后少量的砖，而想买到足够的砖，就要再交相当数额的钱。否则，要么你别买砖，要么拿走你的预交款。

先不说为攒这些钱，老大娘怎样节俭；也不提再交很大数额的钱老大娘有多么困难。只说交了钱后等待拉砖的那段时间。一天一天，一月半年，一年，两年，老大娘的期盼可以称之为望眼欲穿。砖厂在需求大于供货的情况下用预交款加快了资金周转，按理，老大娘应该有相应回报，就算是无偿支援，至少应该得到与交款时间同期同价值的砖，而不是现买现卖地再增加款额。

老大娘说不出这里面的道道，但她觉得这件事不合理。她扭着一双小脚去找砖厂厂长理论，找工业局长反映情况，找县里当官的讨个说法。这个说法并不好讨，老大娘连连碰壁。领导同志每天有许多重要的事情需要处理，一个买砖，针尖大的小事也来找县委县政府，那这领导还能办什么大事?领导都陷进鸡毛蒜皮的琐事当中，党的路线方针谁来贯彻?全县的脱贫致富谁来管。这种声音来自一部分人；还有一种声音:动不动就找领导来，你都接待，这不是鼓励上访是什么?都上访，就是破坏安定稳定局面，这不符合上级精神；另有一种声音:找包青天去，看他有什么办法。

老大娘就找到了姜瑞峰。

姜瑞峰认为这件事非同小可。他的观点是，买砖事小，但对于老百姓来说盖房娶亲，就是一生中的大事。老百姓的事，当官的不用心不热心去办，还能办得了什么大事?不为老百姓办事，伤了群众的心，就是败坏党在人民心目中的形象。这个官就该撤职。

姜瑞峰带着老大娘坐上车，直奔砖厂。

这个细节后来被搬到了电视剧中。但是，还有一个细节，电视剧中没有。

老大娘跑断了腿磨破了嘴的难题，由于姜瑞峰的直接参与或者干预，得到妥善解决后，老大娘情不自禁地喊:共产党万岁!这给姜瑞峰很大的震动，一个党员为人民做了应该做的事，却能在老百姓心眼里激起这种最朴实真挚的表达，这令姜瑞峰感动而又不安。这个复杂的瞬间激励着他，他已不是普通意义上的一名党员，而是代表一个群体，在百姓中植根，开花结果。

老大娘送他的一篮子鸡蛋他破例收下了，然后他把自己家的鸡蛋装满竹篮，以一个儿子对待母亲般的情感去探望大娘。

老大娘落泪了。她一生不会忘记一篮子鸡蛋带来的感动。

真情悬念

那是一个深秋的早上,我上班时,桌上堆满了稿子、信。

我顺手抽出一封来读:

我想你肯定是我过去的朋友或者恋人!

文人墨客们只要拿起笔,就能制造出让人意想不到的效果来。类似于这种出奇制胜的小花招,有经验的编辑大都能做到见怪不怪心平气和。我读此信时,还是禁不住无声地笑了。我想,一天的好心情或许会由此培育起来。

但是我不认识你!

这很正常,编辑与作者读者可以成为知己,但一生双方未得谋面者司空见惯。

事情是这样的:1991 年我去香港时结识了一位匈牙利朋友凯瑟琳,她想徒步进藏朝圣,并希望我来做向导。

我答应了。

西藏,是个神秘的所在,神山圣水,雪域高原,佛教圣徒,人事、地理吸引了多少迷恋者的目光,文人们又有谁不心向往之呢?高速发展的现代交通工具,为普通人实现梦想看天上地下提供种种便捷。那么用双脚丈量一百二十万平方公里的朝圣之途,需要怎样的诚心、痴心、真心?

1992 年 6 月 20 日, 快到塔尔寺时我们迷了路,遇到尼泊尔劫匪,他们搜净了我和凯瑟琳身上的钱物,将我们关进了地窖里。我们又冷又饿，趁劫匪们睡着时磨断了绳索逃了出来。一连几天我们在戈壁滩上奔跑，一刻不敢停留。没有吃的，加上伤痛，我昏了过去。醒来时我发现自己躺在闷罐汽车里，凯瑟琳不知去向。我拼命呼救，但嗓子沙哑，无法发出任何声音。后来，劫匪以为我已死去，将我装上车，抛到了国境线上……

我怀疑这是作者精心杜撰的传奇小说，笔迹分明有些眼熟。但寄信人地址却十分陌生——寄自广州某医院。这令我更加疑惑不解了。

我患了严重的高山综合症，并失去了忘记。边防检查人员发现了我随身携带的证件。我被送往北京住了三个月医院，现在又转到我所在城市的医院。我的妻子携儿子来看望过我，但我不认识他们。我所知道的一切都是护士小姐告诉我的。

读到这里我终于恍然醒悟，不久前我为开办一个专栏，曾写信给南国一位作家朋友，请求他予以支持。此信正是他亲笔所复。那笔迹挺拔流畅，一如他的小说。他曾因一部描写打工族的作品名声鹊起，而那部作品的责任编辑正是我。

你能告诉我，我们曾经是怎样的朋友？怎样的场合下认识的？从名字上看，你肯定是位小姐，那么我们是否曾为恋人？护士小姐说，最好能寄张照片来，帮助我恢复记忆……

读完信，我呆愣了许久。

好端端的一个人从此就要步入另一种生活，好端端的生活从此将被他视若无睹，这是怎样一种悲哀呢？

于是又想到人生，我们常常会为名利待遇而困扰，也会为人际关系复杂而烦恼，在困扰与烦恼中希望摆脱和超越。比起这位作家朋友来，困扰与烦恼于我们也该视为一种福祉吧，人生诱惑本来很多，而一个无欲无求的人，又谈什么喜悦与幸福?喜与忧、失与得、幸与不幸互为因果相辅相成，从而使生活有声有色。

我给他回了信，并决定去探望他。然而，出发前，却收到了作家朋友的第二封信——

……当我读到"我会每天为你写信"时，我落泪了，为你的真诚。今生，我为有幸结识你这样一位女性而感谢上苍。

原谅我给你开了个天方夜谭式的玩笑。收到你上封信时正是万圣节，西方人在这一天可以开各种玩笑甚至恶作剧……

所幸的是，我的举动未使朋友失望。假若朋友真的失去了记忆呢?无意中的一次考验，接受洗礼的却是我们彼此。我不禁为彼此的真情悬念而感动……

黑夜与白天对接

一

太阳像巨大的火盆倒扣在太行山上，凝滞的空气挤压成墙。贺龙率120师从这堵空气墙中疾步穿行。他的衣服已经湿透，肩膀上印着一圈圈汗渍。没有风。队伍尽头腾起一柱褐色尘烟，袅袅娜娜，经久不散。

这是1939年9月25日。

长裂嘴的玉米一片橙黄，姿态色泽宛如黑夜兀自冒出的熊熊火把，刺目地亮。谷子低垂着沉思的头颅，期待着痛苦的收割。遥远的山上有牧童尖着嗓门吆喝："哎嗨——"没有歌词，却有"咩咩、咩咩"撩人的羔羊叫声在伴唱。

小小的通信员仰起头望着贺龙汗流不止的颈项几乎在恳求：首长，你喝口水。

队伍仍保持急行军速度向前推进。队首融进了地平线，队尾看不见。

突然听到了枪响。

贺龙摊开地图，用大脑寻找枪声，遂将一根手指停在某一点上，一动未动。少顷，小心掏出怀表盯住看一眼，说：一小时后在这里待命。说话的时候仿佛嘴唇并未启开，只是上髭那一片繁茂的黑森林颤了一下。

嚓嚓嚓。

踏踏踏。

玉米伸出宽大的手臂锯一下战士的衣袖或裤脚迅即肃立，滚滚尘土几乎淹没了队伍。汗水在所有的毛孔处集结，裸露的五官全被蜿蜒得白一道黑一道，异彩纷呈。

太阳静止不动。天，蓝得像一面镜子。山尖上绣一朵云，雪白如同来不及采摘的棉絮。风，隐匿在山的背后。

嗅一嗅，浓烈的果浆清香甘甜之气扑鼻而来。

多么迷人的季节！日月轮回春去秋来，当汗水的花朵结满成熟的果实时，收获才真正富有意义。收获才显得如此迫切。

收获喜悦。收获艰辛。收获梦。

然而，梦被芦沟桥的枪声震碎了。

贺龙来缝补这个梦。

枪声来自慈峪镇。

枪声很密。还有炮声。枪炮编织成流光溢火的天网，将地动山摇的声波传之邈远的苍穹，再辐射至大地的各个角落，似要穿透每个生灵的耳膜。

还有坦克声。太阳旗与地球上惟有的一颗太阳对峙。太阳底下是白昼，太阳旗下是黑夜。

小时候，读教科书上"扫荡"、"屠刀"、"烧杀掳掠"一类字眼禁不住毛骨悚然，但理解并非具体甚至肤浅。自以为出类拔萃的我总会坦然走向讲坛，面对几十双无邪的眼睛一字不差将课文中血淋淋的字眼背给老师，之后，从容不迫走出教室，一边幸灾乐祸竖起一只小耳朵听着某位同学结结巴巴挨剋，一边欢快地在两棵树之间扯起的猴皮筋上手舞足蹈。其实年轻的我当时还不懂什么是历史。

今天，当我踏上五十多年前被称为晋察冀边区的土地时，我才真正有机会面对过去，我才真正有意识地咀嚼"日本鬼子"、"烧杀掳掠"这些字眼的深刻含义。虽然战争的硝烟早已退去，和平的天空下再也找不到当年的一点遗迹。但是历史记得这块土地，土地记得这里的人民，人民记得自己养育的儿女。包括贺龙、聂荣臻、罗瑞卿还有许许多多没有留下姓名的中华儿女。过去的已成为历史。有人说历史是一页合上的书，是一棵苍劲老树的年轮。我则说，历史是一部沉重的法典，它会使后来者思索，使未来者清醒。

慈峪镇陷入鬼子重围。

慈峪镇的老百姓被端着枪的日本鬼子赶到偌大的打谷场上，场边上有个碌碡。碌碡后面有一棵千年老树，岁月的沧桑使黑褐色树干斑驳粗裂，树的枝桠却如同哲人的思想苍劲葱郁，经纬错杂。树下有一口井，高高的井台一色用青石砌就，井盖是废弃的磨盘，其状颇似一钩残月。井深极，幽幽可见一方湛蓝，洁白的云彩上生长着肥硕的树叶，叶片的缝隙结一朵紫色阳光。

刘山根老汉挤在人群之中。他的脸瘦削，眉骨突出两眼赤红，厚厚的嘴唇爆满燎泡，一眼看去像是涂厚了猪油膏，胡子似未收割的庄稼，七长八短。

人群里多是儿童和老人。老人呵护着儿童。儿童时不时从老人的胳肢窝里探头探脑，眨着好奇惊恐的眼睛四下张望。也有年轻妇女和年轻汉子。年轻妇女脸上涂抹得很脏。年轻汉子的衣着很破，打着赤脚，脚趾张开如一把蒲扇，根根青筋暴突蓄满力量，随便往哪里一站，脚下就会踩陷一个坑。

刘老汉手中牵着伴儿——一只小山羊。这只小羊太小了，连叫唤的声音还未脱奶气，"咩咩"一叫，仿佛没娘的婴儿，让人心碎让人怜惜。刘老汉有儿有女。儿子老大老二同一天被小日本抓到灵寿城里挖封锁沟，完工的那天小日本犒赏民夫，每人白米饭管够。白米饭在沟外的一块空地上，冒尖十几筐一溜儿摆开，香喷喷煞是诱人。三个月填不饱肚却没白没夜拼命干活的汉子们真想吃顿饱饭。但不愿在日本鬼子锃亮的刺刀下，而是在老婆孩子挤挤挨挨的炕头上放心安闲地吃。思家心切。但是狗操的小日本命令所有的民夫必须去吃饭。操你祖宗！有人在喉咙里咕哝。民夫们从三丈深的沟底爬出来，跳到沟外，满脸的尘土只有眼睛一尘不染。他们一人捧一只空碗，并排站成五列，等待着那个粗短的日本伙夫开饭。太阳偏西，树影拉长，鸟雀归巢。炮楼四周的铁丝网闪闪烁烁。一队一队的日本兵踢踢踏踏跑过来，散开去，树上一只乌鸦森然地叫，像往常一样并无预兆。但是枪响了。一百多条壮汉如一堵堵墙轰然倒下，满地滚的是空碗。倒下的汉子彼此头脚相依，枕腿叠臂，横躺竖卧，一步之远的空地上摆着十几筐大米饭。可是他们再也嗅不到饭香了。来不及吃，来不及想，来不及喊，来不及跑，来不及看。子弹洞穿他们的胸膛、头颅、四肢。惊飞了那只报丧的乌鸦。一条汉子被击中腔子，仰面一声长啸，血浆迸射西天，将夕阳染成黑色。血雨坠落时如三月盛开的花瓣凄艳绝伦。黑色的太阳在哭泣。

炮楼上的太阳旗与血染的黑太阳对峙。

一条汉子倒下去，但又弓起腰，双臂撑着地，用腿支起身体，摇摇晃晃站起来，往前栽了两步，站稳，将胸膛挺起来，对着四面八方冒着青烟的黑色枪口，嘶哑着嗓门喊："操你姥姥，小日本——"枪声将他的骂声淹没。汉子的上衣被打成了筛子底，无数支小喷泉从弹洞里喷出浓血。他身子一晃不晃，像一尊石像，站着。最后直直地倒下去。有三颗门牙崩飞，崩飞的牙齿划着白色的弧线，像子弹一样打中临街店铺的门板，深深地嵌了进去。汉子瞪着双眼，一只空腕抵住他的下颌，下颌把碗压扁。

一百多条壮汉无一生还。一百多条中国男儿的血汇成一条河，流进了封锁沟，沟里的土染成黑色。没有月亮的夜晚，这里会飘忽升起无数如豆的灯火，那是无家可归的冤魂。

二

麦垛被点燃，房子被点燃，柴堆被点燃，农具被点燃，大火冲天。浓烟如化不开的墨汁。

枪声、炮声此起彼伏，巨大的声浪盖住了端刺刀小日本的咕哩哇啦。

鬼子的头目叫水源义重。水源的上司叫多田骏。

"七七"事变后，日本政府在如何对待这一事变上产生了分歧。一方为扩大派，另一方为不扩大派。前者认为苏联不会参战，应乘机扩大战争，给中国致命一击。后者认为苏联虽然不一定参战，扩大势必会影响对苏联作战的准备，因而不宜扩大对华作战。多田骏为不扩大派。事实上，日本内阁在对华作战中把两派的主张都已付诸实施。当时日本为应付战争期间政治和战略一元化，设置了战时大本营，即天皇大蠹下的最高统帅部。大本营由参谋本部、军令部总长和次长、陆海军两位大臣组成。彼时的多田骏出任参谋次长之职。他本想在此位置上一步登天，不承想侵华战争日益扩大，不扩大派成了众矢之的，两年后他竟跌到华北派遣军司令官的位置上。这多少使多田骏有些沮丧，但他并不死心。多田骏毕竟是个侵华战争的狂热分子，很快他又野心复燃。他要以征服华北重新赢得天皇的青睐。因为中国派遣军司令官西尾寿造未能征服华北，还有老资格的将官杉山元、寺内寿一都未能征服华北。

多田骏看准了水源义重是他重振虎威征服华北的得力助手。因为不论是华北占领区的治安肃整战，还是对晋察冀根据地的大讨伐，水源义重都立下过汗马功劳。他智勇双全，能攻善战，有"天才指挥官"之誉，实为不可多得。正是基于此，多田骏调兵遣将，开始对边区进行"秋季大扫荡"。

水源义重捻着长得十分茁壮的小胡子作思考状，之后猛地揪下一根胡须放到眼前看看，"扑"吹掉，如同吹灭一根蜡烛。他并未感到受宠若惊。

120师已经全部到了既定位置。贺龙命719团与日军接触。

719团节节抗击日军。

水原旅团紧紧相逼。

719团边打边退至北霍营。

敌人追上去。

719 团退到白头山。

水源旅团咬住不放。

120 师师长贺龙命独 2 团隐伏于小文山两侧，待敌人进入伏击圈，突击敌之侧背；独 1 支队隐伏于程家庄地区，突击敌人侧后；晋察冀四分区 5 团由陈祖林、肖锋带领进至慈峪镇以南地区活动，监视灵寿之敌增援；4 团于口头镇警戒行唐、曲阳之敌，掩护后方机关；719 团以一部于南北伍河、白头山地区正面迎击日军。袋形阵势已布成，只等来犯之敌钻进去，收紧袋口迎头痛击。

日军来势凶猛，步兵、骑兵、坦克兵、炮兵耀武扬威呈扇面形向我伏击圈接近。大队人马到了袋口。山路变窄。鬼子队伍出现了混乱。轻重火器无法施展，骑兵与步兵争夺道路，坦克辎重挤成一团。绕过这段狭窄的谷地和拦路的小山包，鬼子就会全部进入我八路军的伏击圈。阵地上我 719 团某连王连长攥起拳头向身边的小战士用力挥了挥：吃掉这块肥肉。小战士不足十八岁，脸蛋上红扑扑的显出稚气。他咧嘴一笑，露出两颗小虎牙。圆圆的脑壳刚探出掩体往下看，连长一激凌将挥起的拳头砸在小战士的背上，战士头一偏，一颗子弹擦着耳朵飞过去。小战士吐吐舌头，老实地缩进掩体。伸手摸摸耳朵，粘的，一看是血。连长猫腰过来，嘶啦几下，将小战士的耳朵处理好，拍拍他的头说："命大，只擦破点皮儿。"

天暗下来，枪声骤然稀落，日军撤退。王连长急得额上青筋突突乱蹦，撸起袖子将掩体前一块山石推下去，山石顺着坡势打着滚俯冲下去。越滚越快，越快越猛，似一颗陨石划一道弧线沉沉地坠向沟谷，凭着惯性向前滑出一段，摇摇晃晃，停稳。王连长看得一清二楚，山石砸在日军退去的背影上。

王连长咬紧牙帮骨从闷闷的胸膛里挤出三个字：狗——日——的！

太阳被山峰一节节吞噬，西天的姹紫嫣红被黑灰色天幕一寸寸遮掩。浓稠的雾霭如倾倒的牛奶从山腰漫过来，漫过来，一刹那山上山下变得混沌迷蒙，咫尺难辨。

鬼子撤回了慈峪镇。

贺龙命王连长所在营扑上去，将水源旅拖回来。王连长接到命令时蹦了个高。他性子急脑子灵。一向以善打硬仗著称。看到包着一只耳朵的小战士站在身边，他马上绷了绷脸，正色道：带上耳朵，现在跟我出发。小战士脸一红，双脚一磕，正正规规行了个军礼。双肩一缩，跟在连长身后沿山势向西奔去。

王连长摸到了慈峪镇。

慈峪镇的鬼子正调车牵马准备撤回灵寿营地。

告诉首长，小日本滚回去了。王连长托着小战士的屁股将他向回去的路上一送。快去快回，小战士箭一般射向黑暗，不见踪影。

下起了小雨。

慈峪上空弥漫着一股浓烈的焦糊味。天，黑得伸手不见五指。王连长说，从来没遇过这么黑的天。

打谷场上的日伪军在啃吃羊腿。刘老汉和乡亲们被赶到场边上一个院子里。小羊羔的叫声从此再也听不到。

刘老汉的女儿最喜欢小羊羔。那一天小羊羔刚刚出世，女儿拿着一团旧布细心地擦着小羊身上的血迹，鬼子闯进了家门。二话没说拉起女儿就往外拖。女儿喊着：爹，羊——

等刘老汉反应过来，镇上家家户户已乱成了一锅粥。刘老汉追出家门，他不停地跑着，迎面与什么相撞，却毫无知觉。胯骨被什么钝钝一击，才使他站住，一条腿木棒一样僵住之后他觉出了疼痛。这时两个小日本对着他狞笑。他愣了愣。站定。弓起腰，双手抱头撞过去，还我闺女。两个小日本突然一闪，刘老汉收不住脚步，头撞到一棵槐树上，额上立刻凸起一个茄子大的紫包。刘老汉眼前一片金光。他闭了闭眼，看准小日本，又弓起腰，豹子一般呼啸着撞了过来。小日本故意站着不动。刘老汉如出膛的炮弹，用尽了平生的力气撞过去，两个小日本并排站着，并不躲闪，挑衅地面对刘老汉。刘老汉的头撞开了挑衅的小日本：一个捂着肚子倒退数步仰面倒地，倒地时后脑勺撞在墙角的石棱上，粉白乳黄的脑浆涂了一地，鬼子挣扎着四肢在空中抓挠了两下，复又软软地摊开手臂，头一偏不再动弹；另一个坐了个屁股墩，站了两次未能站起来。

刘老汉张开手掌，四指并拢伸直，大葱卷饼一样从指尖第一个关节弯起一节节将手掌蜷成拳头，等待着小日本的报复。

小日本终于站起来，端起枪，明晃晃的刺刀闪着寒光。刘老汉眼不眨、心不跳、腿不抖、气不喘，叉着双腿站定。

小日本一转身，跑了。

谷场上的日本兵将十几个年轻妇女的衣服扒得精光。日本兵站成一队。扒光衣服的妇女被刺刀逼着围日本兵绕行三圈，然后与日本兵站对脸。四个穿黑制服的汉奸把一个妇女架到日本兵队伍前，放倒，按住四肢，嘴里堵上布。队首的日本兵向前跨一步，解开裤子骑到妇女身上，一阵呜呜啦啦之后，换第二个；第二个瘫到妇女身上；第三个将其掀翻，爬上去，之后是第四个，第五个……

第一个妇女昏厥过去。第二个被推上来。第二个连抓带踢，坚决不从，被黑制服揪着头发摁倒，用脚踢弯腿跪下；硬把身体扳仰，用枪托把双膝砸直。妇女晕过去。鬼子骑上来。第三个妇女被推上来，还有第四个，第五个。

我的养育人类的母亲们和未做母亲的女子所遭受的凌辱和蹂躏，无论用怎样的笔墨也无法描述出来，不知道哪一个民族的女性还遭遇过如此惨烈惊心、骇世残忍的折磨。更不知道在这片古老文明的国土上，还有哪个入侵的外族比日寇更娴熟于对人类母亲的施暴，更倾心于对兽行表演的炫耀。当野兽代表一个民族对人类施以暴行，就必然或最终遭到人类共同的反抗。中华民族是个富有血性的民族。面对屠刀和强暴，这个民族就要为捍卫她的尊严而不怕为她的儿女流血。

中国人，站起来！这个世纪之音穿透历史，震痛我的胸膜，我的泪，滴湿了笔下的稿纸……手颤抖不已。

慈峪镇，顾名思义乃慈善之地。春秋时，这里是燕国之地，南接赵国。地势上襟山带水，旱涝丰收，人民丰衣足食，生活稳定。而南邻赵国境内尽是岭岗瘠地，一遇旱年颗粒不收，百姓逃荒，外出谋生。燕国为睦邻和好，每当旱年，放粮舍饭，周济灾民，帮助他们度过灾年。赵国百姓对燕国感恩戴德，称这里为慈善之乡。而流经村东北的河流，也因之称为慈河。

慈河水养育了慈峪的儿女。慈峪的男儿骠悍英武，宁折不弯；慈峪的女儿善良刚直，敢为玉碎不贪瓦全。

刘老汉的女儿刘玉莲被推上来。玉莲十六岁，像一朵花，似一道泉，如一片霞，若一块岩。

刘玉莲面对的是野兽。

刘玉莲的衣服被撕成一缕一缕布条。她拼命护着自己的胸衣，那是少女神秘圣洁的所在。小日本用刺刀去挑，玉莲一把攥住刺刀，与小日本拔河一样你拽我拉。鬼子把住枪托一松再猛一拽，刺刀从玉莲手掌中穿过。沥沥拉拉的鲜血从指尖一滴一滴落下。玉莲头皮发紧，一股冷气从发梢一直窜到脚趾。剜心的疼痛瞬间麻木了所有的神经。

刘玉莲双手直颤。

刘玉莲破口大骂。

刘玉莲被五花大绑。五花大绑的刘玉莲珍爱自己洁净的胴体，用脚踢靠近她的日本兵。

她娇好的脸庞一会儿惨白，一会儿通红。有一个戴眼镜的日本兵咬着他的头目的耳朵咕咕噜噜翻译了一遍。日本军官听完，一步一步走到玉莲面前，站定，唰地拔出一柄长刀。玉莲眨了眨眼。那柄长刀从她眼前一晃，就将玉莲的外衣胸衣从脖颈一直挑到小腹。圣洁的胴体一下子裸露出来，青桃似的乳房上有两粒粉红钮扣似的乳头。玉莲的腮上挂满眼泪。

谷场上的人垂下头。

日本军官把绳索给刘玉莲解开。

"畜生、杂种——"刘玉莲蒙住脸，一边哭一边骂。手上的血和脸上的泪把她涂抹得面目全非。日本军官退下去，对着两个日本兵咕噜了两句，两个日本兵窜到刘玉莲面前，揪住她的头发，端起她的下巴，一刀切下一段舌头。刘玉莲浑身乱颤。鲜红的一段舌头捏在日本兵的拇指食指之间，拿给他的长官看，长官嘴一呶，那段舌头扔给了一只牵着的狼狗。狼狗身体跃起头一偏，在半空中接住那段舌头，瞬间吃进了肚里。

日本军官再次走向刘玉莲，他脱去白色手套，摘掉腰刀，一双多毛的手就要触到玉莲的双乳上。刘玉莲瞪大了双眼，日本军官笑了，笑得一只耳朵痉挛。刘玉莲对准军官的脸，吐出一口浓血。

日本军官掏出雪白的手帕一点点擦去血迹，远远地将手帕抛掉，重新捡起战刀，抽刀出鞘，用手指试着刀锋，表情满意。他双手举起刀，但没有落下去，而是横过刀柄，右手握刀用刀的前半部小心地将刘玉莲的左乳房切下来，用左手托住。刘玉莲的身子扭成结，嘶声狂喊。日本军官托着乳房仔细打量，乳房坚挺，海绵体组织极富质感。他低下头将粉红的乳头一口咬下来，含在嘴里。又从刘玉莲身后转过去，一下一下将右乳房割下来，托在手里，咬下乳头含着。两只缺了乳头的乳房叠在一起。日本军官用刀尖一挑，两只乳房像糖葫芦一样串在了刀上。

刘玉莲哇哇大叫。

日本军官嚼着带血的乳头像嚼口香糖。

刘玉莲缺了舌头没了乳房的身上血流如注。

乡亲们全都跪下去。

刘玉莲站着，乳房根部的海绵体喷张着青黑的血管，血像喷泉一样一股一股往外涌。

刘玉莲没有姐妹，只有三个兄长，少女的秘密只埋在自己心里，那秘密使她羞涩亦使她胡思乱想。瘪瘪的乳房鼓胀起来，瘦削单薄的身子丰满起来，她开始生出心事。母羊产仔令她心慌，小鸟飞过让她叹息。

刘玉莲希望有一个哥哥以外的男娃能多看几眼自己。这个男娃最终未能出现。

刘玉莲一边哭一边说着别人无法听清的语言。

日本军官走过去，把穿着两只乳房的战刀举给玉莲看，再横过来用刀尖拨开少女的腿缝，双臂先往回收再向前猛一用力，带血的利刃穿过少女的下腹，两个血馒头顺着刀身向后滑去，刀尖从尾骨刺穿。

少女倒下去，身上戳着一柄日本刀。刀柄指着天，刀尖刺进地，成凝固的雕像。

打谷场边的那口井里，留下了十几具尸体，受尽侮辱的中华女儿全都投井自尽了。

千年老树低垂着枝桠在哭泣她们的玉碎……

慈河呜咽着从慈峪镇流过。

三

小战士在天蒙蒙亮时找到了王连长：快，首长让我们撤回白头山阵地。王连长翻翻白眼仁。他的意思很明显，敌人在哪儿，哪儿就是阵地。一块没有对手的阵地守着是空地，算不上阵地。

王连长直后悔昨晚没追上水源旅团，竟让送到嘴边的肥肉化为乌有。

水源旅团并未撤回灵寿。水源少将要了个花招，一转身西出慈峪沿鲁柏山小路，经北燕川正向陈庄镇奔袭。

陈庄是个古老山镇，距灵寿城五十公里，此地山岭起伏，峡谷深邃，天然孔道，幽僻难通，地理形势十分险要。在这群山环抱之中慈河横贯，泪泪淙淙，绿树成阴，村舍簇拥。作为冀西山区花椒、核桃、药材等山货聚散地，素有"拉不败"之名，吸引着各地客商。沿街店铺栉比，百货杂陈。"七·七"事变后，八路军进驻陈庄，晋察冀边区政府机关就设在这里。共产党与抗日政府清除匪患，建立农会，恢复生产，推行减租减息政策，使老百姓过上了安生日子。1939年，抗大总校、抗大二分校也先后迁到这里。陈庄名副其实地成了晋察冀根据地政治、经济、文化中心和抗战重镇。日军曾多次对该镇轰炸。华北派遣军司令官多田骏做梦都想拔掉这颗钉子。拔掉这颗钉子，华北的局面就会出现转机；控制住华北局势，多田骏就有资格说，他为皇纪2600年献了一份厚礼。多田骏乃至日本内阁都为了迎接1941年日本皇纪2600年，设想在1940年内解决中国问题。然而在欧洲，苏芬停战不久战端又起，德军向丹麦、挪威进攻，并立即占领了两国。欧洲战局的转向加深了日本内阁和军方对中国南方的关注，南进的呼声立即抬头。多田骏非常清楚，中国问题毫无疑问是国际形势中的一环，如果在1940年内解决了华北问题并进而解决了中国问题，那么，皇纪2600年庆典之际，出现在人们面前的就将会是一个威风八面的多田骏。

多田骏的思绪重新回到华北问题上。

多田骏认为，对八路军必须采取一套新的战术，找准对方的弱点，出其不意，包围迂回，在近距离进行闪电般奇袭。水源义重心领神会。

进犯陈庄，是水源旅团采用多田骏新战术对付八路军进而颠覆根据地的第一个目标。

晋察冀军区司令员聂荣臻已有所察。故中央军委命120师由冀中向晋察冀边区转移，配合北岳区军民，粉碎敌人捣毁我后方机关破坏根据地建设的企图。

120师的将士们埋伏在慈峪以南丘陵地区，布好口袋形阵势，准备给予进犯陈庄之敌以出其不意的歼击。

水源旅团长诡计多端。他只在北谭庄作试探性进攻，声东击西，避实就虚，留小部守住慈峪迷惑我军，尔后主力乘虚走小路轻装奔袭陈庄。

我120师焦急而耐心地埋伏在程家庄小文山、岔头一带地区。9月的夜晚，山区慢慢退去燥热，凉风徐徐地吹过来，战士们涸湿的衣服渐干。潮起的夜雾则使身上发粘。几天几夜的急行军，使每个战士忘记了疲劳与困倦。然而习惯了枪林弹雨的军人，却因一时失去对手而寂寞。寂寞使困意、疲倦席卷而来。夜，显得难以忍受的漫长。仲秋的风带了凉意一点点渗进皮肤，有人抱着双肩打起了呼噜。

水源旅团已到了长峪。

天黑，山路崎岖，毛毛雨丝丝缕缕不断。有一个日本兵脚下一滑，跌倒在地，然后顺着山坡滚了下去，立刻引起了一阵骚乱。鬼子以为遭遇了埋伏，立刻就地卧倒。水源义重下令：

不许开枪。一颗子弹已经出膛。立刻哗啦哗啦都拉开了枪栓。没有目标,一场虚惊。继续前进。巧的是那个滚下山的日本兵不偏不倚正好掉到了冀五团的警戒线内。一个哨兵大声喝问:口令。日本兵惊魂未定,不辨东西南北,夺路而逃。哨兵哗地一拉枪栓,追了上去。目标很快消失。夜,黑似锅底,哨兵重又回到哨位,这时有两个人上来对火。红光一闪,照亮了他们身上灰色的八路军制服。哨兵打了个长长的哈欠,"呵——",声音被堵回嗓子眼,之后哨兵就像一棵被砍伐的树,但还连着筋骨,斜斜地缓慢地倒下去。第二天凌晨战士来换岗,哨兵的尸体已经僵硬。这时在冀五团警戒线内才发现骡马的铁掌、日本兵拉在罐头盒里的大便和日本兵的皮鞋印。冀五团团长陈祖林大怒。

奔袭陈庄的日本兵全都换上了八路军的灰色军服,这不能不说是水源义重的又一个小聪明。

穿着八路军军装的日军第八混成旅团,现在将陈庄团团围住,一点点缩小包围圈。

陈庄还沉浸在安详的睡梦之中,没有狗吠,没有鸡叫。街道上一片死寂,经过小雨洗涤的槐树抖擞着枝叶迎风起舞。于是槐树的身上就飘起无数飞翔着的蝴蝶的翅膀。一棵白杨挺拔地将枝干刺向天空,将天空切割得像一块几何图板。在白杨树的最高一枝树杈上筑着一个美丽的鸟巢,它在黎明前黛色天空的映衬下,显得奇妙生动,不可思议,甚至隐含着某种玄机。鸟巢里一定藏着一段迷人的故事。

聂荣臻是在哪一方屋顶下工作?吃饭?休憩?罗瑞卿伏在什么样的桌子前思索?使用什么样的油灯备课?

现在他们累了,他们睡着了。

陈庄镇累了,睡着了。

枪声。枪声。枪声。

陈庄镇的寂静被枪声撕碎。

狗吠。鸡鸣。鸟飞。马嘶。

陈祖林的通信员向贺龙报告:日军向陈庄进袭。

前沿侦察员向贺龙报告:敌人已进占陈庄。

贺龙师长浓眉紧锁。他机械地往烟斗里放一撮烟末,用手指肚摁实;再把烟末倒出来,又装进去摁实,放在鼻尖下闻闻,把烟斗叼在嘴上,并不点火,含着。久久伫立。

贺龙命令,一支队的3营逼近陈庄以南长峪,堵敌退路。主力向西隐蔽集结于陈庄以东大庄、南北台头地区与敌保持接触。

水源旅团没费吹灰之力就拿下了陈庄镇。日本兵脱下八路军军装往空中抛掷,狂呼着欢庆自己的胜利。水原旅团长命部下活捉聂荣臻。

此时的聂荣臻正在距陈庄几十里的山村一户老乡家喝山药小米粥,他额头上沁出细细密密的汗珠。他没有去擦,任这些细密的汗珠汇成小溪,顺着额角滑向两腮流到下颌滴到衣领上。他专心致志夹起一块酱黑的老咸菜就着杂面饼子吃。喝粥的声音很响,咀嚼的声音很香。

之所以聂荣臻吃饭的声音显得铺张,是因为边区政府、军区司令部、抗大总校、抗大二分校和老百姓早已安全转移。

水源少将笑着做了个白日梦。

四

贺龙师长也在笑。虽然未能实现北谭庄、岔头、白头山地区的袋阵歼敌企图，但因我主力隐伏于机动位置未暴露，仅以719团的王连长所在营与敌接触，示之以弱，这不仅使敌始终未侦知我兵力情况及主力所在位置，且造成了敌人的错觉，以为我中其计，故敢于骄纵冒险，孤军深入，绕道从山间险要之地进袭陈庄。

贺龙分析，敌袭占陈庄后，必将速撤。关向应政委表示同意。贺龙沉思良久，口气平缓地接着说下去：为什么？因为其一，敌孤军深入，前无进攻目标，西、北无据点接应，后方交通远而险阻，接济困难，难以立足。其二，轻装进袭意在破坏我之后方，不欲久战。其三，敌系石家庄、正定、行唐、无极各据点临时抽调的，负有守备任务，需迅速回防。故敌不会久留陈庄，一二日内将迅速撤退。参谋长周士第会意，接过话题说，我必须抓住战机，主力迅速西移，伏击回撤之敌。120师三巨头相视一笑。

关向应自言自语：敌人会从哪条路上撤退？这是伏击敌人的关键。只有正确判明敌人主要撤退路线，考虑可能出现的几种情况，才能使伏击部署应敌之多变，继尔全歼敌人。贺龙在分析、思索、推测。一是由来路退却，这是敌人往常惯取的路线。但来路道路崎岖，地形险要，一旦被我察觉包围，易陷入绝境，故敌选此路退却的可能性较小；二是沿慈河大道东撤，此次进犯不循常规，来时施以假象，撤退时料其也将使用"新战术"。东撤既是捷径，又可视情从慈河南岸，或慈河北岸大道回窜,活动余地大,且便于慈峪镇之敌接应。因此选大路撤退的可能性较大。据这两种可能,在部署上应以一路为主,一路为辅,无论敌东撤或南退,我均可适时调整部署,确保大鱼跑不掉,虾米不漏网,从容彻底围歼敌人。

水源旅团长笑得太早。

独立1支队大部现在运动至陈庄镇东的七祖院,两地仅距一箭之地;抗大二分校一部与敌在镇西接火,与一支队形成夹击之势,不断袭扰水源旅团。

水源旅团不以为意,"土八路的干活!"将队伍分成两部去捕杀猪羊鸡狗,摆上罐头啤酒,轮番饕餮,然后呼呼大睡。

贺龙做出具体部署:命独立第1支队大部继续与敌保持接触,如敌向东退却,则节节阻击诱敌进至我伏击地区,若敌南退,则尾追敌人。第716团隐蔽集结于东西司家庄至南北台头之间,第2团大部隐蔽配置在冯沟里坡门口及其以南地区,占领伏击阵地,待敌通过时,突然包围歼灭之。独立第2团派一个营,进至长峪附近,如敌从原路撤退,则坚决阻击敌人,以待我主力到达时歼灭之。第719团仍于南谭庄、北谭庄及白头山占领阵地,严密监视慈峪镇之敌的行动,坚决阻击该敌北犯,保障主力歼灭由陈庄回撤之敌。第4团以一个营仍担任对行唐、曲阳方向警戒,主力集结于牛下口待命。

拂晓前,各部均进入了指定地区。

拂晓,日军纵火烧村镇。村镇痛苦地萎缩着,街道悲壮地痉挛着,树木愤怒地挺立着。

水源旅团准备撤退。

日军分两股撤退;一股向东,主力涉慈河向南。

　　向东的一股在七祖院、大庄与我独立1支队接上了火。1支队悠着劲边打边退，诱敌进入我伏击圈。

　　1支队所在位置距刘家沟很近，师指挥部设在刘家沟。师部正与当地老百姓联欢，共度中秋佳节，战士们能听见"咚锵、咚锵"的锣鼓声，甚至能看见高高的戏台上桔黄的灯火。1支队的战士情绪高涨。锣鼓的回响使他们仿佛置身于古战场，眼前的厮杀使他们恍若金戈铁马的古代勇士，令他们热血贲张。

　　刘家沟的乡亲们看着征尘未洗扛枪背包连续作战的战士们从山村边经过，纷纷把凉开水、绿豆汤灌满水桶，放在路边。战士们一边小跑，一边用茶缸顺手舀着喝。一位年迈的老人端着瓢、碗侍立路旁，等着给战士们往小搪瓷碗里倒。看着这些年轻的战士，老人想起了自己当兵的儿子，一种亲子之情油然而生。为了抢时间，战士们过河来不及脱去鞋袜，现在半截裤腿还是湿的。老人心疼得撩起衣襟，拭着老泪。大部队开过去，又有部队开进来。后来的部队驻下了。村子里热闹非凡。老乡们把白面、荞麦面、高粱面应有尽有往外端。有一位双目失明的孙大娘一手端着家中仅有的一瓢豆面，一手拿棍子探着路，磕磕绊绊送到了指挥部。

　　指挥部设在老乡苏玉德的院子里。厢房里几部电台叫个不停。贺师长和关政委不住地放下这个耳机，抓起那个听筒，命令部队抢占山头，立即赶到。

　　这个不足百户的小村庄，一下子住满了八路军，房子紧张。老乡们悄悄地合计，男女分住，集中到几间房子里。其余的房子全腾出来，让给部队住。院子里，场房秸草里，到处都是战士的背包、挎包。村东南的树林里和村西的坟地里,拴满了战马。村东南的骆驼岸、村北的石鸡山、村西南的地角山布满了师部警卫团和716团的将士们。

孙大娘指名道姓要"见"贺师长。贺师长放下听筒,紧跑两步扶住老人,接过不满一瓢的豆面,让老人坐在靠墙的条凳上。孩子,让我看看。贺师长拿蒲团端正坐下。老人从贺师长头上摸起,嘴里絮絮叨叨地说着,感叹着。榆树皮一样的两只手抖抖索索地滑过贺龙的脸颊、脖颈、肩膀,停在贺龙的两只粗大有力的手掌上。孙大娘把核桃般刻满皱纹的脸孔埋在贺师长的掌心里,摩挲着,摩挲着。孩子,日本人欠大娘六条人命,你要给大娘报仇哇……孙大娘泣不成声,贺师长热泪盈眶。

战前的气氛异常浓郁。群众难以安下心来过中秋节。贺龙师长派部队组织群众在村东北的空地上搭起了戏台,把支前的群众安排在台下中间,部队分布在周围,远处有我军的警戒。中秋节军民联欢会热火朝天开起来。

贺师长和老乡们谈笑风生,妇救会长周晓月鼓动她的小姐妹让首长唱支歌。一呼百应,小姐妹们一齐喊,贺首长,来一个!贺首长,来一个!女孩子脆亮的嗓门压倒了锣鼓声,身边的农会主席捅捅贺龙师长。许多孩子围过来,贺龙起身捧来一捧大枣分给他们,孩子们蹦跳着散开。贺龙冲农会主席敦厚一笑,抽起烟斗。农会主席探过身,趴在贺龙的耳朵上大声喊:让你唱支歌。贺龙似未听明白,农会主席手圈成喇叭对着贺师长的耳朵又重复喊了一遍,这次贺龙听明白了。贺龙大笑,无可奈何地摇摇头。姑娘们还在叫阵。看着不依不饶的黄毛丫头们，贺龙从嘴上拿下烟斗，往鞋底上磕掉烟灰。好，我给大家唱支歌。唱啥子歌么——他歪起头想了想：有了，我就唱那支"太行山上"可不可以？贺龙望着妇救会长周晓月诚恳地征求意见。周晓月拍着手说：行，行啊。一群女孩子跟着乱拍巴掌。贺龙清清嗓子，"我，我，""我们在太行山上。山高林又密，兵强马又壮。"贺龙刚唱了一半，女孩子们就情不自禁跟着小声附和，后来变成了男女声二重唱，最后乡亲们和八路军也跟着唱起来，独唱彻底变成混声多部轮唱："敌人从哪里进攻，我们就叫他在哪里灭亡，灭亡，灭亡……"

联欢会达到高潮。

这时支前担架队抬下了伤员，联欢的群众一下子乱了，纷纷从临时搭起的台子前跑过来，询问前线的情况和战士的伤情。为了稳定群众情绪，让老乡过好中秋节，贺龙镇定而诙谐地说：抬下伤员说明前线打了胜仗，要是打了败仗，哪还有伤员可抬哟。老乡们一想想在理。锣鼓又敲起来，歌儿又唱起来。

稳定了群众，就会使敌人产生错觉，将敌人的主力吸引过来，造成其战略与战术的失误，为我全歼敌人争取时间，把握战机，争取了主动。

此时，水源旅团主力已由陈庄附近涉过慈河，示形南撤。贺龙立刻调整部署，命2团调头向南，往长峪一线截击南撤之敌。这就使冯沟里、坡门口一带出现一个小小的空隙。日军转头向东，乘隙而入，迅速进至我2团刚撤出的高家庄、冯沟里、坡门口地区。我向长峪转移之2团听到枪声迅速回师向北发起进攻。主力716团也涉过慈河向南攻击敌人。独立第1支队尾敌向南又向东攻击。战场上双方战略与战术的较量瞬息万变,令人眼花缭乱。

　　水源义重在撤退的问题上可谓费尽心机。他认为我军一定会在长峪一线设防堵截。在此以前,日军每次袭击八路军,几乎都是从哪条路进攻,之后沿原路撤回。此谓"牛刀子战术"。那么这次回撤水源义重就不能老调重弹。来时他以新战术蒙骗了"土八路",撤退时也要使"土八路"刮目相看。他决定东撤。

　　英雄所见略同。水源义重与贺龙师长在同一问题上不谋而合。

　　但是水源义重并不想轻易与贺师长"合作"。他极谨慎地派出一部与我接触,一触之间他立即敏锐地觉察到了我东北方向集结着主力。东撤的计划不变,但必须避开我军主力。遂改变路线,越过慈河,示形南撤。乘我军向南转移之机,迅速调头向东,仓皇逃窜。这一触一避之中,使水源义重感到了对手的强硬与智慧非凡。水源义重变得警惕起来。然而水源之多变,被贺龙的多变快变所包容,水源虽狡黠,又被贺龙之智慧所淹没。真真是应了那句老话:道高一尺,魔高一丈。

　　日军进入冯沟里和坡门口地区。

　　水源义重开始捻胡子,然后拔下一根,细细打量,扑,吹飞。他努力想使自己急躁的情绪得到缓冲、分散、平息。

　　水源义重充满自信甚至自负。

　　他在寻找时机。他不愿等待。他是一个敢于主动出击而不怕失败的人。主动出击,能发现敌人之强弱,还可以振奋己方的士气,进而扬长避短,攻其不备,打出皇军的威风,并使第八混成旅团成为华北战场上的骄子,所向披靡,横扫中国甚至未来的东南亚战场。

等待只有死路一条，等待是消极的同义词。消极会使战机稍纵即逝。而战争的复杂性容不得指挥官有一丝懈怠。战争不是做游戏，游戏可以重复千遍万遍，战争的残酷性在于重复一次就可能会导致全军覆没。但是战争可以像玩魔方，你转动相同的色块，从而导演出不同的结局。

五

水源义重准备玩一回魔方。

敌一部与我 1 支队在七祖院大庄接火后，并不恋战，迅速涉过慈河南撤。

但是水源义重此时仍未觉察我军的伏击部署。

倨傲的水源少将在开始撤退时，甚至极轻蔑地骂了两句"游击队""土八路的干活"一类脏话。他一向不屑于与"土八路"交战，更以为八路军也不具有集团军作战的能力，顶多端他一两个炮楼而已。要与他堂堂独立第八混成旅团作战，恐怕也不是对手。水源少将大摇大摆带领着大队人马从慈河南岸的树林和芦苇丛中穿行而下，先向南再向东，迅速撤退，立刻陷入我四面围攻之中。敌先头已进至坡门口，遭我 716 团 3 营猛烈阻击。3 营据守的阵地为伸向慈河的一个凸出的光秃秃的小山包，又像一扇闸门，死死卡住敌人东逃的退路。敌人为了夺路逃跑，以两个中队的兵力向这个小山包连续强攻。炮火掀起的巨大烟雾弥漫了天空，又疾速覆下，压得战士们抬不起头来。1 营迎敌而上，与敌短兵相接，展开肉搏。占领高家庄、冯沟里、坡门口村落和附近高地的水源旅团大部，此时兵分两路，一部由冯沟里涉河抢占南台头西侧高地。一部向高家庄东侧我第2团青山阵地猛烈攻击，企图夺占有利地形。此时我第4团由牛下口进至石嘴，占领坡门口以东高地，故东窜逃路被封住。

贺龙师长决定调整部署，黄昏后发起攻击。命独立第1支队向东攻占高家庄与冯沟里之间高地，尔后向冯沟里发展进攻；第2团向北进攻，夺取冯沟里南侧高地后，向冯沟里村南发展进攻；第4团向西攻击坡门口之敌，并控制该村；第716团主力涉过慈河，由北向南进攻，协同2团、4团、1支队，力求歼敌于冯沟里、坡门口地区。

总攻的冲锋号吹响了。我军的火力网很有点使日军插翅也近前不得的威猛之势。

1支队在猛烈的炮火掩护下，顺利攻占了高家庄与冯沟里之间的高地，尔后继续东进；

第2团向北进攻，夺取冯沟里南侧高地后，继续向冯沟村南发展进攻时，路被封住。敌人的火力疯了一般发起威来，2团遭到突如其来的打击。

敌人喷射出来的每一颗枪弹都在张扬着他们跃跃欲试的神气，一阵比一阵猛烈。

进攻的部队完全暴露在敌人的火力下，进不能，退亦难。

不少战士倒在了阵地前。

有个战士被子弹打中，肠子拖出去很远，绊住了他的腿。战士一边向前跑，一边用手拖拽肠子，肠子挽成结，掖在了裤腰里。他倒下去，又爬起来，在生命的最后关头，他竟奇迹般冲进了敌群,与敌人厮杀在一起,一连捅死了五个鬼子。在与第六个鬼子拼刺刀时,他跟跄着倒下去。

他再没有爬起来……

第4团向西攻击坡门口之敌,敌纷纷溃退,我控制了该村;

我716团主力涉过慈河由北向南进攻,步步逼敌至冯沟里、坡门口。

势如破竹。几乎没有打弯就攻到了冯沟里和坡门口。

指挥员挽了挽袖子,显出几分得意,似乎胜利已经在握。

"轰隆轰隆"的炮声连着从侧翼搭了过来。

巨大的气浪卷过来,弹片在空中飞舞。来势太猛,无法设防。

已经有几个战士牺牲。

敌人集中火力向716团射击。噗噗的子弹带着烟味在战士眼前蹦跳。嗖嗖的炮弹裹着红光从头上、脚下掠过,炸响,弹片在队伍周围纷飞,乱溅。716团淹没在一片硝烟迷雾之中。

必须想法对敌人的报复实施报复。

指挥员命令部队停止前进,就地散开,先藏身,然后寻找机会扑上去。

侧面迂回。

我迅速接近敌人,几乎看到了日军头戴的钢盔。

敌人的炮弹失去威力。虽然还在吐着火舌。但是,失去了攻击目标等于放空炮。

我迅速以火力在敌军中实行分割,将敌军分成一块一块;

然后各个击破。

胜利在即。

然而,总攻未能奏效。

天黑了。几乎在人们没留意的那一瞬间,白昼溜得无踪无影。山野一片寂静。在这寂静中,生命聚集着醒后的力量。在这寂静中,一切都仿佛罩上了一层可怕的、枪炮即将打响时的那种恐惧的阴影。星星镶嵌在夜空的底片上,风吹过时,星星有意眨一下凄清的微光。宇宙并没有因为有些微光而变得温柔。相反,更加寂寞而可怕了。

日军与我在冯沟里对峙。

六

老乡们翻山越岭从四面八方赶来,给阵地上的战士送饭送水。周晓月挑着担子,步子稳健轻捷,扁担有节奏地颤动,使她的腰肢跟着扭动,远远看去像是在舞台上扭秧歌。她的两条粗黑的辫子忽儿前忽儿后地荡悠,像是嫦娥奔月的水袖。额前的刘海已经汗湿,粘到脑门上挡住了视线。她把扁担从左肩换到右肩,只用下嘴唇向上一吹,一绺湿发跳着闪开一条缝,露出两只黑眼睛。她很年轻。她攀着岩石小路极老练而机智地躲过冷枪冷炮,来到了3营把守的秃山上。战士们围上来。3营长脸拉得能拖着地。周晓月把烙饼、馒头分发给战士们。战士们有的带着伤,有的带着满脸硝烟伸出乌黑的手接过食物,大吃大嚼。

这怎么行?这怎么行?3营长对着周晓月后背上两条粗黑

的辫子说,这是打仗。阵地又不是戏台。

长辫子一甩,辫梢扫着了3营长的眼角,他撇了撇身子,把目光转向一边。周晓月端着绿豆粥递到3营长眼前,不说话,也不抬头。3营长拗不过,只好接过去。这一递一接,就把两个人肚子里的怒气怨气化解得了无踪影。两个人的脸同时涨红。

周晓月记住了3营长的话,她把扁担交给同来的小姐妹,混进了担架队。

那被抬下来的战士,断了左臂,战士的脸煞白。周晓月问战士,你想吃什么。战士嘴唇动了动,没有回答。周晓月赶快端来一碗面汤,可是没法喂。周晓月急得团团转,她眼睛一亮,有一枚子弹壳。她把衣角拧成绳,旋进了弹壳,将黑烟擦净。就拿那子弹壳当勺喂战士吃。战士吃进去一口,抿抿嘴,又笑了,战士笑着断了气。周晓月说,饭还没吃完呢,你怎么就睡了呀……

受伤的战士都抬到了山下的急救所,急救所就在村子的一户老乡家。伤员很多,村路旁、院子内、树下边放满了担架。两个女医生忙得不可开交。轻伤员处理好还有一些重伤员要抬到后方战地收容所。周晓月跟几个小姐妹使了个眼色,揣上几个饼子抬上担架就走。

夜被恐怖包围,山路更显出奇诡。一线天陡立险阻,野兽的吼叫让人毛发倒竖。栈道层层错落,小路崎岖盘桓。峭壁悬崖,没有路。周晓月把伤员背到身上用绳子拦住一点点一寸寸往上爬,山崖是留给走夜路的人走的,走夜路的人会把黑暗抛到身后。

下山了，周晓月双膝跪地，前面的人迈一步，她的膝盖骨就在岩石上磨出一线血迹，疼的感觉磨钝了以后，她觉得下山就该是这样的，这就是下山。

衣服已经被荆棘扯得花枝招展。脸上手上所有露着的皮肤都划得像地图，地图的线条全都挂满了晶莹的血珠，很耀眼。

翻过三座山，趟过一条河，再走过七里宽的河滩，穿过了八个自然村，就到了战地收容所。

到了，就要到了，她们鼓励着自己，鼓励着受伤的战士，一夜跋涉，果真到了目的地。一丝力气都没有了。可是还有重伤员急需转移到这里。她们喝碗水，吃两个高粱面饼子极轻松地连夜赶了回来……

十五的月亮十六圆。

月亮在假笑，真正的微笑属于太阳，太阳在白天的奔忙中显示着力量。

今晚有月亮。

月亮像个放大的蛋黄，贴在天幕上。夜醒着。

水源义重在冯沟里的一个小村子醒着，像一个幽灵在焦虑的墓场游荡。村子里的人已经跑光，粮食坚壁清野。八路军（？）不断化整为零进村袭扰，村前的工事还在加固严阵以待。有几个日本兵借着夜的掩护，跑到村边的庄稼地。来不及收获的玉米使鬼子喜从天降。砍下玉米棒子，大口大口啃粗硬的玉米粒，嚼得满口生津满嘴冒白沫。没有水喝。鬼子像没头苍蝇，东窜西撞，发现一个水塘，水里盛着一个月亮。鬼子齐声欢叫，飞跑过去，轰轰，一个没剩，全被炸死。

水源少将在赏月。月亮很圆，像块刚烤熟的蛋糕。他的肚子咕咕噜噜叫起来。他转身来到一棵树下，树影明暗有致，风一吹，哗——，如一排子弹，他打了个冷颤。

一队鬼子走过去，从一堵矮墙翻进一座院落，发现一头猪仔，纷纷去追，追出院子，追到街上，追到场院，小猪已经跑不动，拐进一条小胡同，小猪跳过一块青石板，鬼子踏上去，轰，炸得鬼子缺了两条腿。

水源义重不由心惊肉跳。夜可以掩饰这一切，但夜终将会被白昼取代。

水源草拟了一份电文稿——

现在西侧鞍部苦战中，阁下身边忧虑，望至急以飞机送弹药和粮秣及增派讨伐队。

他要求立刻发出，越快越好。

七

早晨的太阳像是刚出生的婴儿新鲜温润，有树的山上透出葱郁，没树的山上裸露着金红的崖壁。山上老牛在吃草，一缕白烟缠绕山顶，丝丝融进无垠的天空。

援兵从灵寿开进了慈峪镇。

慈峪镇的老百姓跑了个精光。

八百日军走在慈峪镇的街道上，使镇子顿时变得拥挤。

我 719 团某连王连长等得有些不耐烦，他不断搓着两只厚大的手掌：这会把人活活憋死，这手，也会生疮。

小战士远远地一跃一跃跳进他的视野，王连长腾地立起，翻身越出战壕,连滚带爬接应小战士。小战士身子一弯,拐到了营长的指挥地。王连长趴在一丛芦苇里,盯着小战士拐进的那块山石一眼不眨。半袋烟工夫,小战士从那块山石上一闪,掉过头往王连长的阵地跃进。王连长扒开芦苇,可以看见小战士的白耳朵小兔子一样在草丛中窜跳。王连长不由咧嘴笑了,露出了一口白牙。王连长匍匐前进,斜插过去,先于小战士跃进了工事。

小战士刚在工事上一露头,王连长已伸出了双臂。小战士掉进了王连长宽大的怀抱。王连长像托着一个待哺的婴儿绽开眉眼问:有任务?!小战士的嘴唇裂着两道深口子,口子上结着黑血痂。他舔了舔嘴唇,使劲咽一口唾沫:鬼子增援来了,卡车、大炮、高头骡子大洋马,正向我阵地运动呢。

王连长抚抚他的圆脑袋,正经地说:任务完成得不错。现在你去睡觉,其余弟兄跟我来。

增援之敌果然开进来了。

王连长的阵地筑得如壁垒似铜墙,他还担心它会变成长城一样的古迹只能供人观赏,现在派上大用场了。

日军用炮火将阵地犁了一遍,工事基本经受得住考验。

所有的火力集中在阵地前沿,前沿狼烟四起,子弹像炒熟的栗子满地蹦跳,弹片横飞。

日军从沟底向上爬。

日军在山腰蠕动。

日军的刺刀寒光直闪。

王连长在阵地前大喊一声:打。枪声带着火光向日军倾泻,日军倒下一片。

继续倾泻,火力更加猛烈。

日军倒下一片。

王连长左手用轻机枪,右手用驳壳枪,哗,哒哒哒,扫射,点射,用手榴弹轰炸。王连长觉得这叫打仗,打这种仗过瘾。

王连长的身体灵活得像只猴子,窜上跳下,左右逢源。小战士在掩体内小睡一觉,被枪炮声吵醒,他正巧看见王连长在阵地上表演,小战士不觉想笑。王连长这是打仗吗——!

鬼子溃退山下。

鬼子向西运动。

王连长钻进掩体,捏着小战士的鼻子,下命令。小战士打了个挺,跳起来。

鬼子要从西面突破,问营长要不要我们补上去?快去。

小战士背上枪就跑,被王连长堵回来,战士等着首长指示。王连长没说话。他帮小战士扶正帽檐:带着耳朵回来见我。

小战士一溜烟跑出去。

增援日军将全部火力集中向西面白头山攻击,企图从这里打通缺口,迎接水源旅团突围。

炮火将工事震塌,炮火攻击的频率递增式加快,使我阵地的战士无力还击。山石震碎掀起,落下,将战士捂进去。一个战士从碎石中钻出来时完好无损。战士咧嘴庆幸一笑。不过他觉得有些别扭,他用沾满尘土的手指敲敲脑袋,抠抠耳朵眼。一点事儿没有,战士龇着牙笑了。后来他看见别人的嘴巴一张一合很好玩儿,他大着嗓门笑了。这时他才明白,他的耳朵震聋了。他骂了一句,不过他自己无法听到。另一个战士从土里拱了好半天,露出个脑袋,他喊,把我拖出来。战士们拉胳膊抱腰,一——二!没拽动。清理碎石,碎石清完还有一块山石。身子在山石这边,腿在另一边,搬开山石,两条腿已齐齐从大腿根切断。好好完整的人,活生生分成了两段。战士活着。战士说不疼,抓两把土摁到断腿根部。营长说快背下去抢救。战士急了眼,我的手没断,我活得好好的,谁背我我跟谁拼命。我可以装子弹,我还能修筑工事。

日军炮击第十次后,敌人冲上来,战士跃出战壕,与敌人拼刺刀。一个战士一连捅死了十二个日军,刺刀弯了。他拿石头砸,用牙咬,与敌人搂抱在一起。

我守住了阵地。

敌人又冲上来,夺走了阵地。

我再冲锋,恢复了阵地。

敌人疯狂反扑。

我顽强还击。

紧挨着营长的八个战士打得最勇猛。敌人冲上来,营长喊,打!火力将敌人压下去。营长喊,打!敌人应声倒下。打!打!

没有回应。

八个战士齐刷刷倒下去。

很多年过去以后,老营长还这样说,怎么会齐刷刷都倒下去了呢?

战士倒下去,阵地坚如磐石。

水源义重急得如一头瞎驴横冲直撞。他喊,援兵,援兵,援兵!

我 719 团有力地还他以枪声、炮声、杀声。

此时,我第 4 团进至岔头桥塔崖,加强白头山方向纵深防御,阻击援敌。

八

山上的雾一点点褪去,透明的空气使山上的一切恢复了真实。真实感动土地,土地上的人纷纷组织起来,站岗放哨,运粮食送弹药,烧火做饭,缝做军鞋。抓奸锄奸,封锁重要交通隘口,保证八路军全歼日本水源旅团。

刘老汉也主动加入了这支浩大的抗日队伍。

他手里拿着一根灵寿木。此木为山地特有灌木,木似竹,有枝节,长不过八九尺,围三四寸,自然符合杖制,不须削治,亦为灵寿独有。历代皇帝多以灵寿手杖赐与年老勋戚大臣,以示尊荣。刘老汉手中的灵寿木是自己砍来的,高约七八尺,围二三寸,皮棕色,叶似榆,对生枝杈,鼓突成节肿,质地特别坚硬,以此木做鞭杆,击羊腿易折,且骨断如刀切,不能接治愈合。刘老汉用它另有用场,当然不是击羊腿。

他顺着山路走,这一带的山他熟悉得像回自家门,闭着眼他也能分出哪是峭壁,哪是峡谷。哪个隘口连着路,哪块山石不能攀援。

他要告诉八路军,日本鬼子又派了三辆坦克二十辆汽车增援了。他要给八路军当向导,狠揍狗日的鬼子兵。

山上的野枣像一盏盏灯笼红得娇艳,核桃缀满枝头,走着走着,就有成熟的掉下来,叭一摔两半外面的青黄皮脱开,露出了新鲜的核桃壳。一只野兔嗖一下拦路窜过,一眨眼躲进了草丛。

刘老汉解开衣绊,露出黑红的胸脯。他沿着鲁柏山向东向北,已经听到了枪声。枪响的地方就能找到八路军。

枪声愈来愈近。刘老汉下了沟底。下了沟他可以毫无顾忌地往前走。

一脚踩到软乎乎的东西上,刘老汉没防备摔了一跤。等他爬起来,四周就站满了穿黄鼠狼皮的日本兵。

刘老汉的眼一时就绿了,挥起灵寿木就抡。

刘老汉被结结实实绑了起来。这里已经进入了冯沟里。冤家总遇路窄,黑夜与白天互不相让。

鬼子没打他。

日本兵要突围,正愁没人带路。刘老汉答应,带路。

水源集中了全部力量,拼命往鲁柏山上爬。四个日本兵押着刘老汉走在前面。鲁柏山东西连绵,岗峦起伏,坡面不过五十步宽,一里多长,北面峰峦陡峭,南为绝壁。日军从西坡爬上山顶,只能从东面顺坡而下。日军寝食久废,饥饿难当,拼死上山,疲累不堪,面临重围,只有龟缩麇集,以图垂死挣扎。

爬上一个山头,倚石而憩,突然杀声震天,枪声骤起。子弹如暴雨铺天盖地席卷而来。山上聚集的烟雾向空中蔓延,空中聚着污黑的蘑菇云。

鬼子死伤一片。

刘老汉顺北面陡峭崖壁滚下去,一直滚到了谷底。刘老汉浑身没一处完整,衣服挂得稀烂,从头到脚都是血。

刘老汉大脑一直清醒,身体不听使唤。他就不变姿势地躺着或者卧着,听凭山谷的风钻进耳朵眼,钻进汗毛孔。

他觉得身上的血凝住,皮肤变紧而且疼,像是有人拿钝刀子剜肉,连骨头都牢着疼。

刘老汉爬到山根下,粗喘着气想站起来,不行。他拿肩膀顶住石壁,当做支点把下肢收回来,上身靠在了石壁上。他气喘吁吁。当务之急是站起来,找八路军,给八路军带路。

我的灵寿棍呢,刘老汉仔细翻着记忆的细枝末节,这使他想起来,棍子丢在了冯沟里的山谷里。找回我的灵寿木。刘老汉固执地认为灵寿木在某个地方等着他。他必须去那个沟谷。

刘老汉摇摇晃晃站起来,但是身子轻得像失去了重量。他迈不开腿,脚生了根长在谷底。刘老汉对自己发脾气,快走啊,站着做甚。那个受气的刘老汉一动不动。他挥手打自己一拳。拳头砸在腿上,刘老汉颤悠了一下,像一截木头倒下去。

刘老汉躺了一会儿又爬起来,靠着石壁喘粗气,以肩为支点把自己的身体撬起来。站稳。迈腿,摔倒。再起,再摔倒。

最后他走出了谷底,跌跌撞撞的刘老汉像喝醉了酒,果真找到了他的灵寿木。

他的灵寿木安详地等着一双粗裂的大手的抚摸,刘老汉嘿嘿笑了。

抗先队的游动哨来到了这里。抗先队员是个粗壮的小伙子,一看一个老汉在幽幽深谷中独自傻笑,不由生疑。他认定这是个胆小鬼,或者是汉奸。小伙子二话没说把刘老汉捆上绳索押到村里审问。

刘老汉说他是慈峪镇的。小伙子认定这个老汉是密探汉奸。刘老汉说他要找贺龙,他的小儿子给贺师长当通信员。

抗先队员一愣,这老东西知道消息真不少,可不能让他伤害了贺首长。

两个抗先队员押着刘老汉去见县人武部的彭区队长。彭队长挎着王巴盒子枪,剑眉插入鬓角,一脸英气。彭队长打量刘老汉半天,终于认出了刘老汉。

小儿子当兵时不足十六岁,部队嫌年龄小,刘老汉拉上儿子找到彭队长:我两个儿子让日本人活活砍了,一个闺女让畜生糟蹋了,老伴活活气死,为啥不让三儿子去杀鬼子。刘老汉声泪俱下,彭队长亦非铁石心肠。彭队长把三儿子亲自送给了贺龙师长。

大伯,怎么弄成这样?彭队长心疼得像对待老父亲,擦去刘老汉满身满脸污血。

刘老汉穿上了区队长的衣服,精神得像正规军的炊事员。

刘老汉拿上灵寿木执意要给八路军去带路,彭队长好说歹说劝不住,前线危险,你老年岁大了等等等等。刘老汉瞪起了眼。

廉颇老矣,尚能饭否?这一带的老百姓熟知廉颇的故事如数家珍,距慈峪咫尺之遥的青同村就有廉颇的衣冠遗冢,刘老汉把廉颇看成一面镜子,甚至当作自己的祖先供奉。

彭区队长答应刘老汉,由抗先队员护送他去鲁柏山,让老人当一回真正的廉颇老将军。

刘老汉满意地拍了拍彭队长的肩。拖着灵寿木走向连绵起伏的山野。脚步快得像山顶上旋起的风，羞得那位把他当奸细的抗先队员一言不发。

<h2 style="text-align:center">九</h2>

鲁柏山成了一座活火山。山上石头凌空飞舞，弹片来回飞溅，浓密的战云弥散着湿重的血腥气。

日军混成旅团借助居高临下的优势，子弹手榴弹疯狂向沟底泼泻。浑黄的气浪咆哮着涌过来，汇成一片汪洋。强大的火药威力把褐色泥土挖起来，抛向天空，猛烈的冲击波摧毁着沟壁悬崖，一只鸟从空中俯冲下来，像一片树叶，坠入谷底。

空气在燃烧。

土地在燃烧。

血液在燃烧。

信念在燃烧。

阵地上到处是血。鲜红的血，黑褐的血，流动的血，凝固的血。

继第一次总攻失败转入对峙，第二次总攻的号声"嘀嘀哒哒"吹响。

这是 1939 年 9 月 30 日晨。

我炮兵运动至有效射程。

1 支队，第 2 团，第 716 团，第 4 团，719 团，冀 5 团各就各位。

炮弹发出惊天动地的怒号。

尖啸的炮弹循着各自的轨迹，在天空织成一张赤红的火网，顿时血火辉映，热浪灼人。

刹那间，太阳被遮没了。

天空被遮没了。

漫天烟雾像一幅悬浮于空中的帷幔，缓缓下降的尘埃迷蒙了整个视野。

八路军向鲁柏山冲锋。

就要胜利了。

冲锋战士端着枪，手中热汗滚滚，有的战士脱掉了衣服，光着背喊声震天，尘雾中隐约可见奔跑腾跃的人影。

日军以密集的火力将山路封住。战士每前进一步，都要付出惨重的代价。

指挥员有些急躁。急于求成使人们失去了冷静、理智、眼睛红了，暴躁的心被枪声拖拽着狂奔。

一批批冲上去。

一批批倒下来。

指挥员急得像被火烧。眼睛、鼻子、嘴巴、胸膛，几乎没有一个地方不喷火。

指挥员甩出手榴弹，将火力吸引到自己身上，战士从硝烟中冲过。迂回，侧翼包抄上去，成功了。

战士和山顶的敌人扭结在一起。一个战士与三个日军接上了火。双方都不甘示弱，一会儿他步步设防，一会儿你节节溃退。刺刀在阳光下反射着刺眼、骇人的光。血顺着刀槽滴答而下，不知是谁挨刺了。

后面的战士喊，快躲开，我来。

但是,对峙的双方谁也顾不得自身之外的任何东西了。

三个日军由一线迅速地变成了三个点,开始围攻那个战士。

那战士,抡起刺刀。一百八十度就地旋转,又把三个点上的敌兵拨拉到了一条线上。只要使他们变成一面之敌,他就有办法挺住,对付,顶着。

面对面的肉搏继续进行着。

战士很累,日军也很累。但是,双方谁也不肯罢休。刺刀已经挑弯了,软了,拼搏还不分高下,胜负。

战士有点招架不住了。他开始退让,一步一步地退着。

双方都非常清楚,这种场合,这种时候,这种谁都巴不得一口把对方吃掉的关头,哪怕退半步,招致而来的都是无法弥补不堪设想的后果。

枪声退去,炮声退去,杀声退去。

只有骇人的死寂。

只有冒火的眼睛在厮杀。

战士还在往后退着。

突然,三对二!

一把刺刀从侧面杀了进来。

添来的这把刺刀满刃豪气,只见它有条不紊搅了几个回合,便咬住日军的刺刀不放了,连连吞食下去,三个日军弄不清哪里来的这天兵天将,招架不住,不得不退让下去。

那个战士乘机抓起枪托,朝其中的一个敌兵的后脑勺砸去,结束了他的性命。

剩下一对儿,扭身没影儿了。日军比谁都清楚,二比二,八路绝对是优势,他们自己只能被吞掉。

一场肉搏战到此结束。

战士现在有机会回过头来,看看帮助了自己的战友。身边空落落的。战友倒在了血泊里。

战友的左胸汩汩冒着黑血。战友的脸上带着微笑。

战士弯下身背起战友,一个日军从背后窜上来,一刀刺透了两个战士的胸膛。日军拔出刺刀,刺刀上血肉模糊,已不像刀,而像是一个血淋淋的肉棍。鬼子拔得太猛,收不住脚,身子就趔趄着往后仰,身后是悬崖,日本兵在空中做着一连串的惊险动作,最后坠下了峭壁、深谷。

日军增援的飞机在空中超低空盘旋。

飞机抛下了炸弹。

战士全被压到山下。

日军的炮火重新组织起来。子弹长了眼睛一样直往战士堆中钻。

一个战士牺牲了。

又一个战士牺牲了……

慈峪镇的援敌以坦克开路,向 719 团的阵地再次冲锋。

三辆坦克像三头钢铁巨兽咆哮着呼啸而来,沉重的履带像长出利齿,深深刨进土里,又翻滚着泥土爬出来,日军近千人在坦克的掩护下,向我前沿推进。

密集的弹雨把王连长所在阵地崩塌一个大豁子。王连长就势一滚,滚到一个弹坑里,继续射击。

忽然，"轰"的一声，掩体被炸塌了，泥土石块呼啸而起。

一个重重的东西压在了身上。睁眼一看，是个人。再仔细一看，是那个小战士。

"谁让你掩护我。"王连长没好气地说。

"连长，快把我拽出来。"小战士顾不上抖掉满脑袋的土沫，用手捂住肩膀。

王连长这时才发现，一块弹片嵌在他肩头上，半边在里，半边在外，衣裳被血洇红了一片。

王连长揪住弹片，用力一拽，连血带肉撕下来一块，顺手扔给小战士，"快下去包一包，这个，留作纪念。"

日军从豁口插进去，向白头山纵深发展。

我719团奋力追杀，堵截，夺回阵地。

日军以一小股从我719团侧后迂回，向沙湾前进。我主力4团迅速回身，狠狠阻击。

进攻，反击。

反击，进攻。

每柄刺刀上都沾着血。

每个人身上都涂满血。

每方土地上都浸着血。

夕阳也仿佛被刺刀挑破了，腥红的血浆从那创口处喷涌而出，染红了天，染红了地，染红了远处轮廓模糊的山岭，染红了静静流淌的慈河水。

黄昏，贺龙师长来到了前沿阵地。伤员从身边抬下去，有认识的，有许多不认识的。其中，有从长征走过来的，有著名的战斗英雄，有刚参军的山里娃子，那一张张脸庞，像充满生机的太阳。

战士的尸体从身边抬下去,那一张张被硝烟熏黑的面孔,那一副副有肉有血的躯体,长长地排成一列,从他身边永远离去。

他们是这片大地的儿子,这里的土地养育了他们,这里的土地又埋葬了他们。

温暖而冰冷的土地,多情而无情的土地。若干年后,生活在这片土地上的人们,还会记得他们吗?

走过去,长长的队列走过去了。有的走得过于匆忙,来不及留下名字,或者他们根本没有想过要留下姓名,然而活着的人应该记住他们。

他们躺在这片土地上,他们的血把土地染黑,黑色的土地上长出花朵,陪伴着他们寂寞的灵魂,他们会安息吗?

战争使军人成为英雄,战争使英雄化作泥土,军人最终要用血肉之躯埋葬战争。

太阳滴着血泪,抚慰那些还没有来得及做丈夫做父亲的男儿。如果他们能够活下来,那该是走向未来的胜利之师的一个绿色方阵。

……

贺龙师长的眼睛潮湿了。

前沿阵地上的枪炮声暂时隐去,夕阳,颤巍巍走向命运的终点。

瑰丽的晚霞被雾霭染成青灰色,没有散尽的硝烟在微风中轻轻飘荡,空气里饱含了火药味和血腥味,鏖战的疆场终于出现了片刻的寂静。

刘老汉在抗先队员的保护下顺利来到了前沿阵地，阵地上一片焦土。

刘老汉不认识贺龙师长。

刘老汉说，大刀队从悬崖上攀上去，就沾（注：方言"就行"之意）。

贺龙师长、关向应政委在一处一处观察敌情。

刘老汉让抗先队员去召集大刀队。大刀队就在山上。

刘老汉带上大刀队就走。

贺龙师长说，老乡，从这边走。

抗先队员说，俺们先上山，捅小日本一刀。

贺龙师长就感兴趣地转过头，看着抗先队员。刘老汉催促，快走，要不咱就只能喝汤了。

贺龙师长迎着刘老汉，说，带我上去看看。

小战士抢过来，对刘老汉说，别带首长上去，出了危险我可没法交代。爹——

关向应阻止了贺龙师长。

大刀队向悬崖攀登。贺龙说，派一个连掩护。

晚上7点，三颗红色信号弹划破夜空，夜如白昼，战地上暂时的宁静被撕碎，总攻"嘀嘀哒哒"的号声再次吹响，号声震彻山谷，久久回响着余韵。

大刀队出其不意杀向敌群。3连战士自天而降；山下的1支队、2团、716团冲上来，武装群众从四面包抄上来。

水源旅团被困在光秃秃的山顶上，既无掩体，又无依托。在枪弹织成的火网中，日军拼命顽抗。

日军飞机再度飞临上空，我与日军交织在一起，建制全被打乱，敌中有我，我中有敌，飞机无法施展威力，只丢下六包弹药饼干无奈而去。

我迅速抢过弹药，给日军以猛烈还击。

大刀队干脆利落，一刀砍死一个。

连长康银寿端着机枪，嘴里高声叫骂着，枪口吐着火舌，心里喷着烈焰，像呼啸的潮涌一样冲上去。

他的连队打散了，只剩下了三十四个人。

在他眼前倒下的战士，有的瞪着愤怒的双眼，有的咬牙切齿，有的带着遗憾，有的痛苦地扭歪了五官，有的平静安然，但所有的脸都像初升的太阳一样年轻。

康银寿忘记了安危，忘记了自己，甚至忘记了那迎面扑来的枪弹会致人于死命。

日军被震慑了。

日军从未见过这样打仗的。

眼前只觉得一个个黑糊糊的东西雨点般飞来，日军如割谷子似的一个个倒下。

康银寿杀进敌群。

战争，这就是战争。有死亡，有鲜血，有失败，有胜利，却不能有眼泪。

刘老汉杀进敌群，棕黑的灵寿木棍在他手中旋转舞动，手起棍落，日军倒地一片，倒地的小日本没有死，但是鬼哭狼嚎再也爬不起来。以灵寿木做鞭杆，击羊腿易折，刘老汉的羊被日本兵烧了吃了，现在刘老汉要试试，吃了刘家羊腿的小日本的腿是否比羊腿易折断。

刘老汉在扑通扑通倒地的声音中感到了一种廉颇未老的淋漓畅快,他挥舞灵寿木的样子像是在打一树长红的大枣,那种全心全意,不遗余力,令冲锋的战士感到一种强烈的刺激。战士们呼啸着扑向山头,扑向敌人,扑向枪口,扑向胜利。

719团的将士在白头山奋勇阻击敌人,日军坦克被炸瘫,黑色的躯壳冒着浓烟。太阳旗成了无眼珠的黑洞拼出的古怪图案,在这个图案中,有垂死的日本兵在残喘。

冀5团,独立1支队堵住从鲁柏山逃出的残敌,一个一个瞄准,等一个日军的脑袋瓜开了花,再打第二个,第三个,第四个。

第4团一部打援敌,一部打逃敌,像是演奏战争的奏鸣曲。打逃敌用高音,打援敌用低音。有时也调整节奏,用高音对付援敌,用低音对付逃敌,将战场上的钢铁旋律弹奏得有板有眼,自然酣畅,疏密有致。

第2团,716团全面施展炮火威力,需要攻则势不可挡,需要守,则如铁壁铜墙。高空作业有大炮,一般作业冲锋陷阵,艰苦作业拚刺刀。

他们的面孔像钢铁铸就,皮肤揉进了火药味,沉静的瞳仁里透着一种不能描绘的悲壮。

他们的面孔被硝烟涂抹得黢黑。

他们的身上凝着黑红的血斑。

他们的目光沉静得令人发冷。

炮火在天幕上撕来扯去,枪声把梦掩埋把夜摇醒,夜惟留下黑暗在谛听。

树枝残叶像凤的翅膀飞入空中跌进泥土，泥土从地下掘起，抛入空中，融入大地。

鲁柏山在燃烧。

鲁柏山在流血。

鲁柏山在呻吟。

鲁柏山在怒吼。

枪声，炮声，火光，血光，将水源旅团的命运结结实实划上了一个圆圆的句号。

水源义重少将被击毙。

田中大队长被打死。

川琦中队长被击毙。

北村中队长被打死。

六天五夜的陈庄歼灭战，共击毙日军一千五百人。

陈庄大捷。

国民政府军事委员会委员长蒋介石致电贺龙：

对陈庄血战，尽歼敌人，予敌重大打击，树华北抗战之楷模，振军威于冀晋，特传令嘉奖。

十一

夜晚的漫长，使太阳生出发热的欲望；太阳的辉煌，使黑暗愈加生发吞噬光明的狂妄。白天与黑夜抗衡，太阳最终将太阳旗化为灰烬。贺龙站在黑夜与白天交接的仪式上，举目远眺，他的身后是黑暗拖曳的阴影，他的前方是喷薄欲出的太阳,他伸出双臂去迎接……

他站着的地方,五十多年后建造了一座水库。这片曾经浸透了八路军鲜血的土地,如今碧波荡漾,山影倒映,水天一色,幽静宁寂。你会问,这里曾经掩埋过陈庄之战牺牲的英烈们?

历史沉默无语。

1995年清明节,贺龙的女儿贺晓明来到灵寿县陈庄镇,她在当年贺龙站过的地方久久伫立。贺龙戎马一生,足迹遍布大江南北、长城内外,打过许多大仗、胜仗、硬仗、漂亮仗,值得后人怀想纪念之地不仅仅是陈庄,而且"文革"被迫害致死,他的遗体并未掩埋于此,但是,贺晓明却从繁华的北京城风尘仆仆赶到了这片褐色土地上——这里至今仍为全国重点贫困县之一。她面对着"陈庄歼灭战纪念碑"深深地一鞠躬、二鞠躬、三鞠躬,她的眼里盈满泪水。

为了凭吊英魂?

为了告慰这片热土上的人民?

怀念父亲?

贺晓明默然无语。

山里的花儿

芹是远房亲戚的女儿。论辈分该算是我的表妹，或者竟非是什么表妹，只不过是母亲的家族早年生活过的山村里的女孩儿。那是一个穷地方。芹所学的字够写一封信的时候，我便收到了她写给我的信，认定了我是她的表姐。那一年她刚读小学三年级。大约才九岁。她对我的认定，可能完全是她的一种想像。包含着一个很穷的地方的一个活得很苦的女孩儿，对中国一座省会城市的想像，以及对一个城里人的想像。大概还寄托着些别的什么，我却猜不到了。从没认真分析过，也不愿分析。总之从我收到她的信那一天起，我便从自己心里腾出一隅，分出一小份情感，理所当然地容纳了这一个莫须有的表妹。其后的九年里，我常给她寄点儿钱去，而她回报我的是她每一学期的成绩单。我保存着它们，也不知是为自己的一小份情感，还是为芹……

一个穷山村里的女孩儿如果热爱学习，那一种执着，一定是比城里的女孩儿热衷于"追星"，热衷于打扮和时髦更一往无前的了！芹写给我的信中从不谈她的学习。我甚至觉得她有意避开这一点不谈。我是从她的学习成绩单上感觉到她那种一往无前的学习劲头儿的。九年来，她写给我的每一封信中都有这样一句话——"村里每户人家的生活，已在越变越好，越变越好。"按这种逻辑，现在那个小山村应该是快接近农民的天堂了。然而我清楚，这是多么的不真实，清楚它依然很穷，那里的人们的生活也是，因为她给我写信用的纸，常是她写满了字的作业本的反面。我想那所证明的，绝不仅仅是芹的过分的节约意识……

后来芹自然就考上了乡里的重点中学——不，更准确地说，是全乡惟一一所中学的一个重点班……

再后来芹自然就考上了县里的重点高中。那真正是一所重点高中了。据芹信里说，它的升学率在全省也是被刮目相看的。芹的信中第一次流露出一种自豪的意味儿……

我在给芹的复信中多次要求她别总寄成绩单来，也应给我这表姐一张照片来。芹总在信中答应下次寄来，却一直没寄来过。我猜她准是舍不得花钱照张相，以后也就不再在信中提了……

去年，芹考入了北京的一所重点大学。新生报到那些日子，我正巧在北京组稿。忙里偷闲的，几次到那所大学的新生报到处去查询过，却没查询到她的名字……

回到石家庄以后，我耐心地期待着芹从大学里寄给我的信，两个月里竟添了一桩坐立不宁的心事。仿佛真就是我的一个亲表妹，甚至真就是我的一个妹妹，考上了大学却与我失去了书信联系似的……

我想肯定是有一个天大的错误发生在整个这件事之间了——可能芹并没有考上那一所大学吧？恐怕只不过是她考后的一种自信而又太良好的自我感觉吧？凭了那一种自信和那一种良好的自我感觉，她超前地给我发了信迫不及待地与我分享喜悦，而结果却未收到录取通知书。

　　果然如此，我真不知该如何安慰她了。

　　我怀着很大的沉重感，给那一所重点大学发去了一封信。

　　很快就收到了回信。很短的一封信。电脑打的。还郑重地盖了公章——您的表妹确实考上了我校生物系。但是我们和您一样，也没见到过她。前来报到的途中，她在火车上遇到了一伙抢劫的歹徒。当时她书包里有一千多元钱（通知书中规定带这么多钱），是她家卖了一间房子，全村人又帮着凑齐的。她惟恐钱被抢去，双手紧按书包，从飞驰的火车车窗蹿出去了。第二天她的尸体被发现……关于您的表妹，我们只知道这么多情况。对此不幸，我们谨表示十二分的同情，和十二分的遗憾……

　　读后我徒自呆立许久动弹不得。

　　那一天深夜，在我家附近的公园里，在一片小树林中，我将芹寄给我的那些学习成绩单烧了。还为芹烧了一叠纸钱……

　　尽管我从来不是一个迷信的女性，也从来不相信有另一个世界的存在……

　　从此我再也不忍听那一首歌——山里的花儿开，远远的你归来……

　　从此想像我的一个莫须有的表妹的样子，就成了我静默独处时的一份永恒的感伤……

萝卜白菜

下乡的那天，雨后初霁，山区的农村泥泞不堪，我穿一双解放鞋，一脚踩下去陷进去很深，拔出脚时已是满腿的黄泥。汽车勉强开了一段不得不搁浅在村外。

七弯八拐找到大队部，支书黄黄瘦瘦一副面孔，叼烟斗，见我们一群男女，说进来吧都进来吧。说话的时候露出黑黄的牙齿。

开始分配。谁谁分到一队，谁谁分到二队，我和另外一个女生分到六队，七队的队长领了我们就走，走出大队部不远，六队队长追上来说，错了，把俺的人给我，你的人在三队。

村子很静，静得仿佛世界上根本不存在这个小村。没有狗吠，甚至看不到孩子的身影。

这情景出人意外。无数次想像过敲锣打鼓热闹风光的场面，山村的冷漠使人产生失落的情绪。

突然响起了鞭炮声，噼啦，噼噼啪噼噼啪啪的响声连成一片，塞满小小的村庄，寂寥顿时藏得无影无踪。

男知青在为迎接自己的到来制造出热烈的气氛。

初来时常常想家，想家的时候就凑在一起天南地北地聊天，或者找一本歌曲集一唱唱到半夜，害得房东第二天天不亮就敲门：都到我家吃玉米糁红薯糊涂，今黑早点睡，别熬坏了身子。

萝卜白菜

修路的时候无异于专门安排的聚会，各路知青穿着清一色洗得发白膝上打了新补丁的裤子，上身穿件军装，操一口不同于乡里人的口音，叽叽咯咯地说笑，大汗淋漓地挥锹。

歇晌的时候，有人大摇大摆跑到菜地拔来尺把长的青萝卜，往膝上一磕，一段段分与馋涎欲滴的同伴，脆生生吃出一片赞叹。或者笼一堆玉米秸秆篝火，将新挖来的红薯埋进去，不要多时，就能嗅到红薯烤熟的香甜。那时候，知青们你争我抢争着占先，直到弄得满脸满手污黑，一身的疲惫烟消雾散。

社员们没有这种待遇，谁拿了生产队的一草一木都要受到制裁，要么扣掉一个工分，要么分菜时减掉一半，知青全无这种顾虑，晚上要吃就去偷，白天想用就去拿，村民们看到后并不说三道四，队长说：孩子们离开爹妈，不容易。

我在那个村子插队三年，三年几乎没有油吃。那里的村民们几年是否吃过油，我无从知晓，离开那个村子时队里的人围住我问：你还回来吗？那时的我黑黑胖胖，壮壮实实，谁见了都说：吃什么好的？

村民们的淳朴忠厚便是我青春期发育成长的营养，如今我这个彻头彻尾的城里人却常常眷恋那个小村的萝卜白菜。

萝卜很大很长，青绿的躯体，肉脆甜如蜜；白菜头大且圆，实实在在饱胀一秋的祈望。

形象的塑造

大约是一个黄昏，市面上喧嚣着归家的人潮，我漂浮其中，焦急地企盼着公共汽车的到来，我要赶赴一次同学聚会。

腕上的手表一点点逼近约定的时间，仍不见公共汽车疲惫的影子，出租车一辆接一辆从眼前示威般驶过，红色尾灯似遗落珍珠的河流，在黛色天幕映衬下远远近近不停地闪烁，城市为告别一天的繁忙进行着最后的搏杀。

客居石家庄多年，对这座城市的注目似乎还很吝啬。更多的本地人，更多的谈论话题常会指向外面的世界。比如，北京的古老和它具有的深厚丰富的文化积淀；上海的开化以及它对外来文化的勇于吸收融合；广州的花团锦簇以及对吃的潜心研究；甚至最年轻的省会城市——海口，也具有了深刻的诱惑——大海、沙滩、蓝天与夜色。石家庄忍受着包括本地人在内的轻视与冷落，有时整座城市不免诘问：我的形象是什么？什么能够证明城市的存在？

高楼一幢幢矗立起来，商场商城雨后春笋般连成一片，酒店宾馆争先恐后竞上星级，外环线立交桥的修筑夜以继日，引进外资走出国门并举，城市以崭新的面貌证明自身的不同凡响。

出租车行业应运而生！

在早，石家庄人的代步工具是自行车，从桥西到桥东不紧不慢一小时足够,若偶尔有外地朋友来访,也多坐公共汽车,挥霍点儿的顶多雇辆黄包车,花费超不过十元。现如今,生活节奏加快,更多的人绞尽脑汁要将有限的人民币投入到有意义的事业中去并期待获取更大的利润,速度与效率为人们倍加看重,有谁还会为坐出租所花费的十元或几十元人民币而斤斤计较?

出租车生意走俏。

出租车游鱼般穿行于街市,为城市构置的是一幅紧张有序的独特风景,石家庄不再寂寞。

年轻的城市突然发现自身的优势:因为缺少历史,而少了许多包袱;因为年轻,才能从零开始,设计最新最美的蓝图。

今天属于这座没有历史的城市,把握住了今天,就会拥有明天。

我置身于城市的腹地——北国商城,感受到了它强劲的呼吸。

一辆夏利无声滑到我身边,我没有迟疑,跳上车……

同学的聚会已经开始,刘总姗姗来迟。读书时,刘总的成绩一直挺棒,毕业后居然客串某宾馆的副总经理。专业与职业选择的巨大反差颇令同窗们不可思议。奇怪的是,几年修炼,那隔行隔山的饭店服务专业竟被他操纵得有声有色。看过他在域外的一些留影,印象最深的是他以美国一处著名的艺术中心为背景的那幅照片,他的目光充满自信与孤傲。他说我代表中国,我代表石家庄。而今天,看上去他却有些沮丧,不知为什么。

同学们在卡拉OK,《莫斯科郊外的晚上》、《我的祖国》、

《红河谷》、《夫妻双双把家还》此起彼伏。

刘总的 BP 机欢快地鸣叫起来。

打完电话回来，刘总脸上的沮丧荡然无存。他一边频频举杯，一边自言自语：下午陪客商逛商场，买了一大堆东西全部忘到了出租车上，还有手机。刚才出租车公司通知我去领失物……

这之前已经有传媒对石家庄的出租业进行过渲染，我对这样的宣传一向不以为然，但刘总的"遭遇"刺激了我的木然。

我用怀疑的口吻一再追问：真的没丢？真的物归原主？

原本是普通人皆应具有的品德，今天却少见多怪地质疑。我在怀疑一座城市的真实吗？

我在责怪这座城市的个性模糊时，却很少参与对她的塑造；我在看到她一天天鲜明出个性来时，却挑剔地不肯正视。

其实，我现在已是真正的石家庄人，在这里生活在此工作在此繁衍生息。

一种行业的确不能代表一座城市的形象，但是当每个人意识到我是石家庄人时，群体所构筑的形象便代表了石家庄。

出租车司机塑造的一切是石家庄的一个缩影。这样的比喻一点不过分。

曲终人散，同学们纷纷坐上出租车。这时，夜已深了，春天的树叶在路灯的照耀下，显示出墨蓝的颜色来，车轮与柏油路面摩擦的声音传得很远很远，透过前排车窗，觉得视野很开阔，能望见城市的身影和遥不可及的前方……

马路天使

走在城市的马路上,某一天突然发现异常:街道两旁等距离站着一些手执小旗的男女,刚上小学一年级的儿子好奇地问:他们在干什么?

他们在干什么?!

我前后左右打量,模棱两可地回答:执勤吧。

儿子便央求:我也想执勤。说着,撒开腿奔向便道,瞄准一位执勤者靠拢上去:叔叔,让我打一会儿小红旗行吗?就一会儿!

我追上去,低声呵斥:不许放肆!

儿子仍不甘心:老师奖励的小红旗特别小,还是画在黑板上的……

年轻人红了脸对儿子说:叔叔打小旗是因为犯了错误……

儿子认真起来,我也要犯错误!

这时,我注意到每人所执小旗上书:请不要违章。恍然大悟。

那一天,接儿子回家,无意中闯了红灯,被警察客气地请到了便道上,并"奖励"一面小旗举着。天气很冷,西伯利亚袭来的冷空气毫不谦让地挤进我们的城市,将街道变得细瘦且瑟缩。

儿子兴致极高，几乎是雀跃着夺了我手中的小旗，规规矩矩站在那里，执勤！

岗台上站着交通警察，衣着单薄，精神飒爽，仪态威严，帽檐下的一双眼睛看不真切。车流人潮，起伏鼎沸，渲染着城市的繁忙，又匆匆奔向各自既定的处所。交警将一张年轻刚毅的脸庞朝着四射的路口以及路口上等待奔突冲刺的生命，抬起左臂复抬右臂——小臂左曲、两臂平行，定格；收右臂，再收左臂，立正；向侧后转身九十度，斜跨半步，立正，举左臂，右臂前后摆动……一整套动作流畅洒脱，充满着力的韵律，伴着这韵律，城市进行着生机勃勃的呼吸。

世界著名指挥家卡拉扬在音乐的王国里会有如此的忘我沉醉，而城市交响曲的指挥家们——交通警察面对车海人流所投入的热情绝不亚于那个爱眯缝眼睛的卡拉扬。

街道两旁打小旗的人们，在触目皆是的惊叹中，渐渐稀落，而交通警察依然恒定不移地生长在那方小小的岗台上，春秋寒暑，星转斗移，那是标志城市文明程度的特有风景，那是一座城市的力与美的雕像。

一面小旗原来会给予我们很多，在儿子，满足了一个"真正得到红旗"的愿望，在我，却有了一种思考和深刻的理解与感动！

在以后的日子里，我骑车带儿子经过岗台，儿子会充满童稚地向交警致意：警察叔叔辛苦了！而往往这时，正是城市交通的高峰期，忙碌的交警甚至根本无法倾听那个真挚的问候，然而，在人们等待通过路口的静默里，便有着许多双眼睛向交警行注目礼……

马路天使

一天，儿子放学回家问我："天"可以组词"天使"对吗？我点点头。

儿子用"天使"造句：警察叔叔是天使！

我感动地搂住儿子说：满分。

的确，交警是我们城市的天使……

凭吊青春

我又回到当年下乡时住过的村边小屋，那里是你的归宿。屋后的坟茔芳草萋萋，成群的蝴蝶翩翩起舞，有如你二十岁蓬勃的生命。

往日如昨。十八年前的那个凄冷之夜仿佛被唤回眼前。我孤伶伶地躺在小茅屋里，高烧使我的面颊通红如火，眼窝深陷，痛苦寂寞使我无助地将目光投向四下漏风的门板。

这时，你推门而入，披一身洁白的雪花，裹一股刺骨的寒气，满头乌发冒着蒸蒸雾气。

一张年轻而未脱稚气的大男孩儿的脸！

烧水。柴草潮湿，小屋立刻狼烟四起。我顿时咳嗽着流出两行清泪。

"想吃什么？一定得吃！"口气像是商量又明显是在命令。

我摇头。

屋后的村庄偶尔传来一两声犬吠，凄清而邈远。

你进进出出，不一会儿将一碗杂面汤捧到我的床前。

我舔舔干裂的嘴唇，不忍扫你的兴，"我想吃——吃鸡。"

你稍显迟疑，但立刻放下饭碗转身出门。

我等你归来。静夜里有雪花飘舞的优美身姿在门缝一闪一闪，我的眼神中溢满了沉迷与遐想。

夜深的时候你依旧未归，碗里的杂面汤已经冰凉，灶内的炭火已成灰烬，小茅屋重被寒冷包围。我竭力用想像驱赶孤寂，想童年与你爬树偷枣，衣服挂破，鞋跑丢，一副狼狈相。想中学时走对面仍板着面孔不苟言笑，上学放学一前一后相跟着却不并肩而行的一本正经。想初来农村的那个晚上，我与你在同一仓库席地而宿的尴尬情景……

想着想着，我迷迷糊糊地进入梦乡。

第二天，村里有人悄悄告诉我，你出事了。

为什么？

偷鸡！

我踏着厚厚的积雪，咯吱咯吱留两行深浅不一的脚印，去找民兵营长，去找支书。

大队支书是个黑脸精瘦的老头儿。黑瘦的支书一脸慈祥中深藏着猜不透的智谋和练达。

我恳求他。我苦苦哀求。我恨不得给他跪下。

支书沉默如铁。

我悻悻将离。此时支书从身后恶虎扑食般拦腰将我抱住。一切都猝不及防。

我想这下我失去你了，也失去了我自己，我恨不得去跳井。

但是你却未能被释放回队。

我不能不再求支书。我知道我的"求"无异于送上门让那个畜生享受青春。但是只要能放你回来，我还吝惜什么？

第三次"求"支书，你被放了回来。

从此我的笑不再明媚，眉宇间总有驱之不散挥之不去的怅惘与忧郁。我对心说：爱你。但却又时时回避你对我的爱。

你以兄长般的宽厚将此解释为少女过于羞涩和拘谨。那间小屋被高粱秸编织的隔墙一分为二，里间住着的是我，外间住着你和无言的锅灶。

第三年征兵，你有条件应征，这也是知青回城的有效捷径。而你因"偷"的劣迹险些破灭了希望。

我用菜刀划破食指，刀痕深可见白骨，鲜血如注。我用鲜血替你写了入伍志愿书。

我亲赴公社武装部，人武部长说你们大队只要同意我这里绝不设阻。我返回大队，好话说尽，但支书一脸木然。

当他的一张老脸绽放成榆树皮时，我已将血书连同名誉和尊严一并呈给了这个衣冠禽兽。

之后村民们敲锣打鼓将你送到了公社，又热情有加地将衣帽整齐一身戎装的你送到了火车站。

从此你我将天各一方，隔山隔水。我哭了。

没有你的日子谁替我遮风挡雨？

我爱你，当我意识到支书的"好心"，不是为我分忧，而只是想对我长期霸占时，我鼓足了勇气，向你倾诉了心底的耻辱与委屈。

火车晚点。傍晚，闷罐车摇摇晃晃进站，在纷乱的人群里，昏暗的灯光下，我好像失落了心的依靠，寂然站在那里一动未动。

火车晚点，给你一次发泄感情的机会。你躲进厕所，压抑地洒一腔男人伤心的泪。等你重新走出来，你已变得刚毅而无所畏惧。

你一路狂奔，潜回了小山村，拿那把为你划破过我手指的菜刀,干脆利落地结束了支书的老命。

后来,一声凄厉的枪声使得你二十岁的生命化为了永恒。

灰沉沉的天空,没有一只鸟儿飞,树枝干涩地在朔风中萧瑟,切割着不洁的天幕。

我抱着你的尸体,从法场一步步一寸寸拖回小屋,我为你守灵七七四十九天,之后我开始掘屋后的荒地,一锨锨一镐镐为你垒筑灵魂的栖园。今生今世我不会离开你了,我要终生陪伴你。因为爱你,更因为你也爱我。我无法走出过去。

……世事沧桑,在高考开禁的第二年,我还是走出了小茅屋。

现在,我在一所大学执教。身边的儿子就取了你的名字。昔日的我已随你而去。

当我离开小山村时,特意将你坟头上最艳丽的小花带走。它会像你年轻蓬勃的生命一样,在那段青春的记忆里永不凋谢。

我家枕着平顶山

常有朋友这样问我：你是平顶山人，那儿的山是平顶的喽?我点头称是。朋友还问:住在山下还是山上?我想了想说:山在城市背后，我家枕着山。

因为家的牵挂，常会忆起这座城市。长长宽宽一条法桐覆盖的马路，一端连着庙宇般建筑的火车站，另一端与古旧得可以入画的百货大楼相连，清澈的湛河将城市一分为二。河北繁华热闹，人口密集;河南冷清萧条，星散着阡陌农田和打了格子的菜地。只有紧贴湛河的那座公园分外惹眼，那是当时城市惟一的公园。漯河、南阳、许昌等地来的旅客，常以逛了河滨公园为到过平顶山的标志而引为自豪。我那时已下乡，偶尔回家，并不敢奢望去公园闲逛，生活的窘迫不能不令人斤斤计较于一毛钱一张的门票。虽然我家离公园仅一箭之地。

转眼我已离开平顶山十七年。如今街道两旁有了鳞次栉比的高楼，道路上拉上了长长的隔离墩，然而我的记忆却固执地在逝去的岁月里徜徉:那里原来是个小布店;这边曾有个理发馆，门前有个慈祥的老爷爷吹糖人，糖人惟妙惟肖，有孙悟空、武松、牛郎织女……围观者络绎不绝;我在绢纺厂门前与一位愣头儿青相撞，两人吵得"热火朝天"、不可开交;中兴路边伸进胡同深处的是一家小有名气的照相馆，我和父母兄妹照完那张合影相,从此天各一方,并开始了我人生之旅的漫长漂泊……

暑假我回到平顶山,旧的火车站已不复存在,一座代表着这座城市飞速发展的新客站就要拔地而起。百货大楼已旧貌换新颜。平马路(如今更名为开源路)已经拓宽,具有了都市的风采。父亲说:去看看吧,这些年城市变化很大。我骑上车兴冲冲融进城市,像个外地旅游观光者,沿一条条马路走,到一个个商场转,我感到了一座城市强劲而充满活力的呼吸。我来到环城路,那里空气清新,来往车辆井然有序,马路宽阔,绿化带并不逊色于我客居的省会城市。望着这座日益变得陌生而美丽的城市,我禁不住连连感叹:哦,平顶山,我的家乡平顶山……

黄色计程车在街巷穿梭,忙碌异常。公共汽车也有了无人售票车和快车。一位老奶奶上车后买票,售票员善意地提醒:比普通公共车票价贵。老奶奶直后悔:我就带两毛钱,以前都是买两毛钱车票。售票员微笑着说:别急,车停稳后我送您下车,"无人售票车"正在试运营。

一车的人跟着笑了,那笑充满了理解与宽容。笑声飞出车窗,灌满了整座城市。

……

平顶山,我是你的女儿,在你的哺育下,我长大成人。你在我的梦里,我家枕着你。

列车远去

坐火车最难忍受的是寂寞,有一本好书相伴,便会觉出旅途的轻松。抑或与邻座聊天,亦可打发漫漫时光。那时候,我正埋头读一本《梁实秋散文精选》,邻座搭讪说,现在看这种书的人不多,我猜您肯定是搞文学的?

惊喜于女孩儿的率真与单刀直入,我抬起头,用目光传递我对她的好感:女孩儿短发,戴白框眼镜,脸愈发显得白皙,未施粉黛,手捧厚厚一本《英语》,整个儿一副中学生的装扮。我怀着浓厚的兴趣与之攀谈起来。

女孩儿高考时铁了心要考清华大学,然而最终仅上了一所化工学院。四年大学,未使她从挫败的感伤里与委屈之中解脱出来,在毕业分配大战中,她勉强被一家外贸单位接纳为打字员。昔日的辉煌成为笼罩她一败涂地心境的阴影,现实的无情时刻在啃噬她孤傲敏感自尊脆弱的灵魂。

她尝到了痛苦的滋味。

管理专业与工科学士的双学位又使她不断恢复信心。打字员也是谋生手段,别人能干我会干得更好!像是与谁赌气,她振作自己去上了班。

没有专门的打字室,打字机是老掉牙的铅字打字机,甚至连办公桌也是与人伙用的。且打字员并非专职,兼及打扫办公室,接电话,打开水,送报纸等等琐事。

女孩儿谈及经历过的一切时，异常冷静。列车经过一座城市，明明灭灭的灯火从车窗上反射进来，女孩儿的脸儿映得朦朦胧胧。

女孩儿望着窗外幽幽地说，偏偏赶上了机构精简。我所在的办公室由三人减为二人。种种渠道传来的消息皆对我不利。山穷水尽之时，我不得不贸然闯进总经理办公室：国家培养一名大学生的投入与养一个闲人的投入，在价值尺度的衡量上截然相反，那么用一个庸才与毁掉一个人才，同样能检验用人单位决策层的智慧与否，我希望总经理能给我施展抱负的机会。

人满为患，在密密麻麻的关系网中，总经理的角色也极难扮演。

我到了接待科，专司迎来送往一职。本来不堪一击的自信被打得粉碎。学业荒疏，职业的被动选择根本无法使自己振奋。那些寂寥的日子使人窒息，精神几近崩溃。

女孩儿有些激动，她说，我不能眼看着自己沉沦下去，我试着使自己摆脱空虚——我自费学电脑、学裁剪——你看我这件西服就是那时候的作品。学会计、学公关、学针织——那时候我把所有能联系到的大学同学的毛衣都集中起来，重新为他们编织我自己设计的图案。学烹饪——从小学到高中一直被父母宠惯，任何家务没干过，甚至连水开不开都不知道，现在每周周末我都会为父母做上满满一桌可口的菜肴。我还学习英语，学营销。

女孩儿的脸上透出淡淡的惆怅。但是她话题一转，谈起了目前的境况：与美国商人的谈判缘于我那一段释放苦闷的学习。中方代理人小小的失误几乎断送了一笔可观的生意。我利用送水的机会及时向我方代理人提供了准确的数据以及对方公司的家底……这是一次重要的展示机会，我的能力也经受了考验。

女孩轻轻一笑，接着说，在明年新一轮谈判中，我将成为中方代理人到美国洛杉矶草签合同。

火车缓缓进站，我收拾行李准备下车。女孩儿还要继续旅行，她要到南方一座城市开展业务，漫长的旅途只能与《英语》为伴。

列车再次启动时，我向她挥挥手，突然想起忘了问她的名字，然而，车已渐渐远去……

人生何处为驿站？

童心的钥匙

在河北师大幼儿园学前四班，五十个孩子正异口同声朗诵"……再见了老师／再见了阿姨／我从心里感谢您／我一定回来看您／向您报告我的学习成绩。"那童稚的声音传得很远，一双双专注的黑眼睛饱含热泪，双鬓染霜的康老师用慈祥的目光深情地注视着昨天与之朝夕相处，来日就要踏入小学校门的孩子们，依依难舍。尽管这样的别离已不止一次，然而每一次聆听孩子们的心声都会令她产生新的感受，她的眼睛禁不住再一次潮湿了。

往事历历在目……

幼儿园开园的第一天，其热闹程度不亚于节日的百货商场。孩子哭闹，家长穿梭，各种车辆将幼儿园门前堵得水泄不通。在这方小小的天空下，演绎着动人动情的小故事。潘亚伦小朋友哭闹着被家长送到康老师班里时，幼儿园已开园月余。但是眨眼工夫，小亚伦失踪。康老师追出教室，追到院儿里，小亚伦被追了回来。康老师目不转睛地盯着小亚伦吃完饭，嘱咐道：潘亚伦可以找一个自己喜欢的小朋友坐同桌。小亚伦停止了哭闹，但是仍用陌生的目光看着老师和小朋友们。康老师一改过去看图讲课的方法，宣布讲故事："孙悟空大闹天宫"。曲折生动的情节令小亚伦紧张的神经松弛下来，他甚至忘了早上入园时莫名的恐惧，并主动要求回答老师提出的问题。康老师借机组织了一个"欢迎潘亚伦"的小小仪式,小亚伦泪痕未干的脸庞绽开了笑靥。

故事讲完了,孩子们仍如醉如痴地沉浸在想像的氛围中。康老师说,明天我还要讲第二集《芭蕉扇》。求知欲强烈的孩子们,在急于了解下一个故事的期盼中,淡化了对父母的依恋,并逐渐爱上幼儿园这个新家庭。

第二天小亚伦来得很早,一见康老师就不无自豪地说:"我今天来时没哭!"康老师会意地笑了。昨天临走时,康老师问小亚伦:明天还来吗?

小亚伦回答得很干脆:来。

哭不哭?

不哭!

小亚伦信守诺言,康老师立即在班里表扬了他……

幼儿园丰富多彩的集体生活,培养了孩子们良好的生活习惯和互助协作精神,也冲淡了他们"以我为中心"的"小皇帝"意识,使他们拥有了健康快乐的童年。

班里的刘强个子小,但脾气倔强。小伙伴们无意的碰撞和嬉戏,都会使他火冒三丈。一发脾气,小刘强就会打人毁坏东西。这一天,他又将肖林的作业本封皮撕个粉碎,肖林委屈地大哭。康老师叫住小刘强,指出他做得不对,小刘强梗起小脖子表示不服气。康老师神态平静但口气严肃地说:你再想一想。然后找来浆糊、剪刀、白纸,埋头去粘补撕碎的本子。小朋友将目光聚集在康老师的手上。本子粘好了,康老师拿出一个新本子与之比较着,问:"哪个本子好?"小刘强沉默不语。康老师又说:"如果把你的新本子换给肖林,你愿意吗?"

小刘强羞愧地低下了头。康老师接着诱导说:"你看这件事该怎么办呢?"

小刘强望了望老师,康老师目光温和充满信任。小刘强涨红了脸,走到肖林面前诚恳地说:"对不起,以后我不这样做了。"肖林破涕为笑。康老师这时又说,和小伙伴儿们友好相处,改掉发脾气毁东西的坏毛病,就是一个好孩子。小刘强心悦诚服。

潜移默化循循善诱,幼小的心灵在发育的初期得到甘露滋润,便会健康苗壮地成长,并将受益一生。康老师挥动着智慧的剪刀,游刃有余地修剪着一批批幼苗。

三十七载光阴荏苒,康老师今年已五十有三,为了孩子,她真想使自己再年轻几岁……

无悔的选择,缘于她对幼教事业的一腔热爱;人类的成熟正是从幼儿的启蒙教育开始。

城市行进序曲

　　说来我在这座城市里已生活了近二十年，其间的变化亲眼目睹。但置身其中，感觉会变得迟钝；又因变化孕育于时间的缓慢演进中，对发生着的和已发生的一切，常常会熟视无睹。这时需要一种参照，对同一种事物的停滞和变化后的具体比较，有了对比，才会对变化有鲜明的认识，并看清停滞的性质。

　　二十年前，当我初到石家庄时，印象最深的是火车站的候车大厅。说是"大厅"实则是个大棚，石棉瓦顶被一些瓶口粗的铁管子所支撑，铁管子锈迹斑斑，给人以风雨飘摇之感。棚顶的裂缝处、残缺处露出刺目的一片天，反衬出棚底下的阴暗。雨天此处就汪成水洼，过往的旅客不小心踩上去，会溅起一朵朵黑色水花。对于旅人来说，对付恶劣环境的办法是挽起裤管或踮起脚尖芭蕾舞演员似的在其间跳来跳去，以图心理上的洁净。而我看着那些森林般裸露的小腿，总会想得很远，误以为他们准备集体赴池塘摸鱼，或者义务为某个生产队插秧。因为人人要躲着水洼走，致使有限的空间拥挤不堪；又因为拥挤，使分管东西南北各路车次的车站服务员态度变得粗暴或者处之漠然、视若无睹。冬天，寒风呼啸而来，似乎有将瑟瑟发抖的旅人席卷而去之势，候车犹如置身于人迹罕至的荒山野岭，其凄凉之状难以尽述。

这种印象在我的脑海里保持了很多年，驱之不散。

时间在不容质疑地前行，变化在不知不觉中发生。

如今你在街头散步，或从季节的更替中走来，你所看到的是四季不衰的鲜花，绿意盎然的春色。洒水车以优美的音乐旋律开始了对城市精心的美容和浓淡相宜的打扮。宽阔的马路上奔驰的车流，有条不紊，秩序井然；高楼、人潮，触目让人心动。这情景让人想起早先的城市。那时，城市的发展局限于桥东解放路商场到桥西人民商场的一条线上，这条线是城市的中心亦是城市的全部。以中山路解放路命名的同一条道路横贯城市东西，骑车跑个来回半小时足够。在这有限的空间里，街道狭窄，临街的建筑物破败低矮，人们的衣着灰暗陈旧千人一面。在这样的城市里行走，无论看天，还是看地，左顾或右盼，都让人打不起精神来。以省会的身份和城市的面貌，初来乍到的我，不能不对她产生应有的失望。

但是，她在变。

如今的候车室宽敞明亮，集娱乐消费住宿为一体，楼上楼下，环境舒适优雅。候车的当儿，可以悠闲地观看壁挂式电视播放的电视连续剧、球赛或者新闻。冷暖式空调不知疲倦，夏日带给你惬意和凉爽，隆冬送来的是体贴和温暖。来或者走，打出租或者乘公交车，方便快捷，使先富的人能够尽享潇洒，使工薪族可以承受。出远门可乘飞机，外地人来此地出差，亦可搭汽车走高速公路，选择多向，出入自由。

变化中的一切使人们生出欲望，对美好，对幸福，对富足，对未来的向往。生活的目的是什么，说到底就是为了实现心中的向往或者梦。

变化日新月异，向往水涨船高。因此对这座城市，城市人不断生出新的追求，比如听音乐会，玩保龄球，外出旅游，到星级宾馆聚餐，或者到菜市场摆摊儿卖菜，开个小小的书屋出租图书。玩儿者图的是一种轻松，忙的为一份快乐自由，即使下了岗，去摊煎饼，去擦皮鞋，仍不失人的尊严，在劳动中体现着自己对社会对家庭的责任，生存的艰难变成生命的价值体现。

二十年前走来的我是青年，如今我已步入不惑之年。时间以行走的速度启发着不甘落伍的人们你追我赶，在不断的进取中，城市得以迅速发展，年轻的心日趋成熟，还有新的生命将被新生活新时代催生——那是我们的未来和希望，也是照耀城市的一轮崭新太阳。

远走他乡

高中临毕业,我主动向学校递交了下乡申请书,父母坚决反对,理由很简单:哥哥已经下乡,我应该留城。

那时的我,少年意气,挥斥方遒,试图指点江山,拯救全人类,父母的劝阻哪听得进?

父母无奈,便说:翅膀硬了,想飞就飞吧,飞得越远越好。本是一句气话,我却不依不饶背着父母将户口迁出城市,然后拿了户粮关系向父母示威。

母亲怔在那儿,茫然无语。

我根本不想去理解父母。下乡在当时是胸怀大志的表现。我提着一只装过肥皂的旧木箱踏上火车,回首时见母亲追上来,硬塞到我手里一团东西说:以后要学会照顾自己。我挤进车厢,在火车连接处展开攥出汗渍的纸团:是五元钱!列车告别月台,飞驶向下一站,母亲离我愈来愈远。家,将会成为一种毫无色彩的概念。我暗自感慨:长这么大,我还没有尝过独自支配五元钱的滋味,下乡真好!

我和二十多个知青坐火车又换汽车最后步行来到了我们插队的村庄。他们放下行李又回到城里:有的去干临时工,有的只为了把户口安置在村子里,有的为生产队搞副业。下乡成为一种形式,知青事实上成为生活在父母身边具有了农业户口的城里人。

　　那已是上山下乡接近尾声的 70 年代中期。当权者利用下乡为子女谋生路成为时尚,年轻幼稚的我,哪能看透这一层?

　　我独自留了下来。半年后当我背着半麻袋红薯站到父母面前时,母亲感到意外而吃惊:半年了不见人影没有音讯,你不想家?不要爹妈了……

　　母亲拉着我的手,我的双手已磨出厚厚一层硬茧——你怎么能自作主张,如此好强呢?我低头不语,母亲用温热的双手摩挲着我满脸的冻疮。

　　一块儿下乡的知青又陆续将户口迁至城里,或病退,或接班,各有理由。那时我在生产队已是日工十个工分的棒劳力,且身兼多职:记工员、赤脚医生、妇女队长、团的小干部。我想,凭个人的努力,我一定能回到城里。

　　我有多么天真。当热情真诚被愚弄,信念产生动摇时,年轻的心感到的不是痛苦而是深深的无助无望……

　　考学的机会给无助的我以自救的可能。

　　我把户口从农村迁出。我又成了城市人。但我已经与以往不同,因为我在农村淬了火,虽不是好钢,但具有了钢的强度与韧性。我向父母告别:我将去北方读书。

　　那时候,父母忍不住地落泪了:爸爸妈妈没本事,对不起你,也留不住你。

　　那是秋天。秋天的大雁成群结队向潮暖的南方飞翔,而我,提着那只装过肥皂的旧木箱远走他乡,固执地往北,往寒冷的北方走去。我深信:即使没有赶上下乡,我也会告别父母,离开家乡,寻找适合我生长的土壤。因为在异地的飞翔同样能练硬我自立的翅膀,施展我独步人生的志向。

第一缕情丝

一个月前，父亲有病，我回家了一趟。平时，不回家想家，可回到了家里，却又思念起另一个"家"来——石家庄市国棉二厂。记忆真是一帧抹不掉形影的底片，只要我脑子里有片刻清闲，"家"里那张张熟悉的、陌生的面孔，就会在我眼前出现……

棉纺二厂是石家庄市七大棉纺厂之一，拥有近八千名职工。两幢十六层楼建筑，像两尊身着淡绿裙裾的少女雕像，高高地耸立在厂生活区域，她使城市现代化家庭生活奏出了最美妙的华彩乐章。在杨柳吐絮、百花争艳的春天，我来到这里体验生活，下榻在生活区女单身楼内。

第一天晚上，我早早躺下了。睡至半夜，突然被一阵急促的铃声惊醒。我以为闹地震，一骨碌翻身下床，顾不得穿鞋，扯起一件衣服就往外跑。初春的夜晚，乍暖还寒，不一会儿，我被冻得上牙碰下牙，浑身筛糠一样瑟瑟发抖。仰脸看天，夜空如洗，繁星点点，月的清辉从楼房的瓦檐处静静流泻下来，游丝一样在半空中弥漫，最后在空寂的大地上映出斑斑驳驳的光影。没有任何不祥的迹象。我交臂抱膝，蜷缩在楼门前。看看表，才十一点半。

一阵"咯咯咯"的笑声传进耳鼓，我抬头一看，是一群姑娘。她们不慌不忙，从容地走过我身旁，渐渐地消失在夜的帷慢中……

噢——我明白了，她们是去上夜班。扑哧一声，我禁不住对自己的举动好笑起来。

"女单身"有一个被楼房围成的小院。院内整洁清静，设有两个精巧的花坛，四周矗立着高大挺拔的洋槐树。春天，带给姑娘们馥郁扑鼻的花香；夏日，撑起森森的绿伞，为姑娘们遮阴、蔽雨、纳凉。像哨兵一样，守护着姑娘，又像摇篮一样，催她们进入梦乡。女单身楼像一座幽雅别致的"别墅"，使得"三班倒"的"白雪公主"们感到满足、舒适、安逸。

一天，编辑部老王来这里看我，说近几日可能要开会，讨论改革。没过三天，编辑部真的行动啦。编辑们似乎早就憋足了劲儿，简直是异口同声：改革势在必行，改革迫在眉睫。

刊物自负盈亏，没钱，说什么都是空话。于是，个个慷慨激昂，运筹帷幄；人人摩拳擦掌，跃跃欲试！有人甚至提议实行招聘制，剩下的人可以自谋职业，去卖蒜苗、卖冰棍……

我开始听着，感到一阵兴奋、好奇，继而焦虑、担心，到后来我简直心事重重，不知所向了。

怎么办呢？承包了，都去卖蒜苗，卖冰棍了，我干什么呢？一时间，我心里像坠着千斤石，愈加沉重起来，心里总是冰棍、冰棍……

第二天，我病倒了。头晕目眩，呕吐不止，浑身滚烫。我被送进了二厂职工医院……

输液。透明的液体顺着深黄色的胶管，一滴一滴流入缺水的体内。我睁开疲倦的双眼环视病室：白墙壁，白床单，身边站着一个头戴白帽子，衣着白大褂的中年妇女。大家都叫她"贾大夫——",她望着我,慈祥地笑了……

　　突然,我一阵发冷,接着浑身抽搐。病友已给我盖上两床被子,可我仍颤抖不止。

　　输液反应!

　　折腾一阵,我感到浑身酥了一样,四肢酸沉,疲乏无力,便瘫了一样昏昏睡去。

　　不能吃饭,不能喝水,怎么能行!

　　于是,又输液,又过敏,这一次比第一次反应更严重,更厉害。抽搐之后,我用被子捂住脸,悄声哭了……也许我娇气,可当时,我难于自制。

　　第三次输液,我害怕了,甚至婉言拒绝。可是,我拗不过医生,医生要对我负责。我赌气地伸出胳膊:输吧!小命只此一条!

　　液体加了药,我过"关"了。没反应,正常。

　　烧退了,这是住院的第七天。可我身体虚弱不堪,面色灰白,嘴唇发紫。大夫"强迫"我吃饭了。

　　一天早上,我醒得很早,微闭着眼胡思乱想。有人轻手轻脚走到我床前,静静地站着。我本能地眨动一下眼睫,就听我耳边慢声细语一席话:"醒来了?好,今天可得吃点东西。这几天,折腾坏喽……快,荷包蛋,嫩着呢——"我睁开眼,是贾大夫。她把我扶起来,枕头垫高,使我半躺着。又用手在我额头试试,笑着说:"不烧了。"坐在我床边,一勺一勺喂我吃。

　　头两天,她给我送的是软食、流食,就咸菜。她说,我刚好,嘴里没味,多吃清淡爽口的。少吃多餐,慢慢加量。

　　她很忙,很累,但给我送饭却顿顿照时应晌。我过意不去,说我可以到食堂去吃。她倒会开导人,说当年她在部队,就是吃百家饭过来的,谁还有过什么不好意思!说我在外面,单身一人,够不容易的。病了,更需要有人关心。再说这也算不得什么呀,你要是争气,就多吃饭,病快些好,早出院……说着讲着,饭吃了多半,精神上完全解除了负担。谈话,就像在母女间进行,亲切自然。渐渐地,我在她面前不再顾忌什么了。

我一天天好起来,贾大夫却一天比一天繁忙。每天,她都要亲自送来四餐、五餐,餐餐不重样,饺子、包子,甜的咸的,炸的煮的,蒸的炖的。我一天天胖了起来,临出院的那天,我才突然发现她的眼窝微凹,瘦多了。看着她,我的眼睛湿润了,我想起了母亲。我也不再称她贾大夫,而改口叫"阿姨"……

出院后,我给母亲写了一封长信,谈了我生病时所感受到的一切。我说,在这里,我遇到了一位和妈妈一样关心着、体贴着我的人。最后我激动地写道:

为了这真诚的帮助、无私的关怀和温暖博大的爱,我真想再病一次……我一定不辜负他(她)们,就像面对您发誓一样……

六个月的时间,转瞬飞逝。可离开这一个月,我却感到如此漫长。国棉二厂真的像"家"一样牵动着我的情怀,我怎能不思念她?体验生活,仅仅是开始。捧着这第一缕情丝,我想,更美的东西尚待我发现,绵绵思绪,更远更长……

都市"常青树"

　　都市已是万家灯火，这时奔忙了一天的人们可以悠然地坐在音乐厅欣赏一组名曲，或者斟一杯热茶，在灯下翻一本杂志，品尝劳累后的闲暇，亦可与绕膝娇子亲昵嬉戏，尽享天伦之乐……那是一天中最惬意的时刻。不必为上班工作操心，无须为买菜做饭烦恼，不用为接送孩子争分夺秒。身心如同浸在水中，温情细腻。冬日的北方都市，此时此刻是令人缱绻留连的。

　　顺着街巷的路灯往前，当路灯与路灯有了交汇，马路顿显亮堂的所在，蓦然会在眼前出现一座小岛，岛上挺拔着一身警服的城市"常青树"。我不禁心中一动：我的惬意是否太奢侈了？

　　交通高峰不可避免地降临于街心小岛四周，司机与行人几乎同时对不灭的红灯表现出急躁与不耐烦。在堵车的等待中，人们无一例外地要责怪，警察干什么呢！

　　那时，你站在岛上，锐利的目光穿透空气与误解，稳健快捷地疏通着车辆，目送着行人在平安的港口启航。你无怨无悔。

　　钢琴演奏家能够赢得无数鲜花与掌声，除了他们对音乐的独到诠释与美妙发挥，更多的是观众对音乐家劳动的尊重与敬意。

世界冠军在领奖台上所得到的金杯、奖牌,无疑是运动员期冀已久的荣誉,然而,那荣誉中更多的是对他们付出的辛勤汗水超越自身的一种肯定与赞美。而你,指挥着千军万马,却没有将军的荣耀;你栉风沐雨,亲人们甚至不能为你送一碗热汤,撑一方憩息的天地。你站着,一年四季,一生一世,没有鲜花,没有掌声,没有微笑,没有……语言。你顶天立地地站着,是为了享受都市这特有的寂寞吗?

我忽然明白了许多:当人们穿行于闹市,你是他们信赖的依靠与拐杖;当汽车经过你的小岛,你提醒司机:不要触礁;当农民走向都市,你用无声的语言告诉他们:文明是人类共有的财富,走向都市就是要创造文明。

北方的冬日,室内温暖如春,你挺立在凛冽朔风中似一株冬青;夏日酷暑,人们在电扇的吹拂下掬一杯冷饮驱赶炎热,你挥汗如雨与骄阳抗衡,用心为别人撑一方阴凉。那清凉那温暖,也恰是你最渴望的……

当我安逸地享受这一切时,我竟以为天经地义,心安理得不以为奇。而你,交通警察——心甘情愿地守护这份渴望,日日夜夜,岁岁年年……

岁月里有歌

下乡第一年年底分红，我分到了五块八毛二分钱。钱不多，但那是自己的力气和汗水换来的，所以十分地满足和看重。正像工人第一次拿到工资。与同批插队的知青比，我算是首富。

有了第一笔财富，知青们兴奋地聚在一起，商量着如何庆贺庆贺。

有人建议到镇上看场电影，立刻就有人对这建议进行否定，想看电影还不得花钱？烧包不是？

要不买个日记本做纪念吧，有人从中调和。

嘁，买日记本当饭吃？当衣裳穿？

争来争去，最终未争出个眉高眼低来，于是散伙，各回各的队。

女生人少，悄悄留在后边，一嘀咕，纷纷出了村，走二九一十八里路，就是县城。县城里有卖面条的店铺，临着街，一毛五一碗，碗里漂着老厚的油，黄澄澄的，馋得人直流口水。每人从口袋里数出六角钱，坐到简陋的饭桌前，等着，一桌子摆满后，齐刷刷低了头去吃。

一碗。一碗。

一碗。一碗。

每人吃完四碗时，才觉得半饱。

　　男生们也涌来了。真让女生们羞得无处容身。但男生们大度。他们冲大师傅吆喝:桌子都摆满,都摆满。吃完算帐。

　　呼噜呼噜吱溜,满屋子就这一种声音。

　　吃完所有桌子上摆满的碗里的所有面条,男生说没吃饱,又差人满街筒子买"火烧",等吃得心满意足,大家一起回村。

　　路上一伙人尖着嗓子粗着嗓子唱"日落西山红霞飞,战士打靶把营归,把营归……"

　　以后知青聚在一起总爱打这种赌:谁把石滚扛起来,我出钱到县城,面条管够。就有人相跟着来到场上,英雄豪杰地扛起那石滚。于是胜败双方就真的走十八里山路,到县城饱餐一顿面条。

　　面条是我下乡时最高档的消费和享受。但更多的时候吃不到面条,也吃不起面条。而吃得到的东西更多,更新鲜,只是那吃不太光明正大。

　　嫩玉米下来了,知青们顺手牵羊就据为己有了;菜园里的西红柿,青黄瓜,生茄子,饿了就生拉硬扯进了口充了饥。队长看见了,就说:孩子们——没有下文。社员们撞见了,笑笑,移开视线继续干自己的活儿。

　　知青们聚在一起,品尝着又嫩又香的玉米棒子时,才会问,哪儿来的。回答说,偷的。然后齐声赞叹:真香!

　　岁月未曾夸大我当知青时所吃的苦,但当过知青的我却未敢忘记那段生活留给我的歌。

家 园

那个瞬间所发生的一切,仿佛电视中的一幕惊险镜头,深深嵌进脑海,烙在她的记忆中。

那天晚饭后,天色尚早,西天一抹晚霞依依不舍地绾在对面山头。山脚下农舍幢幢,白色炊烟袅袅升空,她牵着儿子的小手悠闲地上了村边水渠的堤岸。正是雨季,往年渠内干涸,渠底上仅存这一片那一片水洼,水洼里生长着蝌蚪大的小鱼和细瘦的小虾;今年非同以往,雨水丰沛,空气潮湿,堤内的水几乎平了堤岸,岸边的白杨树得了水的滋润,不管不顾地向上疯长。夕阳熔金,渠水被氤氲得波光粼粼,五彩缤纷,微风吹来,便有细浪顽皮地拍打堤岸,于是,远远近近就有了极富节奏的轰鸣——哗哗。

她问儿子:水能干什么?她是村里的小学教师。再过些天学校就要开学,儿子也要上小学一年级了。

儿子眨着黑眼睛,回答母亲提出的问题:水能喂牲口,能浇地,煮玉米放鸭子,水也能洗澡养鱼,还能泡核桃……

她笑了,这样的微笑通常绽放在课堂提问、学生的回答完美无缺之时,那是发自教师心底由衷的微笑,而此时的微笑,除了一份职业自豪外,还隐含着一份做了好母亲的荣耀。

儿子挣脱她的牵拉,蹦蹦跳跳地在堤岸上唱着一首古老的童谣:小小子儿,坐门墩儿……稚嫩的声音飘浮空中,惊得一尾小鱼跃出水面探头探脑,又仓皇潜入水底,溅起一圈圈涟漪。

身后有人急急地喊:快上山!咋这会儿了还有闲心看西洋景?!到处找人找不见。

村子里乱成了一锅粥,孩子们愈发欢实,东窜西窜不时惹得大人们厉声喝斥,西天的绚烂变得狰狞可怖,雷声伙同飓风席卷而来。

雨,泼下来。

天,暗下来。漆黑里只有雨的倾倒之声,风的尖啸之声和奇怪的隆隆之声……

天亮时分,雨下累了,无奈地做着喘息。山谷里弥漫着滚滚浓雾,有人走下山,融进浓雾之中。

村庄——

家园——

她拉着儿子的小手,愣在石海前。许多人惊呆在那里,一动不动。

村长喊,山洪下来了,现在大伙儿快上山!

人们就近涌向一座山包。

一位老汉跑得慢些,水舌追上了他,但与呼救声的同时,四五个身影从眼前飞跃入洪水中……

这个瞬间所发生的一切,刻在了她和儿子的脑海中。

现在,儿子坐在临时搭建的教室里,听她上课。课桌、书本是汽车从山外运来的,儿子的上衣左胸前,绣着三个字母Y·K·L,显然是某个不相识的孩子名字的缩写,她想,这件衣服的小主人是在北京?还是天津?

价 值

　　城市沐浴着温暖的阳光,街道两旁树阴葱郁,鲜花吐芳。赵袁园脱下白大褂,步态轻捷地赶往邮局——将近一年了,每月拿到工资后赵袁园要做的第一件事,就是给远在革命老区平山县西柏坡乡燕尾沟村的孤女任亚梅寄去一百元钱。

　　1994年正值国际家庭年,石家庄市妇联组织了一次"城乡家庭手拉手"活动,五十个居住在省会石家庄的城市家庭,与革命老区平山县西柏坡乡挑选出的五十名家境贫寒但品学兼优的十岁左右儿童结对儿,进行城乡互访,让老区的孩子走出大山,感受现代化大都市的发展进程,让生活优越的城市"小皇帝"走进大山,面对贫穷落后,体验艰苦,磨练意志,增长见识。这一活动历时月余,于1994年7月8日画上了圆满句号。正是这次活动使赵袁园一家与任亚梅结下了不解之缘。

　　任亚梅年仅十岁,从小失去父母,与七十六岁的老奶奶相依为命。不幸的生活遭遇使这位小姑娘具有了坚韧的毅力和丰富的感情世界。她学习刻苦成绩优异,在完成学业的同时还要照顾老奶奶,并承担起大部分家务和农活,小小年纪一双手上已磨出了硬茧。将小亚梅接到家中的赵袁园,握着那双小手,心被震撼了。她带小亚梅去青少年宫看女儿张寒练习舞蹈;她带小亚梅去动物园;她带小亚梅去商场,给小亚梅买了书包、笔、本子、文具盒,还有小亚梅做梦都想拥有的布娃娃……一个母亲能给予女儿的,赵袁园都想让小亚梅得到。

赵袁园与丈夫都是医院的医生,是名副其实的工薪阶层,比起先富起来的那一部分人,他们的生活还很"底层"。然而比起任亚梅的生活来,赵袁园说那是天堂。一个医生想帮助一个老区的儿童求学,拿不出八万十万乃至更多的钱,但每月一百元钱她挤也要挤出来。

老区的面貌要得到根本的改变,靠的仍是老区人民的后代。只有其后代掌握了科学知识才能最后甩掉老区贫困落后的帽子。老区的未来是属于任亚梅们的。

当小亚梅真切地感受到一种关心和疼爱的滋味时,那根敏感的情感之弦被深深拨动,她扑进赵袁园的怀里哭了……赵袁园的眼睛也湿润了。她搂着小亚梅像是教导女儿:孩子,好好学习,将来供你上大学!

国际家庭年随岁月的脚步渐渐远去。"城乡手拉手"活动也已成为过去。然而赵袁园与任亚梅的故事却随着活动的结束而有了美丽的开始。

小亚梅在西柏坡乡希望小学被评为三好学生,赵袁园喜不自胜,她买了课外读物寄给小亚梅以资鼓励。小亚梅为了照顾年迈的老奶奶,不得不告别希望小学,辍学回到生于斯长于斯的小山村。赵袁园得知这一情况,焦虑不安,彻底难眠。她与丈夫商量,小亚梅品学兼优,学业不能半途而废,但是老奶奶也需要人照顾。为了解除小亚梅的后顾之忧,他们决定每月从工资中拿出一百元钱寄给亚梅,作为请人照顾奶奶的费用和她的学习费用。并亲自到燕尾沟村与有关部门协商,以期尽快使小亚梅回到希望小学……当小亚梅重返希望小学读书时,这个受尽磨难的小姑娘已经从心目中认定,赵袁园夫妇就是她的再生父母。她跑到菜地里摘下自己亲手种植的青椒、西红柿要送给省城里的亲人,以特殊的方式表达着老区儿童的一片感激之情。

一百元钱对于挥金如土的大款,充其量只能作为一次小费显示自己的富有和满足某种虚荣心,而对于一个山区的孩子,它可以支撑起他的全部精神生活和理想。小亚梅靠着赵袁园每月寄来的一百元钱支撑起生活的信念,依靠这种信念,她的人生之途虽然坎坷崎岖,但她的脚步将会更加坚实、坚定。

也许这就是一百元钱的真正价值。

坦　诉

　　写作成为职业是我二十岁的梦想,真正如愿以偿,是二十年后。其间所经历的跋涉自不待言,但走到今天,我反倒对文学充满惶恐,这是为什么?

　　这种心态,使我对自己不满。

　　初学写作时,是货真价实的信笔涂鸦,思想、心理、形式、内容无一不反映出随意与无所管束的放任。但是引来了一些异样的目光,那目光所包含着的无非是好高骛远、不务正业一类的批评和嘲讽。我那时年轻,对这种目光不以为然,相反被激发出少年的轻狂和不管不顾的倔犟,甚至发誓非要干出些名堂给谁看看不可。

　　不久我的小说处女作发表了。我觉得像跟谁赌赢了似的颇解气。认识我的人读了我的小说后说:太短,不过瘾。我理解这句话纯属鼓励。虽然写作之初,只是妄想把钢笔字变成铅字,然后宣布洗手不干。之所以这么想,是因为我对终其一生从事写作这种职业还没有把握也拿不定主意(二十几岁的我,有一些莫名其妙的想法,认为一生多干几种行当就不致于使自己被埋没)。然而,我的文章却接二连三变成了铅字。这使我"洗手不干"的诺言无法兑现。批评或嘲讽过我的人说:想不到,你还真有两下子啊!我认为这是一种鞭策。但"两下子"的肯定使我难过。写作不能仅靠两下子。三下子或者五下子是否更能让人信服？我想"两下子"还有另外的解释：就是"不过如此"，或"瞎猫撞着死老鼠"之类。嫉妒的成分有，另一种成分显然较为复杂——用句俗话来形容：兔子会拉车，还要驾辕骡子干啥？这是在对一个人的未来作出致命的预言。这预言具有较强杀伤力，而受到伤害的只能是我的自尊心。庆幸的是，当时的年轻人争强好胜、凡事总要与人论个输赢的特点我都具备。我虽遇到了打击但未倒地不起。一个不服输的人，不一定非是常胜将军；即便赢不了，也是不想让对手小瞧的。有了这种前提，我对写作就变得欲罢不能。

　　彼时的我，仿佛在为别人写作。换句话说，是拿写作的行当跟什么人争凶斗狠一比高下。这些不纯洁亦不高尚的动机，使我对写作由三心二意变得十分专一，由写着好玩儿转向认真或醉心。

　　靠一支笔写出名堂来谈何容易？靠赌气生发动力来推动自己的人生，改变自己的命运也并非是一件得来全不费功夫的事情，倘若命运的轨迹无法改变或命运朝着自己设计的相反方向发展，写作会给我们带来什么？当写作不能为我们带来什么好处时，我们是否还会钟情于写作？写作能否持久？有人曾把写作喻为人生铺满鲜花的陷阱，写作者陷得越深，越难以自拔；有人为了获取鲜花而宁愿纵身一跃；有人却想，即然人生无法回避陷阱，跳进去又何妨？我属于最后一种，别无选择。

　　后来我作了编辑，职业使我与文学更加接近。写作由最初的偷偷摸摸一跃成为阳光下最具色彩的公开活动。我有了强烈的职业自豪感。当初对我侧目的人这时又说：其实你适合搞这个,让你干那个有点勉为其难。应该承认,当时我有一种出笼小鸟的解脱感和而今迈步从头越的豪迈气概。但我的头脑尚未被冲昏,我明白:在文学上我毫无优势可言,我适合的其实是原来的本职工作——比如,课外活动能够跟学生们一起打打排球;春秋两季可以去爬山;寒暑假之前师生一起拆被褥……对这些生活片断的怀念,恰恰说明我对我的本职工作的一份热爱,那些"不务正业"的写作从无离开过这些新鲜生活的浸润和刺激。在我思想深处还有一种私念:一个人除了本职工作以外,常有小说发表,不仅会令别人刮目相看,还会使自己多一份自信。我的这些想法被尘封在心灵的角落里。因为,陌生的编辑工作具有不可想像的吸引力,使我无法抗拒和抵御由此而生的一厢情愿的向往。我从文学的外围走进圈内。这时的写作,没有引来以往各式各样的目光,看到的是编辑改了错别字或病句后那种平静平常的表情。我才恍然觉悟,这大概就是专业与业余的区别吧。在圈子里,若写不了文章,那是一定会遭人耻笑令同行不屑的,即便没有领略到讥笑,自己也会莫名地感到心虚。一段时间里我常会陷入这种心虚状态里。而我的这种心态又不便向人表白,表白了恐也无人理解,甚至会被当做"得了便宜卖乖"的行径加以歪曲。那样于我岂不等于雪上加霜。心虚也有益处,让我不曾懈怠,时时有危机感。

　　此时的文学,是我的需要。

　　当然,在一个张口闭口皆文学的单位里做事,比起许多单位要单纯得多,且有许多乐趣。乐趣在于,每天都有新故事听,每天要接待东西南北的作者来访,每天会收到四面八方寄来的稿子。来访者以及来稿又会为编辑部带来新的故事，所以编辑部每天都像开信息发布会。笑，能使人笑破肚皮，争论，亦能争得天昏地暗，调侃，使人忘记长幼尊卑。人的自由的品性在这儿能得到尽情施展和无限发挥，而不必担心别人给你脸色看。这样的日子过得飞快。我年轻的头颅埋入成堆的来稿里，心无旁骛，兢兢业业，十几年过去，抬头时，我已由朝气蓬勃的青年步入了中年。

　　我审视自己苍凉的额，并无一丝怨艾和后悔。但有遗憾：我用汗水与心血为文学为别人而耕耘时，代价是问心无愧地荒芜自己的土地。那不多的收成使我不安亦使我焦虑。为了这不被人所知的遗憾，或者为了寻找适合自己的生存方式，在我四十岁的时候，我又面临新的人生选择。人生的舞台很大，可供我们选择的角色却有限。限制来自自身的能力和外界的变化以及生活为每个人提供的机遇，但，我不准备犹豫。我选择了职业写作这份苦差或曰美差。前者指呕心沥血之辛劳，后者指职业带来的荣耀和风光。而我看重的是它所获得的心灵的自由。从此，写作将成为我生命的形式与我形影相随，而不再是一种爱好或副业。面对这种选择我已经能做到冷静从容。有许多作家为了文学坐过牢遭到过流放，甚至家破人亡，有的为此失去了饭碗和健康的身体，但是他们义无反顾。我准备为文学做些什么？现实告诉我，不会牺牲生命，更不会丢掉饭碗。这会消解我的梦吗？

　　职业写作是我的理想，而不是梦。梦是多变的，易碎的，理想是人最终的支撑。写作难以拯救人类，但它能照彻我们的人生。

一个人为理想而孜孜以求时,也许就会明白,你的理想究竟是什么。因为她就是你的恋人,并忠实地守候你一生。

跳出性别自赏心态

——读铁凝小说集《对面》

我与众多的读者一样，结识铁凝始于她的获奖小说《哦，香雪》，那是 1983 年。之后，铁凝又以《没有钮扣的红衬衫》、《六月的话题》等佳作强化着她与读者的不可分割。那些作品风格清新隽永，感觉细致入微，每每给人留下难以磨灭的印象。铁凝自信而稳健地一步步走近读者。

1995 年，当小说集《对面》以铁凝独有的风格与读者作着某种交流时，我想她对自身也应该说是充满了自信的。因为她对其关注的人的生活尤其是女性的生存境况有了更深刻的思考和丰厚的积累。她将目光投向自身以外的世界中去，并去感受认知形形色色人物的内心所思所想，通过众多的人物命运，折射出时代的繁复变化与演进过程，而小说的结构、技巧、情节、语言已让位于她真心爱戴的人物，那些人物就在读者不经意中生发着故事。

比如《棉花垛》中的乔、小臭子、老有，少不更事的他们曾做过"偷奸养汉"的游戏，在"性"意识的萌发中充满神秘与好奇。长大以后，他们各自选择着自己的人生。乔和小臭子一起走进抗日组织开办的夜校。然而乔被人出卖，最后惨死于日本人刀下，那个出卖乔的人正是小臭子。

最脆弱的莫过于人的生命，小臭子面临生与死的抉择，她犹豫而胆怯地选择了前者。小臭子到底未能保住性命，勃朗宁洞穿她的太阳穴之前，她还以女人的特有的诱惑吸引着执行任务的抗日干部。

铁凝在操纵这个故事时不露声色，甚至有些冷漠地不加以任何个人主观上的描绘，这使得她所塑造的人物有了一种客观存在的真实性，这种人物的真实性带领着我们参与编织故事，并使人物具有了自身的个性。

《对面》则不同于《棉花垛》的叙述方式。它以彻头彻尾的男性体验与口吻"我"来结构故事，从而透视女性王国中肖禾、尹金凤、表妹、"丢发卡女郎"、林林，"对面"等的生存欲望及感情纠葛。肖禾的开化与放纵，尹金凤的权力欲与功利性，表妹的无知与世俗，林林的天真与单纯，"对面"的压抑与虚荣，正是"我"心理与生理扭曲的外在因素，而初次的性体验的盲从与反刍，构成了"我"对婚姻选择的内在障碍。这种阴暗心理最终使"对面"猝死于"我"的光明的黑夜，也使"我"因了这死有了对自身的厌恶与反省，既然"我"无法逃避人群，那么"我"就不能拒绝生活，包括婚姻、性、自然。

在这部小说集中，大多讲的是女人的故事，比如《他嫂》、《孕妇与牛》、《法人马蝉娟》、《棺材的故事》、《麦秸垛》，但它不同于那些对所谓"女性文学"的人为界定，或"自我宣泄型"，或"自我隐匿型"，或"自我认识型"，或"自我表白型"等等。铁凝"一直力求摆脱纯粹女性的目光"，"准确地把握女性真实的生活景况"，"对人性、人的欲望和人的本质展开深层的挖掘"。当孕妇描画着碑文时，便是描画着生活的未来和孩子的未来，抑或农村的未来。当村长和会计在河滩上"砸骨头"砸得鼻青脸肿时,于老茂送来的那个纸包,已不是一般意义上的税钱,那是居士村给村长们的独特馈赠:淳厚、善良。

铁凝不仅讲述女人的故事,还讲述人们普遍关注的社会问题,探索人类发展的动力,比如《唇裂》、《孕妇与牛》。在商业文化渗透各个领域之时,能读到《对面》这样的小说集,实在是读者的幸运。

寻找与遗失

——读梁晓声《荒弃的家园》

一个时期内，小说家不约而同地对农村题材的创作给予了关注，并渲染着相同的主题——走出家园，告别愚昧。梁晓声却反其道而行之，以中篇小说《荒弃的家园》形象地揭示了作家对以往主题的质疑：外面的世界真的很精彩吗？在义无返顾地告别家园时，农民失去的仅仅是土地吗？

在梁晓声以往的作品中，最优秀最耐读的是那些知青题材的小说，如《这是一片神奇的土地》、《今夜有暴风雪》、《白桦林作证》。《荒弃的家园》不同于以往，作家将目光转向发生巨大社会变革的农村时，更多的是怀了道德的忧思，对农民精神家园遗失的焦虑与寻找。

"改革是为了让农民把地种得更好，粮食产得更多，不是放任农民都可以不种地……"老广泰面对年复一年收获的"白条"，带领村民去县委上访。农民是土地的主人，土地失去化肥，失去农药，这个主人岂非名存实亡？老广泰们的要求并不高，只想"白条"能够变成现金。在遭到拒绝后，老广泰以退党证明农民也是不好欺负的。

昔日还算富裕的瞿村如今土地荒芜，沟渠坍塌，果树被砍伐。瞿村党支部的几名支委随进城打工的人潮融入工业文明之中。其后，瞿村的青壮农民、年轻妇女鼓足勇气，也纷纷闯入外面的世界。

芊子没有走。瞿村剩下的是残疾人、痴呆者、老人和孩子,惟芊子例外。

走向城市的瞿村人,挣脱了土地的束缚,充满了对文明的憧憬对幸福的渴求,他们希望撞上好运气,多挣些钱。芊子深信走向精彩世界的哥嫂、姐姐和姐夫能像他们许诺的那样,让她考县中,供养她上大学;一百种好命运,一百种将属于她的一种比一种光明一种比一种荣华一种比一种富贵的好命运,正在城市的怀抱中殷殷地期待着她呢!

芊子的想像太天真了。走向城市的姐姐姐夫为了生存抑或为了感情,已经不在一起过了,姐姐带着孩子和外省一个炸油饼的跑了。芊子只一味地想姐姐们的"走"与自己的"留"互为因果。若不是自己留下,他们就难以出走。正是他们的走,才在她心目中种植了美慕、怨艾、愤恨。他们走了,芊子只得以春种秋收两亩地来养活母亲养活自己。上大学的希望从此化为泡影。芊子在梦想破灭后的折磨中逐渐失去等待的耐性,母亲成了她离不开瞿村的累赘。她怨恨哥哥,怨恨姐姐,也怨恨母亲。

因为怨恨,芊子变得暴躁、乖戾、粗蛮,她与母亲身份倒置,女儿可以随意打骂母亲,而母亲只能忍气吞声,甚至连连求饶。道德沦丧与人们最初的美好向往形成尖锐的对比,现实与理想互为嘲讽的对象,难道人们在失去土地的敦厚时,精神也会变得苍白乃至狰狞吗?

老广泰为寻求土地的敦厚而涅槃,那么芊子对故园的遗弃无疑是对新生活的企盼,只是这企盼因多变的人生而扭曲,所谓"新"也只能是一种臆想抑或妄想,因此,芊子成为背叛精神家园的冒险者,或者说她最终迷失了瞿村人的精神故园。

梁晓声在讲述《荒弃的家园》时,将作家的困惑与焦虑隐匿于笔下的人物,让人物在瞿村的背景中冲撞矛盾,而不是作家直抒胸臆展开议论,从而使作品具有了较强的张力与深度,给读者留下了丰富的想像空间。

牢记历史　正视人生

1995 年是世界反法西斯战争以及中国抗战胜利五十周年,我们在祭奠死难者亡灵之时,更为重要的应该是重新置身于痛苦的历史氛围,再次体验人类的苦难历程,唤醒对生命的审视和对国家利益的关注。可以这样说,20 世纪是一个苦难与痛苦交织,希望与绝望相迭的世纪。

然而当现代化成为当今世界之主流时,人们盯视罪恶和苦难的眼光开始转移方向继而变得迷茫,人们在拒绝痛苦进而忘却苦难。于是,在 731 废墟上,有人竟建造游乐园,在南京大屠杀纪念馆门口,一心赚钱的人们居然出租日本侵略者的军服以供游人拍照;儿童玩具"天皇刀"、"大和号航空母舰"堂而皇之摆到了商场玩具柜台;在日本屠杀过中国人的遗址建起了中日合资厂……善良的人们在理直(金钱)气壮(?)地忘却苦难拒绝苦难无视苦难之时,罪恶的一方也不断极力抹煞罪行消蚀苦难:日本官方在教科书上将日军侵略中国公然改为"进入",甚至认为正是这种"进入",使亚洲各国摆脱了欧美的控制,而有可能制造"大东亚共荣圈";否认南京大屠杀并将屠杀了三十万生灵说成"人数不详";参拜"靖国神社"祭奠侵略军亡灵以张扬军国主义淫威;否认 731 灭绝人性的试验和在侵华战争中丧心病狂地多次使用细菌弹……

这一切使每一个中国人不得不反思历史。无疑,现代化使德国和日本经济腾飞蒙上了新的耀眼光环，人们以现代化目标的追逐而在"有意的"罪恶掩盖面前无动于衷，这种因无知而造成的盲目崇洋（无论是西洋还是东洋），都将冒着后殖民的危险而一任罪恶横行蔓延。所以说，无论是以现代化的善良愿望去遮蔽对苦难的盯视，还是只要眼下的"生活质量"而不要历史的痛苦体验，甚至在苦难面前闭上双眼，背对历史、抹去记忆、忘却苦难，都只能说明这是一种生命弱化、道义衰退、精神软化的病态表现。

只要现代世界还有霸权主义，只要罪恶的一方仍在抹煞战争的罪恶，只要苦难的一方仍在遗忘苦难并向往消费至上，人类再次遭遇悲剧性苦难就会成为必然。基于这种思考，我写了《黑夜与白天对接》，试图以现代人的目光重新审视历史，并牢记历史赋予现代人的责任和使命。写作之前，我搜集了大量资料，有我方对战争的追溯，也有日本进步学者对战争的反思与剖析，并通过军事科学院、北京图书馆了解有关史实，专程到灵寿进行深入采访，回来后反复揣摩、思索、推敲，力求找准表现思想的最佳切入点；写作当中，我常常被笔下的人物及事件所感动悲愤，以致于写作被迫中断甚至大放悲声。我被华北人民的不屈不挠乃至为中国人民的大无畏精神所深深震撼。因为在他们身上有我父辈的影子，我为此投入了全部热情和精力。记得当时我高烧住进人民医院输液，为了采访，我拔了液体坐长途车赶到灵寿。在奔赴陈庄歼灭战遗址的途中，我因晕车而吐出了胆汁……我想尽可能真实地再现当年那段历史，并警示现代人毋忘昨天。写作本身，已变成非个人化的劳动，我在为我们民族尽一份义务。

　　出乎我的意料,这部作品获了奖。就作品而言,它所涵盖的思想远未达到我想达到的深度,对结构的把握也有不足,对现代人及现实生活的映照也还欠缺,因此说,它离精品还有相当一段距离。但从另一方面也给我一种启示:一个作家,只要你关注现实与生活,贴近时代与人民,其作品就会传导出超越自身的力量。

　　无疑,《黑夜与白天对接》是我今后创作的一个新起点,那么讴歌时代和人民将会成为我今后创作的全部内容。

理想的爱

随着经济大潮的涌动,知识者群体迅速瓦解、分化并重新组合,作为其核心的人文知识分子仿佛抛上河岸的鱼,顿觉呼吸紧张,手足无措,灵与肉的撕扯使他们痛苦万状,他们试图将触角伸入时代意识的纵深层面,从知识者的心灵角度去感应时代的搏动与变迁,进而担当起时代精神的解剖医师,推动一个时代的主体精神的演进。正是基于这样的思考与探索,女作家张抗抗为我们奉献了她的长篇新作——《情爱画廊》。

《情爱画廊》以浪漫的笔触和充满理想的感情生活建构故事,将视角放在画家周由身上,通过他的情爱经历,与不同类型的知识女性展开复杂而尖锐的心理交锋,从而透视出商品经济对人性的鲸吞和锈蚀,以及知识分子对人性完善、自由、和谐的苦苦追索。在人类的繁复演进中,爱情这个古老的命题,始终蕴含着深邃的思想和浓厚的热情。而现代意识的巨大冲击,则使人们对爱情的理解注入了新的内容。它不同于《爱,是不能忘记的》,后者用悲凉的愿望表现女性对爱情的执著追求和对无情现实的回避与妥协;也不同于《小城之恋》对"圣洁模式"的突破与超越;更有别于《方舟》,为了事业的发展与人格的尊严,坚忍地经受肉体与精神的双重折磨。张抗抗试图采用新的知识分子式的爱情语言,诠释爱情,进而恢复和推演抵近人本的古典精神。周由对秦水虹的狂热爱恋,无异于美的激发和理想的重建;阿霓对周由的痴迷与追求,更多的是一种精神依恋——纯洁而神圣;舒丽对周由的爱,既有着现代女性开放勇敢的特质,又附着了商品经济赋予的功利性,在这些情感纠葛中,其最初与最终的媒介都缘于周由的人体画。于是在周由颇具象征意味的《红》《黑》《白》三幅画中,爱情的画笔借助调色板的五彩颜料,在生活的巨幅画布上描画出了或浓或淡、或冷峻或激越、或绚烂或清纯、或真实或缥渺,变化万千扑朔迷离令人荡气回肠的生命画卷来。作家通过对秦水虹、周由、舒丽、吴奂雄、阿霓的心理描写,反映了知识分子在追求高品位的精神生活时心灵的苦闷,以及他们与现实的冲撞与反叛。人人都在爱与被爱,机遇与选择使每个人面对现实不能超脱,因此爱就具有了重量与质量,色彩与形状,也使得人生无常和难以把握。小说在这个层面上,表现了作家对反映社会生活的矛盾冲突的敏锐思考和勇气,以及并不左顾右盼的大胆探索。

张抗抗在描写周由们的精神追求时,既充满浪漫情调,又放射出理性的光芒。在商品经济的大背景中,人的价值观念已发生了和正在发生着前所未有的改变,那么人对自身的价值实现与价值判断,已不仅仅局限于才华能力职业地位上,而是将目光直接转向金钱,并以经济实力的强弱作为衡量标准,确定人的社会位置。于是,钻营与贪婪,也会赢得社会的某种承认,并被世人刮目相看;相反,被盘剥者却恰恰成为这种社会存在的反讽对象,去为别人做一种铺垫和牺牲。周由在这种盘剥中既要保持自身不被污染,又要拓展自己的生存空间,那么他在人生蜿蜒的旅途上跋涉,就会充满艰辛、困惑,甚至具有某种殉道的意味。周由是不甘于平庸并渴望实现自我价值的一类，因此他的奋斗与奋争就会面临欺骗、抛弃、出售情感等尴尬和考验。可贵的是周由历经磨难，但初衷未改，相反，现实的功利滤清了他的情感和思想，从而使其精神追求具有了坦荡、纯粹、率真的成分，使情爱进一步升华，达到至尊至善、美仑美奂的境界。

生命的咏叹

——看电视剧《依然香如故》

由甘肃、新疆两家电视台联合拍摄的八集电视连续剧《依然香如故》(编剧:艾东,导演:水天达)由中央电视台播出后,在观众中引起这样一些思索:50年代特殊的时代背景,给生命个体带来了什么?在充满理想和英雄主义精神的时代洪流中,个体生命的苦痛可以忽略不计,为了祖国和人民的利益,任何普通的生命都可以也必须全身心投入到某种事业之中,并达到忘我和无私的境界,个体生命在追求生命质量时以牺牲自我为前提,这种追求于时代又有什么意义?

时代的脚步匆忙而势不可挡,反观过去,对比现实,会使人发现许多值得咀嚼的东西。在浩瀚无际的戈壁滩上,一群为了生存的女子从全国的各个角落——四川、陕西等地汇集而来,她们当中既有受过高等教育的大学生,也有逃婚的山野村姑,但她们无一例外地对生活充满了热爱,对全国第一支女子采油队充满了浪漫的幻想和美好憧憬,并随时准备为这个美好群体的利益奉献牺牲一切——智慧、力量、才华、青春、爱情。她们成为建设开发大西北的一支不可忽视的力量。

作为个体生命的翠玉、弯月,她们最初的生存环境是压抑窘迫的,她们不甘心在这样苦闷的煎熬中终其一生,并试图摆脱那种传统的因袭重负和旧的婚姻习俗,因此,她们不约而同地采取了逃婚的方式来到了茫茫戈壁、飞沙走石的大西北，宁愿当一个盲流，也不愿做一个从精神到肉体都无自由可言的男人的附属品。无疑她们的出走与反抗正反映了一种生命的觉醒。生命中一旦产生觉醒的意识，才能进一步产生追求新生活的勇气和动力。只是她们的觉醒还具有一种被迫的成份和被动的因素。但她们毕竟在觉醒。

　　作为国家第一支女子采油队的队员，她们所面临的自然环境是恶劣而残酷的，风沙、雪暴、野兽、饥饿、劳累威胁着女子们的羸弱之躯和纤柔之心，使女子采油队的姑娘们刚刚建立的生活理想，经受着严峻的考验和挑战。在考验与挑战面前，姑娘们心甘情愿毫不动摇地选择了大西北这块多情的土地。在这块土地上，心灵可以放牧，精神得以润泽，她们看到了自身存在的价值，也体验了创造所带来的喜悦。因此观众能从荷叶、黑女、香云、杜若、珍珠脸上看到一种灿烂的微笑，这微笑感染着观众，使观众感到了生活的美好，这美好是一种精神追求的境界。从这里可以看出，女性的生命觉醒由最初的被动转向自觉，这种自觉又使她们产生精神动力：创高产、多出油，为采油队争光，为中国的女子扬眉吐气而苦干巧干，为中国甩掉贫油帽子你追我赶。无论用怎样的视角去审视这群女队员的奉献与牺牲精神，都会产生一种壮美的效果。

　　每个人在走向社会的同时，也开始了对社会的认知，并希望社会接纳个体生命时具有某种认同和包容性。采油队的姑娘们正是从采油一步步接近社会，并与社会发生了密不可分的联系。她们从认识一颗螺丝钉开始熟悉、把握生活，从学技术学文化深入生活改变生活开始到使自己一步步成长成熟起来，虽然这个工程充满荆棘和艰辛，但她们像军人，她们攀井架、制井喷，风餐露宿，无不显示出一种乐观向上的可贵精神；在那个迷人的篝火晚会上，所洋溢的奔放热情不正是那个时代的一个缩影吗？

姑娘们的奋斗精神为"女性"这个词作出了新的诠释，作为一种精神旗帜，在建设者心目中高高飘扬，历久不衰。这种社会认可，从某种意义上讲，起到了推动社会进步的作用，于是女子们具有了对社会的强烈参与意识，并通过参与创造性劳动，为社会作出积极贡献。

女子采油队的姑娘们微笑地面对社会所给予的回报时，忘却了一己的苦恼。然而时代在前进的过程中，总会作出某种调整与选择，当女子采油队应时代要求而降下那面鲜艳的队旗时，队员们哭了，深深的失落笼罩着她们，在失落的笼罩中，往昔的辉煌成为背景，她们又将重新面对生活的选择，她们的泪是有重量的，泪洒在沙漠中，长出一株希望的种子，因为她们曾经是中国第一支女子采油队的队员，离去与失落都有了悲壮的色彩。

因此她们用特殊的形式——歌唱表达了对生命的咏叹：
多少次我问过自己，
是什么把我吸引到这里
……
这块多情的土地
你使我们走到这里。

前面是个天

　　珍贵的三天假期,眼看似水逝去,躺在案头的稿纸,空无一字,一股无名之火潜滋暗长,说不清为了什么,寻衅找事的我竟与丈夫接上了火,唇枪舌剑,冷嘲热讽,互不相让。

　　已经没有了初恋时的有意遮掩,不顾了平时的谦和斯文,甚至六岁的儿子在一边惊愕也可视而不见。

　　结婚十年,还没有彼此这样裸露过自己。只是为了找一块安静之所完成答应了别人的文章,但是没有这样的场所。你还没有成名成家,是否作家都不食人间烟火,生活在世外桃源?一向以宽容厚道著称的丈夫,挖苦起人来竟也如此地不同凡响。

　　我尽量控制着自己不被对方所激怒,客气地反唇相讥:我至今未出人头地,是因为丈夫过于地卓越优秀。

　　胆小怕事的儿子拿了英语书,用耳机阻隔噪音,试图抵挡不断升级的战火。

　　我突然有些气急败坏:我不想成名成家,但是,你能让我生活安逸吗?你若是愤愤不平,那么我们换换身份,你去拼搏熬夜厮杀,我来管家照顾孩子,我保证儿子超凡出众。反过来,你有这个信心吗?

　　一个男人,没有信心,再缺少一份责任感,试想,能有什么出息?

便生出许多的轻蔑与懊悔。

那样一副高大伟岸的身躯，设想是能够在生活中为别人遮风挡雨的，那样莫测高深的智慧，想来也是能够对付多变的人生的。

习惯认为男人有山的壮阔与巍峨，其实不过是女人主观的臆想与揣度，男人在这臆想与揣度中飘飘然起来，从此忘了自己的真实嘴脸；女人在自造的靠山面前，失却了自身的发现与价值。

我不奢望生活安逸，不怕生存窘迫，可我借有限的空间让心灵有所寄托，这要求过份吗？

有许多同学同事眼看着今非昔比。下海的是胆大的，潮起潮落沉下浮起；胆小的按兵不动，瞅冷子博当权者会心一笑。惟剩下清醒清高清静的你，隔岸观火吗？忧国忧民吗？这个充满了欲望的社会惟独不需要你。那么做学问吧。到处人满为患，等到有了肯接受你的单位，说不定头发白了，哪个单位肯承认你是退休？

守着心的清静，不趋时势，不附就浮华，你以为你是谁，谁知道你是谁？

你只在无人的时刻作着无用的叹息，时势造英雄，英雄太难造就了。

躲不开人群，避不开冲撞，又怎能逃脱得了生活呢？

我们每个人参与生活的过程，正是参与痛苦的体验过程，我们一面痛苦，一面诅咒生活，一面拥抱着生活。我们爱着它，却无从知道它能否给我们以回报；我们恨着它，对于它给予的某种回报往往浑然不觉。因此，我们生活得既盲目又充实,既幸福又苦恼。

我与丈夫探讨这类乌托邦的问题时,比现在青春年少,那时我们尚空谈轻实践;当爱情之树结出生命的果实——儿子诞生以后,谁能想到我们的人生态度会发生一次转弯,由空谈转向曾被我们所不屑的实际——我们变得世俗起来。

我们为自己的转变欢欣鼓舞。

我们回过头来开始嘲笑以前的幼稚。那时候,我们手拉手走过夕阳铺张的街头,想像着未来的幸福充满阳光,爱情的花儿到处开放,我们虽然居无定所,但没有惆怅。我们走进图书馆,漫长的一天我们靠彼此的感觉鼓励对方,不知疲倦地去啃砖头厚的大书。

我们相约去看电影,灯光转暗的瞬间,我们彼此倾听对方的心跳,渴望又拒绝着相互的依偎。有一部电影叫《纯洁》,我们共同看过四遍,我们为主人公的爱情悲剧而落泪。那时候,我们在用电影语言不时附会自身,电影本身倒成了我们爱情的道具。

我们爱着彼此,发誓一生一世永不分离。像所有的痴男恋女一样爱得天昏地暗,根本没有对未来进行过"战火"、"硝烟"之类的假想。更多的时候我们沉浸在自己营造的"柔情似水,佳期如梦"、"金风玉露一相逢,便胜却人间无数"的幻境中,世界上全心全意爱着的彼此何以会有战争?

生命就这样经过爱情的滋润鲜艳欲滴光彩夺目了,我们照耀着彼此,也丰厚着爱情,当我们采摘着爱的花朵,我们就情不自禁为花的芬芳而陶醉了。

我们沉睡在生活的馨香里。

谁又能长梦不醒?

我们已过了爱做梦的年龄。不得不为生计着想,不能不为生存考虑,当一些二五眼半瓶醋做了你的上司,当你的存在被别人所漠视,你可以沉默;但当漠视成为别人高高在上居高临下的资本时,你所承受的已是尊严被践踏的耻辱。人可以无官无禄,但不能失去尊严……在这金钱胜过一切的时代,你惟看重一文不值的尊严。

保持沉默于这个浮华浮躁的时代真的很重要?能救人?还是能自救?

有许多艺术形象能走进生活,可如今又有多少生活能进行艺术再现呢?

你终于一改沉默的本性冲我吼叫……

浮躁浮华成为时尚,其它只能成为逆潮流而动的跳梁小丑。那么我面对着这一切,已无话可说。

丈夫在厨房弄出丁当一串响声,我闻此像是倾听一个不可救药的人为自己敲响丧钟,心情沉重而轻松。

儿子在朗读课文:农民把玉米种在地里,到了秋天,就会收到很多玉米……小猫看见了,把小鱼种到地里,他想,到了秋天,一定会收到很多小鱼。

我在播种思想,到读者那里,就能收到很多感悟吗?我多么希望是这样。

我在播种痛苦,捧读它的人们,能够产生某种共鸣吗?

有人在播种金钱,收获钞票的人们,得到了快乐吗?

有人在播种汗水,到了收获的季节,能够得到沉甸甸的谷穗吗?

　　丈夫播种着他的沉默，期待着收割一种爆炸，或者死亡。

　　我们期待着收获又厌倦播种；我们种植热情，往往收割着冷漠；我们爱着又互相憎恶；我们做着好父母同时又言行不一背叛初衷；我们一边要自省一边要打肿脸充胖子伪装我们的神圣。

　　我们学会了自欺欺人，也许这并不可悲，可悲的是我们认为这是掌握了一种本领，可以自得，可以示人。我们终于学会了改变自身。

　　为什么？

　　我忽然感到可怕，一种力量势不可挡吸引着我们，推动着我们，我们向前走朝后退结果都是绝壁。

　　我们别无选择。

　　我埋下头去，我的思想也要被绝壁所围吗？

　　生命应该在播种中收获充实。

　　我对着雪白的稿纸说：走过去，走过去，前面会有崭新的一个天。我看见那一方天空碧澈湛蓝，如同儿子的心灵纤尘不染……

诗意的再现
——读中篇小说《日落碗窑》

　　静夜里,在柔和的灯光下,我一口气读完了迟子建的中篇小说——《日落碗窑》。

　　落日的余晖笼罩着村庄以及村外兀立的砖窑——如今它已不烧砖而改烧泥碗。少年关小明牵着他的忠实伙伴——一条名叫冰溜儿的狗,在经历了艰苦的顶碗训练失败后,在破灭了"可以离开这个地方"、"住高楼,坐小汽车,天天啃猪蹄"、"还能把爸爸妈妈和爷爷都带进城里去,让他们享清福,天天在家包饺子吃"的理想后,关小明似乎长大了,反过来担心爷爷对失败无法承受。因为爷爷发誓要在砖窑里烧出泥碗来,而当关小明已经准备放弃自己进马戏团的理想后,爷爷仍一如既往地坚守着信念,这时关小明的理想实际上已成为爷爷的理想。当理想被一窑金红色的碗片化为泡影时,爷爷能受得了吗?

　　作者没有用过多的笔墨去编织故事,而是漫不经心却娓娓地述说着少年关小明的生活:关小明买高价票冒着炎炎赤日去看马戏表演;关小明不按笔顺写字,挨了批评后对老师出言不逊;关小明练顶碗急于求成不慎将冰溜儿一只眼睛砸瞎,之后痛悔不已;关小明看到爷爷没日没夜最终烧一窑残片时,安慰爷爷是碗模子未打好,是土质不行,是窑太湿……一个善良而脾气倔强的少年形象跃然纸上。少年的生活平凡而平常，但当作家以诗意的心灵去发现感知这一切时，作品中的人物就具有了灵性，甚至那兀立村头破旧的碗窑也被赋予了生命。不是吗，当王张罗为儿子满月庆贺并向爷爷求名字时，爷爷没有拒绝，而是就着热辣辣的酒香毫不迟疑地说："就唤他碗窑吧。"碗窑——多么富有寓意的名字，这名字成为理想的具象可以触摸，这生命成为新的希望让人慰藉，于是理想与生命重新在爷爷眼中复苏，并在爷爷的注视下欢蹦乱跳成长。

《日落碗窑》将笔触一丝不苟地转向平凡而丰富的农村生活，因此，小说的内涵便具有了深刻的张力。它包容了农村生活的现状，描画了东北乡村和谐宁静并呈现感伤的独特风情，将普通人生活的残缺与关爱展示得委婉灵动，栩栩如生，而这种描画与展示，无不显示出作家的机敏与细心。如对旧棉衣翻新的描写："吴云华抖了抖未絮好的棉絮，惹得棉絮飞得更欢了，她就像坐在雪花飘飘的场院里……"一个"惹"字映衬出了吴云华劳作时愉悦的心情，这个字与"抖"呼应，使被表现的事物活灵活现，这就使人感到劳动就是一种享受，一个娴淑温顺的贤妻形象鲜明起来。作家仿佛置身于小说人物之中，对人物的思想感情体味细腻把握准确，在语言的铺陈上既幽默又独到。王张罗"原以为跛脚的人会使家里乱得不可收拾，没成想腿脚好的女人却像野马一样四处跑"，两句话便将王张罗未娶跛脚的吴云华为妻的后悔自责心情揭示得淋漓尽致恰到好处，真实，可信，可感。从而使人物性格的发展与变化具有了层次感，并触手可摸。

痴　迷

　　曾经有过一段岁月,特别痴迷于作家这个职业,那时我还十分年轻,也就是二十岁出头吧。而对作家本人的了解也仅限于所能看到的几份报刊,比如《中国青年报》、《青春》、《青年作家》、《小说选刊》。那是 80 年代初,文学在普通人眼中的位置远不是今天这样,一篇小说的轰动可以波及全国,读小说的人可以涉及各个阶层各种年龄各种职业各个领域。我那时悄悄拿起了笔,模仿着杂志上发表的小说的样式信笔涂鸦,热情之高今天想起来也不禁惊讶。白天的工作必须保质保量完成,而夜晚的清静独属于我,一盏八瓦的台灯,照着雪白的稿纸,一支笔被一个不知天高地厚的年轻人握在手中,于是那笔下就流动出了一些人物,一段故事,一种生活。写的目的就是为了写,写完了一遍一遍地读,读到高兴处就乐,读到忧伤处就趴在桌子上呜呜地哭。然后再起个头,开始了另一篇"小说"的写作。那些"作品"我至今保存完好,偶尔拿出来翻翻,觉得那根本算不上小说,但这些文字替我珍藏了一段初学写作的生活。

　　那段生活宁静美好,一幢楼是黑色的剪影,而我的窗子使楼房睁开探求的眼睛,那探求的目光在夜的映衬下具有了极强的穿透力,那目光因关注生活使年轻人的心变得丰富而丰美。

从某本杂志上看到对某位作家的介绍，然后再找这位作家的所有作品逐一去读，读到特别喜爱的篇章就剪下来做特别的收藏，仍觉不足以表达对这作品的喜爱，于是乎，就冒冒失失地给著者写封信寄走。那信多半是有来无回的一厢情愿，因为报刊介绍作家时一般不负有通报详细通讯地址的责任与义务，所以那些信也使作家们多半无法收到。结果当然是有去无回。我曾给我十分喜爱的女作家写过一封信，那封信使我的等待毫无意义。

十几年后，我终于见到了这位女作家，重提我曾写给她的那封信时，女作家认真地问：真的？十几年前？我说：寄走信后，我每天盼着回信，后来就跑到管我们的那个邮电所去问，一次一次去问，结果没有回音。我真是失落极了。女作家听着我重提往事，一直沉默。

那封信的底稿就是我的一篇日记。日记的纸页已经发黄，那字迹却清晰。女作家听着十几年前的那个真切声音，说：谢谢你对我的鼓励和信任。

然后我们回忆各自走过的文学之路，却原来有不尽相同之处，比如她要去领奖而单位不准假，勉强给了假却要扣除奖金；我则要好一些，请假批准，但差旅费自付，因为那个奖是个人奖，办个人的私事岂能公家报销？想想也对。本来可以看淡这个奖，但想想为此付出的那些实际的，或曰经济的、精神的、人格的代价，便不能不珍惜这来之不易的荣誉，这份心血换来的成果。当然还有一些有意无意的伤害，那伤害可以是明枪亦能是暗箭，无论你在明处或在暗影里都必须具有坚强的心灵去抵挡，你在抵挡的同时要敢于向前走，不停地往前走，于是，我们走到一起来。

　　文学令一代又一代人痴迷，而制造这痴迷的人是作家。作家将自己独特的人生体验诉诸于语言、形象，而读她的人更多的会将感情倾注于作品的人物而不是作家。陪伴作家一生的是他的笔和雪白的稿纸，笔与稿纸就是作家的人生。于普通人看来，纸就是纸，笔就是笔，并非人生。

　　我曾想，作家都是一些了不起的人，他们的饮食起居也会与众不同。其实，他们先是普通人然后才是作家。

　　如今我已过了耽于幻想的年龄，但是我仍不改初衷——痴迷作家这个职业。普通人的一生是不可重复的惟一的，而作家的人生可再现可重复，因为那再现那重复，一是因了人生的真实，一是因了艺术的真实。

一合是谁

几年前,我在一些比较有影响的文学期刊上,发现显著位置上有署名一合的作品,作品的风格与众不同,给人以耳目一新眼睛一亮的新鲜感觉。因为比较集中地读了几部这样的作品,也比较集中地体验了这种崭新的感觉,自然记住了作者一合的名字。可是,一合是谁?我并不知道。

后来,在一次比较重要又带有些纪念意义的会议上,我和一合意外相遇。在那次会议上,一合引起我的注意,是他的发言。他的发言具有那种不加遮掩接近事物本质一针见血的锋芒,但风格又是站在相对广阔背景上,由文学而社会,由社会而文学进行透彻剖析而不失温婉的那种。

于是我向身旁的与会者打听,刚才发言的那位是谁?

我就这样认识了一合。他是河北省纪检委的一名干部。这时,我才将《黑脸》、《隐匿与搜索》、《未婚妻》等等作品与署名一合的人真正对上了号。

一合是那种不露声色而使人们不敢轻视的作家。不露声色是指他的埋头苦干,有了一些本钱后的不张扬;而不敢轻视,是他的那些作品所达到的思想深度和艺术高度。

他写报告文学,也写小说,有长篇报告文学问世,也有不少中短篇小说发表。一般地说,种地的农民希望收成好,干文学的也愿意作品被人认可。一合两头都占。首先,他这些年创作发表的作品达几百万字,这是他丰收的佐证;其次,他的报告文学《黑脸》荣获了首届鲁迅文学奖,被承认的层次可以说超出了许多文学同行,这一点不言而喻。

　　一合的作品有一个突出的特点,就是气韵贯通,明白晓畅。这应该归结于他对现代汉语的精华与精粹的理解和掌握,可以用四个字来概括:烂熟于心。读他的作品不用专门安排进入故事的时间,几乎可以在文字进入视野的同一时间,你会被一合所营造的氛围所吸引,在不知不觉中,你接受作者的思考和他不露痕迹的编织,从而到达一个出神入化的境界。那种阅读的快感,可以说,近些年来已很少见。因为这些年有一些人忙于这个流派那个潮头的角逐和论争,焦虑浮躁的心境使其没有时间跟阅读者沟通。这时,一合乘虚而入快马一般杀将出来,给读者给文坛注入了活力带来了一缕清风。

　　获了奖的一合,还像以往一样,垂着或仰起思索的头颅,认认真真地考虑构思着他的下一部。下一部是什么?一合的想法可能是,超过《黑脸》的水平,或者是,更深切地接近读者,也可能是,搞点探索的试试,不行再撤回来按自己的路走下去,种种可能都会有。但,有一点可能不会变,那就是沿着纪检题材这条路子一直走下去,开拓文学更广阔的领域。

美妙的精神徜徉

在我需要用知识滋润心灵的年龄，我无法找到可读和想读的书。因为那个年代提倡读书无用。后来知识备受重视，但我发现此时的我大脑一贫如洗，在空洞的精神领域里已长大成人。有这种发现的不止我一人。时代在进步中似乎无视我的一无所有，以勇敢的姿态一往无前。那时我有一种落伍的深深悲哀。坦率地说，当时我还年轻，一颗年轻的心是多么地不甘人后，试图一夜之间使自己出类拔萃。但是必须承认，后来者已经或正在超越我以及我的同代人，所以活泼的心灵有了伤痛。

虽然伤痛，但毕竟有了书可读，毕竟有了充实自己的途径。书便成了医生，让无助的我看到了一线光明。

从此，书便与生命相伴相随，成为我的世界里不可或缺的重要内容。

对一个营养不良症患者来说，渴望强壮是其最真实的心理活动，所奉行的原则是，来者不拒，饥不择食。

不必担心消化不良。

我在来者不拒的兴奋中阅读先哲，阅读历史，阅读智慧。

悲哀淡化了，伤痛忘却了，焦躁平复了。

哲人以智慧的大脑创造至理名言，而普通人的责任则是将名言付诸于实践，并获得深信不疑的经验。如此以来，智慧得以代代相传,且繁衍不息。

知识就是力量。真理竟是如此朴素,这种发现简直出人意料。在认识它之前,我尚未发现自己的愚钝和肤浅;在发现它以后,我是极愿意自己变得聪明和智慧起来的。只是这需要过程,或者说这个过程必不可少而且迫在眉睫。

我找到了奔赴它的途径,在奔赴的呼啸中我体验了这个过程。

痛苦的、幸福的、美妙的、艰辛的、困惑的、透彻的阅读过程啊,较之于创造简单得多,较之于生命的孕育轻松得多,较之于苦难的承受容易得多。但在阅读中,能够感受创造带来的喜悦,体验孕育赋予人的辉煌和成就感,领悟承受苦难对人千锤百炼而初衷不改的坚定信念。

这个过程的把握和机会的弥足珍贵,使我对书有了深刻的眷恋和感恩之念。

囫囵吞枣是这个过程必须要经历的阶段,不朽的罗素可以和《系统工程学》同时进入我的视野,《人间喜剧》和数学王子高斯皆能使我怀了浓厚兴趣,不分昼夜地去读,苏格拉底、巴甫洛夫、梅里美、泰戈尔,《哲学的贫困》、《红旗谱》……寂静的夜晚是专为我布置的课堂,不灭的灯光犹如哲人的思想启迪着我照耀着我,使我空空如也的大脑留下了第一行思考的足迹。

书是人类进步的阶梯。伟大的人总是能够说出你想说而说不出的语言,或者在你反复的经历中,在恍然大悟的惊讶里去判断这思想的"的确如此"。

的确如此,书可以改变人以及人所处的环境。设想一下,在知识营造的环境里，人人沉醉不醒那该是怎样洁净的景观啊。

当然这个阶段之后，会出现有选择的阅读实践。

我把文学作为自己终生的必修课，因为她能使我的心灵获取最大程度的自由，在自由的驰骋中，我有更多的机会认识人类自身的价值和体验人类的终极局限。甚至能将自己有限的人生作无限延伸，在一次次的体验中为更多的人提供一种参照或者摹拟。或许这样做的结果，即成为我生命过程的见证。这个过程不是最完满的，但作为生命的个体，仍被我比较地看重。

要读的书其实很多，文学在知识的海洋里不过是沧海一粟，但你只要认真去读，同样能获得海洋般丰富的营养和比海洋还要广阔的胸襟。

有书读的日子真好。

期待与逃避

从小学开始,老师家长整天在耳朵边上聒噪:不能躺着看书,写字姿势要端正——身体离桌子一拳,眼睛离书本一尺,握笔的手指离笔尖一寸。习惯会影响人的一生,不论这习惯是好是坏。

毛泽东他老人家偏偏爱躺着看书,书房里到处是书,睡觉的床成了书橱,困倦中或者清醒时顺手取过一本来,皆能看得如痴如醉物我两忘。

现在的孩子们对伟人或者凡人,发表看法时一律不存丝毫顾忌,比如对毛主席躺着看书,孩子们会理直气壮大声质问,他为什么躺着看书?不得近视眼才怪呢!

伟人之所以成为伟人,除了因为他们身上有着许多普通人所不具备的素质和才智外,重要的区别在于:不循规蹈矩,敢于标新立异,从来特立独行。躺着看书成为伟人的某种特点或标志,被崇拜者趋之若鹜般暗中效仿。虽然有人效仿,但不能因此而推翻老师家长曾经的教诲和提醒。

海明威为使文章写得精悍避免冗长,始终坚持站着写作,给后来者不少启迪。但是,像《战争与和平》这样的鸿篇巨制也这么站着一路写下来,我们的托尔斯泰不累趴下恐怕也得改变创作计划。庆幸的是他完成了这部经典的创作。而且他还活着,一直活到死。我愿意如是想像,他是坐在比较舒适的转椅上完成了这项艰巨工程的。因为我感到，这不是一般意义上的劳作，它或许比在万顷农田的耕耘还要辛苦得多，且这种艰辛，更多的人无缘体验。所以，导致很多不明真相或者深陷其中的人仰慕作家。这很正常。

站着写作或者坐下来著书立说对于读者来说，也许无关宏旨。大众需要的是读到好书。不管你是不是作家，只要你能为读者提供好的精神食粮，这就够了。没谁追究你写作的姿势抑或你使用了怎样的一支笔。这也正常。不正常者有吗？

肯定有。比如福楼拜。

福楼拜的不正常表现为，面对稿纸头脑一片空茫。作为让人仰慕的作家，这种习惯(姑且称之为习惯吧)，实在令人费解。那么他该如何对付自己呢？现代作家们可能说，放下手中之笔放松放松——跳跳舞，或者邀三两好友聚一聚，或者读读书，玩玩保龄球什么的，总之别闷在家里硬憋，硬挤，硬写。遗憾的是福楼拜全把别人的一片好心当成了驴肝肺，一意孤行着自己，面对白纸不厌其烦地写着：我为什么写不出来，我为什么写不出来，我为什么写不出来，我为什么写不出来……翻来覆去无休无止。一天的时光被这些与文学毫不相干的字眼充满、榨干，直到属于小说的文字从笔端自由畅快地流淌出来时，大师才会闪耀出骑士决斗而终于取胜了的眼神。这习惯也许为现代作家所不耻，但这并不影响福楼拜成为有影响的一代文学大师。

毛泽东躺着看书的习惯的确不好，但没听说他患过近视的毛病。据此就能认为卫生用眼是不科学的教化？但习惯了的一切，却是毫无道理可讲。习惯是思维的走向，更是行动的一种符码，犹如不同种族说着不同的语言。但不同的语言可以有相同的表达。因为此种表达来自地球上迄今尚未灭绝，且日益膨胀壮大的同一类物种所发出的声音。

在读海明威时，我根本无法记起他有站着写作的习惯；而读福楼拜时，我不曾追忆他写作时的种种苦恼。仿佛受了某种精神的引领，使我的阅读触摸到一个个真实赤裸的灵魂。

习惯不可能将庸人变成伟人，而我们从伟人的习惯中却能发现其作为普通人的一面。可怜的是那些一味效仿别人而迷失了自我的人。如果站着写作能成就海明威，那又何妨，站着去；反过来，仅仅是为了想当海明威而站着写作，那就显得十分荒唐而愚蠢了——说句老百姓的话，趁早儿，一边歇着去。假如，这般容易就能造就出作家，那么，真正的海明威所面临的将是什么呢？窃以为，当是对作家这种职业的深深恐惧和别无选择的逃避。真如此的话，作家们也就无需再潜心研究文学究竟该向何处去这类看似玄妙的问题了。当然，若是所有的作家都成为海明威，我们会为之欢呼雀跃，因为对这种众望所归的期待，恰恰预示着民族素质全面提高的神圣时刻的到来，何乐而不为呢？然而，当我们看到满街游走的都是海明威时，你会不会发出这样的疑问：海明威呢？我是海明威，原来的我是谁呢？相信所有的回答都将是问题的悖论，而真正的海明威早已远离了我们。面对这种远离，作为读者的大众，悲耶？喜耶？

读书的启示

我对孩子读什么书，一向有严格要求和具体标准。比如，故事类，要读《格林童话》、《安徒生童话》、《伊索寓言》；小说类须读《钢铁是怎样炼成的》、《牛虻》、《鲁滨逊漂流记》……我之所以这样要求儿子，有着一定的历史背景。因为在我的儿童少年时代，本是需要且渴望读书的，但我没有读到该读和想读的书——我头一年上小学，次年开始了"文革"，我宝贵的学生时代是在轰轰烈烈的政治运动中度过的。幸亏后来恢复了高考制度，大学让我读到了我想读的书，包括童话。否则，如今我可能还在那个偏远落后的小山村，为了糊口坚守着日出而作日落而息千年不变的生存方式，或者我被招工回城，又因企业改制或经营不善，面临着下岗和再就业的困窘。除去这个原因外，对于儿子的读书我还有一些非常个人化的考虑。我认为，知识像海洋，有限的生命是很难驰骋于它涵盖的所有领域的，为了更多地获得知识，不仅需要勤奋以达到博览，还需要站在前人的肩膀上对未知的领域进行发现和探索。另外，我觉得小学阶段是人生的黄金岁月，读过的书一辈子都不会忘记，该读的一定要读，多读，好书能使人受益一生，这是我的经验。所以，读书就要有目标和方向。

没有书读和有选择地阅读完全是两种心态两种境界两重天啊。

但是，小学二年级第二学期的暑假，儿子对我规定的读书内容提出了质疑。"我想买一套《少年百科全书》。"儿子说。"可以呀"，我答应得非常痛快，并且很快将书送到了儿子手里。爱读书，无论从哪个角度来看都是一件令人愉快的事。

儿子又说："书店有《恐龙问答101》，我特别喜欢。"

我迟疑了一下，说："我们一起去看看，有意思就买。"坦率地讲，我不喜欢恐龙，从朋友送给儿子的一袋子恐龙玩具中，我滋生了这种印象，它们形象怪异，姿态可怖，身体表面凹凸不平，四肢发育比例失调，怎么看都觉得不舒服。由于不喜欢，与恐龙相关的知识在我的大脑里可谓是真空地带；虽然不喜欢，我不能将自己的好恶强加于人。我想，究竟那本书里有什么东西吸引了儿子？

结果，儿子成为获胜将军，买回了《恐龙问答101》、《外星人问答101》、《克隆问答101》，还有十卷本的《不知道的世界》、八卷本的《一千零一夜》。

我和儿子抢着读《一千零一夜》，我发现儿子的阅读速度不亚于我，但其阅读质量如何，我觉得可疑。便抽出他声称已经读过的某一卷，随便翻到哪一页，摘取其中一个故事念下去，然后突然停下来，问：这个故事的结局怎么样？

儿子不说结局，而是接着故事讲下去，直讲到听的人也入了迷，才截断话题，说：知道结果了吗？

阅读，给我们带来了多少快乐。

到了晚上，我们老早熄了灯，将窗帘拉严，热闹的世界被阻隔在窗外，家，静悄悄的，笼罩在神秘的氛围中。

儿子开始了他的科普讲座：恐龙为什么会在世界上绝迹？

目前有四种学说,一种叫做"小行星"说,在地球中生代的最后一纪——白垩纪,小行星猛烈撞击地球引起爆炸,造成森林火灾气候剧变,导致生物链破坏,大量动物饿死,恐龙惨遭灭顶之灾;第二种观点,认为超新星杀害了恐龙;第三种假说,是前苏联学者提出的,他说,六千五百万年前,太阳可能发生过一次超级耀斑,耀斑粒子能使生物大量死亡,恐龙等大量古生物就是被高能粒子杀死的;还有一种假说,认为恐龙的灭绝是火山爆发造成的。

此时,我和丈夫成为儿子的忠实学生,心甘情愿地接受儿子的渗透。难怪儿子对恐龙有如此兴趣,原来它不仅仅是一具没有生命的化石。里面居然还有如此大的学问,从儿子的讲座中,我们想到了地球的现状,生态平衡,以及人类将要面临的资源短缺和野蛮开发所带来的种种困境。

儿子说,我比较倾向"火山爆发"一说,因为火山喷出的大量熔岩会遮蔽太阳,造成气候变冷。对于只能适应温暖炎热气候的恐龙而言,这是绝对无法忍受的,于是它们在短时间内都死光了……

听着儿子的讲座,我们突然想到了一个词——知识更新!这不再是一句空话,我们用行动赋予了它实在具体的意义。不,是儿子为我们创造了弄懂它的机遇。

这种讲座,在我们家延续至今。

书籍是人类进步的阶梯。知识就是力量。儿子的藏书到现在已有了满满一书柜,书的扉页上,我们题写了上面的字样。

儿子对《牛虻》倒还喜欢,但是《钢铁是怎样炼成的》一书,却一直没有读完。为什么呢?我问过儿子。儿子说:名字太长,那么一长串念下来多耽误时间。

我不再强求儿子。

我读书,倒没有像儿子那么自由,有用的我必须读,仿佛有人胁迫,读时会失去乐趣;还有一种书自己不喜欢,也要硬着头皮去读,比如为了职称,或者晋级,不读不行,这时的读书,变得十分功利;再有一种书,自己爱读,但与职业需要相去太远,恐无谓地浪费了有限的时间,只得忍痛割爱。说到底,还是囿于一己利益,在这种思想支配下,就是拥有一本好书,又能读懂几多书的深邃含义,获得几多意趣呢?

儿子在企图复活恐龙的愿望里,读的书愈来愈多,或许,他以及他们这些孩子们,真的在未来的某一天解开了恐龙之谜,面对孩子的成果,我们当感到惭愧,那么,同样,我们该怎样对待书,怎样读书呢?

这是个严肃问题,我需要认真考虑,才能给我的读者以满意的答复。

弦外之音

我上小学的时候，没有开专门的音乐课，只开一门文体课。所谓文体课，就是文娱体育一锅烩。每周有两节文体课：一节上体育，一节上唱歌。上"唱歌"等同于音乐课，虽然离真正意义上的音乐很远，但能把歌儿唱下来就算这门功课设置得名副其实；上体育，就是大家来到操场上随便玩儿。不管干什么，只要不念书，大家积极性都挺高。因此文体课老师对同学们的表现比较满意，反过来，大家对文体课老师也相当拥戴。

老师教唱歌，都是当时流行的歌曲，比如，《北京有个金太阳》、《毛主席的书我最爱读》、《都有一颗红亮的心》。老师教一句学生唱一句，从上课一直唱到下课铃响。师生情绪饱满，歌声在满校园里嘹亮碰撞，唱走调的地方老师用简谱纠正。所以后来读大学时见音乐系同学捧着满篇蝌蚪状读物直唱，我还一味地嘲笑过人家。

那是我第一次见到五线谱。

如今刚上小学的儿子不仅认识五线谱，还能将五线谱上的陌生曲子用钢琴弹奏出旋律，使倾听者产生愉悦的感受，这对我是一种打击和冲击。我在想五线谱这种东西为什么在我上小学的时候不产生呢？音乐如此美好，而我离她却那般遥远。整整三十年啊。三十年河东转河西，站在岁月行进的此岸观望匆匆流逝的人生彼岸,除了喟叹,肯定还会生发一些不甘和重新活一回的欲念。我亦如此。好在我还处于不敢言老的年龄,不是说生命从四十岁开始吗?果真如此的话我欲走近音乐,希望并不渺茫。

陪儿子去听音乐会,看他并不专注,甚至需要某种提醒,方能使他做到符合进出这种场合的严肃,否则他会跑到乐池跟前去。他喜欢站在乐池前一边端详乐手的演奏,一边欣赏音乐,一边审视指挥那变幻莫测的魔棒。这样做我以为他是存心捣乱不够绅士有失儒雅。有一次我强压怒火警告儿子,下回休想再来听什么贝多芬莫扎特云云。儿子顿时规矩了许多。但是回到家里,又异常活跃起来。一会儿他针对乐队的演奏水平很专业地作一番高谈阔论式的评价,一会儿对演奏家偶然出现的小小失误进行大胆地抨击和尖刻地挖苦。我一面觉得儿子的分析不无道理,一面又觉得他的样子有点儿不知天高地厚自以为是。原以为,自己很严肃地听了几场音乐会,已经接近了音乐,听孩子一通白话,我才真正明白了什么叫差距和十万八千里这个量词的真正涵意。

必须承认,距离是客观存在的。但我并不满足于仅仅做儿子的听众,于是私下里找来巴赫、施特劳斯、德沃夏克,反复揣摩仔细研究。并不奢望一下子走进音乐的深刻内涵里,但我在音乐的浸淫中能够体味到一种气氛,一种读了好书后心灵被滋润的感觉。我在滋润心灵的过程中,渐渐与一个陌生的世界融合。

电视上的音乐节目忽然多了起来,多得让人目不暇接,心花怒放。音乐悄悄亲近着千家万户,音乐在你毫不设防的情景下闯入普通人的生活。

有一些人远涉重洋,到异国他乡欲寻求音乐的真谛,并为这种寻求吃尽了苦头。但他们对此无怨无悔。其时,音乐已被超越,寻求者自身已被超越,惟将艺术的完美留给我们。成长于这种环境下的孩子是多么幸福。

我羡慕。

如果你细心观察,会发现时下有许多家庭的孩子在学音乐,虽然其中被迫者不乏其人,但我们不能否认,教音乐的老师几乎都是地地道道的科班出身。也就是说,只要你愿意,就能使你的孩子受到正规的音乐教育和良好的素质培养。

这就是时代让我们感受到的差距。当然,除了音乐,其它方面存在的差距还有很多,但我们由音乐所感受到的差距足以说明时代的进步以及这进步带给我们的心灵冲击和精神压力。

儿子沉浸在他的音乐世界里能做到物我两忘如醉如痴,对于他的沉醉我无法掩饰来自灵魂的强烈自卑。我成长的岁月曾经只有"打倒"和"万岁"两种声音,我甚至以为世界本来如此,另外的声音出现后我会怎样,我不敢做这种假想。但我的确听到过另外的声音。在儿子陶醉时,那种声音会一点点在我耳畔变得清晰,使我游离的思维会拐个弯儿,弯到岁月的狭窄巷道,钩沉一个少年遗忘的梦想和渴望——那个渴望和梦想其实就是一只口琴。

一只口琴并不能真正代表音乐,但我的音乐梦想的确因一只小小的口琴而萌生。

　　我第一次见到口琴,缘于它的动听旋律的吸引:吹奏它的人是一位大学生,他是"反革命"。后来大学生自杀了。那样优美的声音化作生命的基因于潜移默化中伴随我长大,并完成了音乐对一个孩子的重要启蒙;读大学时偶尔听教授提到它,才终于明白那是一支外国名曲——《马赛曲》。我的成长不缺少声音,但我的精神世界残缺不全。

　　大学生死于遥远的 1968 年。

　　如果大学生还活着,或许我能早一天走进音乐;真正看清了少年梦想的是什么时,令我产生梦想的所有已不复存在。我在如此感慨时,岁月以不屈不挠的态度勇敢地跨入了又一个新年的广阔疆域。此刻,维也纳新年音乐会的帷幕已经拉开……

温 馨

儿子格外沉得住气，预产期已过了三天，他竟异常地平静，如退潮的海水，毫无要出世的迹象。

今天是十六号。

我心中焦虑万分。

终于，儿子向我做出暗示：他要出世，他要出来看世界。我兴奋得不能自已。儿子调皮地在我腹内左冲右撞，乱踢乱蹬。我痛苦难耐。

无影灯幽幽地发着青光，温柔地抚摸着我疲惫而紧张的躯体，金属器皿的碰撞声钻进耳鼓，我平躺在手术台上如同接受神圣的洗礼，虔诚地等待着奇迹的出现。

护士小姐软软的问话滋润肺腑："紧张吗?"我像个侠客，极豪爽地摇摇头，强作出一副满不在乎的表情。

可是我心里怕。

怕那个氧气瓶。它使我想到炸弹，感到一种濒临死亡的恐怖与无以言状的压抑。

我下意识地想举起右手——其实四肢早已被固定在手术台上。我想，自己被捆绑的样子一定挺凄惨，我有一种任人宰割的被动感与心甘情愿的无可奈何。

护士用目光发问："你想干什么?"

我盯住"炸弹","我一见它就心动过速血压升高"。我挺夸张地说。

护士不禁一愣。量脉搏，听心脏。正常。再量。正常。护士定定地看了我一分钟，眸子一闪："捣——乱！"

男人的脚步声与说话声。

我差点儿想一跃而起，"大夫！裙子！"我进手术室时，穿着一件肥大的裙子。

护士镇静而又严肃地说："就要手术！"

"不，裙子！"

护士诡秘地朝一旁眨眨眼，"喏？"

我像个讨饭的乞丐。"请给我盖上吧？"我说。那样子一定非常可怜。

护士笑了。

我的努力毫无结果。

就在这工夫，从"炸弹"上引出的可怕的导管插在我嘴巴上。

我失去了自由，像个囚犯，被一片雪白蒙蔽住。

接着我就像个局外人，很安闲地听那些金属的奏鸣曲，为了表示我的镇定，偶尔还煞有介事地与护士攀谈几句。

"心慌吗？""不"。

"感觉怎样？""不怎么样！"

"疼吗？""嗯，像是蚂蚁练竞走"。

很轻松，还有点黑色幽默。护士和我。

一切都沉浸在静谧中，如同想像的舢板驶向心的港湾，我听着自己的心跳，就像欣赏着美妙舒缓的小夜曲，我陶醉在迷人的静谧中。都市里难得有这样的恬然与安逸。

突然有声音炸响，"哇哇哇哇"，我像睡梦中听到进军号的勇士，猛地睁开眼睛。

"男孩儿。3100克"。

这声音遥远如在天边，清晰似在耳际。

"要看看孩子吗?"护士关切地问。

我差不多是用心在喊"好。嗯!"就要抬起头寻找儿子，被护士善意地制止了。

另一位护士走过来。两手轻轻托着一团粉红，珍爱得宛如捧着艺术品一般给我看。

一个灿烂的生命。两腿间那个使人类繁衍不息的器官很显眼地裸露在我的视线内。他竟睁着双眼! 黑眼睛那么贪婪地东张西望，小嘴唇红润潮湿，耳轮圆滑透明，小鼻子鼓鼓的，微微翕动着，四肢不安分地踢蹬。

我的心!

我突然一阵激动，禁不住热泪滚滚。

"儿子，我的儿子……"我侧过头精心地将嘴唇吻向孩子那精巧饱满的额头，一下，又一下……

心便在那一刻被净化、溶化了，被一种无以名状的情感净化、溶化了。

我做了母亲。我有了儿子。我感到由衷的快慰。那一年，我三十二岁。

三十五岁的丈夫若是得知这个消息，该会高兴成什么样子呢?

我努力想像着。

从怀孕起,丈夫就认定那一团生命是儿子。

我顽固而盲目地坚持,女儿,是女儿。

怀孕六个月时发现胎儿是臀位。于是用中草药熏,专家推拿,卧——自我矫正胎位,"机关算尽",然而儿子稳如泰山,纹丝不动安安然然坐在我的"怀"中。

于是,我擅自决定手术分娩,并鼓动丈夫去缠医生。

经过十五个小时的软磨硬泡,苦苦哀求,大夫终于答应了我们的要求。

感谢上帝!

手术行将结束,我愉快地邀请大夫与护士在《宝宝成长手册》上签名。

主刀医师走过来,眼睛里含着笑:"谢谢你的合作,手术顺利。"

竟是个男的!

想到自己赤身裸体暴露在一个男人的"刀"下,我的脸腾地一片绯红,"裙子……"

护士把我推到病房,丈夫扑上来:"你怎么样?"

丈夫两只潮乎乎的大手握紧了我冰凉的双手, 显出少有的冲动:"两个小时零三分半钟——简直像是一个世纪!"

我捏捏他的手心,他会意地笑了。

病房里陪护的爸爸们呼啦一声围过来,齐声问:"生了个啥?"

丈夫驴唇不对马嘴的回答使人啼笑皆非:"挺好,挺好,谢谢。"

丈夫被这意外又意料中的生命诞生弄得有些失态。

我却耐不住别人的询问，悄声问丈夫："猜，是公主还是王子？"

丈夫极厚道，说起话来却幽默："不是洋白菜就好！"

我有些失望。

"小公主！"我故意向他作出炫耀的表情。

他有些喜出望外："真的？谢谢你，我的……"声音竟有些发抖。

我有些后悔了，不该跟他开这种玩笑，他这个人无论干什么都认真得要命。

"对不起，是个小男子汉。"我向他作出真诚的道歉。

丈夫仔细地打量我，待确认我不是开玩笑时，他轻轻俯下身，极深情地吻了我的额头：

"从此，这个小家庭里，将有两个男子汉爱你，爱你至永远。"

丈夫的眼睛格外亮。

我心里充满了感激：我爱你——丈夫。我爱你——儿子。

我爱这温馨的家。

童趣·童心

(一)

星期天是儿子的节日,动物园是儿子最向往的所在。

假山上一群猴子在蹦蹦跳跳,儿子入迷地看它们打闹嬉戏。

我指着那只老态龙钟的雌猴说:"喏,小猴子是猴妈妈的孩子。"

儿子若有所思地说:"我是妈妈'生'的孩子,对吧?妈妈,我喜欢猴子,你给我生个猴子吧!"

周围的游客先于我爆出笑声,儿子表情更加郑重:"就生一个小猴子,还不行吗?"

"妈妈不会生猴子,要真的生一只猴子出来,妈妈就会变成这样。"我做了个四肢爬行的动作。

儿子沉默半晌,说:"那好吧,还是我自己生一只小猴儿吧。"

(二)

带儿子出差,住在一家旅馆里。

晚饭后有朋友来访,儿子彬彬有礼、甜言蜜语,惹得朋友扯上儿子出门买了一大堆小食品回来,惟恐怠慢了儿子。

朋友要走,儿子热情挽留。"叔叔睡在这儿吧。我睡那儿。"我住的双人间,儿子安排得倒也妥贴。

朋友故意逗儿子:"你妈妈只好睡地板喽!"儿子打量两张床,一番权衡,说:"没事,妈妈和叔叔睡一张床不就行了。"儿子为自己的设想而得意。

朋友年轻,尚在恋爱。儿子一席话,羞得他脸红。

我赶快打圆场:"叔叔明天再来,回去太晚,叔叔要挨批评的。"

"叔叔在哪个幼儿园?是老师批评你吗?"

相视会意一笑,朋友趁机逃走。

(三)

儿子跟我奔波一天,此时倦意袭来,眼皮打架,却硬撑着拿一册幼儿英语在念:

"one、two、three、four……"

我习惯于睡前拿一本书阅读。儿子从另一张床欠起身,奶声奶气地带了命令口吻说:"妈妈累一天了,早点休息吧,不然又该头疼了。"

为免去解释的麻烦,我将失眠症说成头疼。

一向是我对儿子无条件施爱,而此时在异地他乡的旅馆里,听到四岁儿子关心的话语,我的心暖暖的。

"谢谢你,儿子。"我的话语也充满深情。

儿子看着我把书压到枕下，躺好，才放心地对我道一声"妈妈晚安！"啪地关了灯。屋里顿时漫过夜的温馨。这一夜我破例没有失眠……

人之初

　　儿子爱车，小小的人儿不到两年时间就搜集了二百七十九种车型，常见的"奔驰"、"奥迪"自不待说，还有一些名字古怪的车型，如"美洲虎(英)""宝马(德)"、"陆地巡洋舰(日)"。儿子更钟情于流线型车型，比如"法拉利(意)"、"波舍(德)"、"白茹(法)"、"雷诺(法)"等等。这些车，清一色都是儿童玩具，但制作精细、考究，甚至能以假乱真。有一部分是买来的，有一部分是儿子用泡泡糖或变形金刚从小朋友手中换来的，还有一部分是同学同事的孩子玩旧了淘汰下来的。但所有的车只要到了儿子手中，就会被视为宝贝，儿子将它们擦洗干净，分门别类，一一放进纸盒，再逐个摆进玩具柜，然后郑重地在一个小本子上做一种别人无法看懂的记号，坐着或站在柜前，很久很久，很神圣的样子，直到小伙伴叫他去玩儿，他才恋恋不舍地关上柜门。这样钟爱着一群玩具车，会不会腻呢？有时我禁不住想。

　　但是儿子的玩具柜是轻易不向别人(包括爸爸妈妈)打开的。只有星期天他才会小心翼翼地取出那些宝贝，一辆一辆擦拭，之后摆满自己的小床，儿子坐在小凳上托着腮望着那些车出神。小朋友找他来玩儿，我提醒儿子：让小朋友看看你的车。儿子不太情愿，但还是将小朋友让进自己房间。小朋友规规矩矩坐下，儿子开始兴奋，讲这一辆轿车的排气量怎样，说那一辆车的车速如何,眉飞色舞十分投入。小朋友受到感染,伸手拿一辆来玩儿,儿子敏捷得像通了电,劈手将车夺过来。"别动!"口气不容商量。小朋友将车放回原处,儿子再讲下去就显得三心二意,目光时不时在小朋友手上扫来扫去。

邻居家的孙子与儿子同在一所幼儿园。邻居上下班大都是车接车送。一天早上,我正要送儿子去幼儿园,楼下传来车喇叭鸣叫,儿子箭一般射出去:车来了。等我追到楼下,儿子已拉开车门坐进车里。"叔叔,送我到幼儿园中三班。"望着一脸天真的儿子我欲言又止。

以后再听到车喇叭鸣笛,儿子仍会慌不择路往楼下跑,边跑边喊:"妈妈,车来接我们了。"每每儿子都失望而归。

后来看到有车停在楼下,儿子会从窗子探出头来问:"接我的吗?"当然不是。儿子不理解:为什么车不接我们?邻居爷爷怎么天天坐车?我的解释儿子还无法听懂,我想,不懂也好。

有一天邻居的司机找上门来,我猜想是儿子闯祸了。到了楼下,我发现邻居原来乘的旧"上海"换成了崭新的"奥迪",许多人围着新车品头论足,我松了口气。这时司机朝车顶努努嘴,我仔细看去——车顶塌陷了一个大坑!

我问儿子:"是你干的?"

"是!"儿子的口气像得了头奖。

儿子拉住我的手:"妈妈快看,这是我画的,像不像?"

车门上用硬器划了一些房子、小动物和树。

我挥起手臂,我向司机道歉,其实说什么已属多余——一辆崭新的"奥迪"……

儿子是"奥迪事件"的首领,受他操纵的有邻居的孙子,还有司机的儿子。

那天晚上,我带上儿子乘坐一辆夏利出租车,跑遍了这座城市的大街小巷,花去了我当月一半工资。那一天,是儿子的三岁生日。

从那天起,儿子开始搜集玩具汽车,时光匆匆,快两年了,儿子说:"我还差一辆劳斯莱斯……"

古装人

车厢内人很多，很多人目不转睛打量一位衣着古怪的人，一儿童蹒跚上前，奶声奶气地问：您是白眉大侠？

被问的人笑了。他穿土色粗布中式褂，粗布黑裤，脚穿软底布鞋，白袜，棉布缝制。这装束透着古气。长发，高挽发髻盘至头顶，发髻上别了棕木发卡，络腮胡飘至胸前，是僧人？还是艺术家？许多人心存疑问。

儿童伸出一双小手拂弄那美髯，天真地问：我叫您爷爷，对吗？

古装人笑了，伸手抚抚儿童的脑袋。那双大手白里透红，血脉清晰可见，手指细长，指甲内无一丝污垢。

购物车在车厢的人海中浮来游去，有人买饮料，有人买快餐盒饭。

古装人双眼微闭，静若参禅。

儿童趴在母亲耳朵上说：爷爷为什么睡觉？他一定是饿了。

年轻母亲会心一笑，买来一盒饺子。儿童贪婪地接过来，风卷残云般吃下一半。

车厢内安静下来，许多人开始打盹。

儿童走向古装人，爷爷，您为什么长胡子？

古装人笑了，睁开眼。儿童忽然弯下身，撸起裤脚，说：

看,我腿上也有胡子。白胖的小腿上,果然布满金黄的茸毛。

古装人笑着说:长大了你肯定是个了不起的男子汉。

打盹的人都睁开了眼。

儿童得胜一般,说:爷爷说话啦……随即端来剩下一半的水饺,让古装人吃。

古装人变得顽童一般,接过来,三下五除二,打扫得干净彻底。儿童夸奖说:爷爷真乖,浪费粮食可耻,爷爷不浪费是个好孩子。

年轻母亲走过来,嗔怪地说:小孩子说话要有礼貌。

儿童被古装人搂在怀里,一老一小亲密得像祖孙俩。儿童趁机将老者的胡须编成粗细不一的辫子,边编边唱:"维族的小朋友辫子长啊,几岁呀几根正相等啊……"

年轻母亲在大学教古汉语,眼前老者的装束让她想起了汉朝布衣人的打扮。

这是个追逐潮流的时代,一种潮流的形成正是一种社会心态文化心理的反映与折射,老者的"标新立异"或许对潮流是一种反讽,或者是心性清高不随流俗的自然流露。

但是老者面对儿童,无一丝戒备,无一毫遮掩。

儿童下了车对母亲说:爷爷六十三岁,在大学教古汉语,你们是同学!

年轻母亲说:是同行,不是同学。儿童固执地争辩:是同学,不是同行。

那时候古装人正对了车窗向他们频频挥手,不舍的情愫缓缓从他的眼中流泻而出,他的脑海中频频出现一些字眼:白眉大侠,乖孩子,胡子,辫子……古装人对着远去的幼小的身影,忽然产生了感动:生命,生活……过分入世会使人俗不可耐,远离尘世又会失去多少美好……

心 空

　　儿子有一天雄心勃勃地声称:长大后要当公共汽车司机!儿子胸怀这个理想时,只有三岁。记得当时我极富鼓动性地肯定了儿子的抱负:对,当司机!儿子具体地描绘他的理想:开公共汽车带小朋友去动物园,送爸爸妈妈上班。是时,儿子所在的幼儿园因租不到更便宜的大轿车,计划去动物园的时间不得不一再推延,而我的旧自行车因为总掉链子,每每上班迟到成为必然。我就想到自己小的时候,一度特别痴迷于火车上的列车员,美慕装束惊叹速度,但在这美慕的背后藏着一个少年的心机:坐火车可以不掏钱。儿子的理想可谓实际,但绝对先人后己。如今儿子七岁,已经是小学二年级的学生。上了二年级的儿子是否记得曾经的理想? 而孩子的理想总会随着年龄的增长,不断发生变化吧,我想。

　　加入少先队,该是小学生的共同理想吧。

　　有一天,儿子放学回来说:同学们说下批入队有我。这消息让人不由得心跳。客观地说,人到中年如我辈,视先进、模范、荣誉之类基本能做到不为所惑、不为所动、坦然面对。但儿子不同,幼小的心灵是一片澄明的天空,那天空需要进步荣誉的色彩去装点,因为这色彩纯粹而且碧澈本真,所以应该呵护珍惜。其实,任何不含杂质的荣誉都会令大人孩子怦然心动。

儿子为这消息陷入惴惴不安与兴奋不已的心境中。不安是担心这消息失真或为讹传；兴奋倒是一种更真实的心灵体验：理想就要变为现实。大人们也仿佛变成了孩子，不停地聒噪带上红领巾我们去照全家相；给远方的外公打长途让他老人家分享"少先队员"的幸福；要送一份有纪念意义的礼物……并以与儿子同样复杂的心情陪伴孩子左右，暗暗祈祷，但愿儿子幻梦得圆。

长长的暗夜里儿子突然惊醒，瞪大眼睛望着一团漆黑，喃喃地叨念：妈妈，我能入队吗？开了灯，仔细审视儿子的脸和脸上少有的神情，断定儿子不是在做梦。便想，小小的人儿，竟会为人生初降的恩宠所烦恼，而漫长的一生将会有多少烦恼等待着他，以其稚嫩的心理韧性又将如何适应多变繁复的人生？

第一批入队，儿子榜上无名。而入队仪式异常隆重。接儿子回来的路上，儿子以泪洗面，痛惜的心情谁能解得开？儿子哭着，只说一句话：我已经十分努力了，为什么入队没有我？我想说：入队固然让人羡慕，但入不了队并不证明你是一个坏学生。你觉得自己很努力，但别的同学比你更努力，努力的程度与效果也不会一模一样。但是我什么也没说，我打开儿子的作业本，仔细看他的数学和那些拼音，然后跟另外一个人的作业做着比较——那是丈夫保存至今他三十年前上小学时的作业。我问儿子，这两个人谁写得好？儿子看着比较着，然后破涕为笑。当然是儿子写得好。我对儿子说，你超过了爸爸，但爸爸那时已是区级三好学生了，儿子黯淡的心空这时腾起希望之光。儿子说，我还要努力。

　　第二次入队仪式上依然没有儿子的身影。儿子的解释是：因为我说了奉天话，老师本来要发展我的，结果又抹了我的号。丈夫认真教育儿子：张作霖的话虽然能在电视里演，但是我们不能在平时学着说，就像古人在电视里说古汉语，而我们只能说白话。儿子听了若有所思，然后恍然大悟：噢，我明白了，"妈拉个巴子"是古汉语，我下次不说了，我保证！丈夫听到"保证"，禁不住瞠目结舌。

　　现在要发展第三批少先队员。

　　儿子显得迫不及待。给老师打个电话，看到底有没有你？我帮儿子出主意。儿子眼睛一亮。

　　打完电话，儿子垂头走向我，我的心一沉，鼻子先于儿子发起酸来，看来真是一个讹传……

　　我克制着自己的情绪问：老师说什么？儿子说："这一批少先队员有我……"

　　哦，真的？太棒了！

生命的美丽

    绿色车厢一路风尘载着我呼啸归来,下了车,迎接我的是缠缠缱绻的蒙蒙细雨。旅者并未因雨的阻隔放弃归家的匆忙和栖息的焦急。列车月台人潮渐次从视线中隐去,惟留下挥之不去的思念拥塞脑际。出差月余,思念随着日子更替疯长成植物藤蔓,缠绕得我昼夜不安,心烦意乱。想念儿子,来不及放下行李,心急火燎赶往托儿所。

    立刻想见到儿子。

    雨,肆意扯起水帘,纠缠着来去匆匆的行人。倒一次公共汽车,再步行一刻钟,就能看见托儿所匠心独运的精巧建筑和大型玩具的彩色模型。那是一种象征,生命的象征,象征希望,象征儿子。

    托儿所红色的大门映入眼帘,我抑制着心跳,整理好情绪,抹去脸上的汗水雨水,振奋着自己突然出现在儿子中班门前。

    三十来个黑森森的小脑袋一齐向我行注目礼,他们规规矩矩倚墙而立。靠左边门口站着一个小男孩:大眼睛黑玛瑙般闪闪烁烁一碧如洗;左手臂弯搭一件牛仔装,白色的绒衣衬托出他粉红的脸蛋儿,牛仔裤的笔直裤线使他气度不凡;右手随意地斜插在裤子口袋里,人五人六正同身旁的小伙伴儿窃窃私语。

是我的儿子！

小男孩终于将目光转向我，那目光犹如一道闪电刹那间照彻我黯淡了多日的心空。

"豆豆！"我听到自己的声音在打颤。

儿子下意识地向前挪一步，并未走过来，神情淡漠地望着我。

我扑了过去，将变形金刚、《小红帽》原声磁带、小汽车一古脑儿塞给儿子。

儿子玩着变形金刚，爱不释手。

儿子长高了，像是瘦了，头发也长了，乍一见有些眼生，好像旧年的朋友意外重逢，思惟出现了短暂的空白。

儿子看着我，犹豫了一下："这个变形金刚是给我的吗？"

我直点头："当然，给豆豆，全部！"

儿子将其它玩具还给我，惟恐我会变卦似的，说："谢谢阿姨！"抱紧变形金刚，飞跑回小伙伴中间。

我愣在那里，好半天回不过神儿来。

阿姨拉过儿子的手，对他耳语："这是妈妈，要叫妈——妈！"

儿子看看我，后又看看阿姨，茫然地点点头，将一只小手递给我时仍显得迟疑不决："你是我妈妈吗？阿姨？"

我听到天空很响地打了一声闷雷，雷声隆隆滚过头顶，在远方回响。

我一把抱紧儿子："我是妈妈，我是妈妈呀……"

儿子哇地一声哭起来："妈妈回来了……"

托儿所在播放音乐，一个稚嫩的童音在忧伤地唱："世上只有妈妈好……"

我听着，苦涩盈盈于心，眼泪潸然而下。雨，好心地替我的动情作着遮掩，悠悠然寂寞而执意地下。我抱着儿子背着行李沐浴着多情多愁的绵长春雨往家走去……

晚上与儿子在床上厮杀。一会儿为儿子当牛做马；一会儿跟儿子学猪叫狗爬……儿子高兴地直跺脚，我也很开心。这天真与天伦使并不年轻的我变得光鲜可人，快乐无比；而这温馨与生命极致是别人难以体验的。

儿子与母亲，偶然中的必然，充满奥秘又透明简单的生命过程，不期然而又巧妙的契合，酿造了一个伟大的孕育与人生哲理，是轮回抑或延续，给人的启迪远非生命诞生本身之痛苦之欣慰之劳累之幸福所能包容所能比拟。

儿子的生物钟极准确，每到晚九点就犯困。这时只需替他打一盆温水，他会条件反射地搬来小凳，熟练却漫不经心地洗把脸，胡乱洗了脚，再应付差事洗洗被他称作"臭大家"的小屁股，倒了水，顺便在厕所淋漓酣畅一番，随手端回小尿盆，"拖拖拖"来到我和丈夫房门外，打着呵欠很西方化地道一声："爸爸妈妈晚安！"（高兴时会突如其来在我们脸上印上"巴叽"一个吻），全不顾大人是否听到或者回敬，便惺忪着睡眼东倒西歪走向自己的小房间，身后留下小拖鞋与地板相磨擦的很好听的脚步声。五分钟后这个两岁半的袖珍男子汉将告别充实丰满的一天，迫不及待走向他渴望的甜美梦乡。

往往这时我和丈夫会不约而同放下书或笔，轻手轻脚走进儿子的"宫殿"，面对着这个缤纷的小生命，思绪千种，感慨万端，体验着一种超然的安宁与纯净。情不自禁地会去亲亲他的小脚丫儿，碰碰他的小鼻头，捏捏他的小耳朵。生命如此辉煌这般丰富，那么三十多岁要孩子是否是对生活的一种误解抑或对儿子的一份冷落？

躺到床上，心潮滚滚难以成眠。花前月下的互诉衷肠，烟雨迷蒙中的比肩漫步，春日融融地拥抱亲吻，似乎都在为创造一个神奇构置一幅不可理喻又依稀可辨的宏伟背景，铺垫着未来的故事，生命便愈发在这背景中显出迷离与瑰丽，雄奇与博大。

丈夫同时很有内容地碰了碰我，我嘴角牵起浅浅的笑靥，却无声。

月光神秘地窥视着窗内的一对傻瓜，一言不发，惟恐碰醒这夜的情韵。丈夫挺诗意地夸奖我："生命的深刻来自于母亲的伟大，而你的不凡在于你对生命创造后的体味与感悟。"

心中流过如水的月光，我咬住丈夫耳轮，印上两排富有寓意的牙印儿。

丈夫的激情火一般窜起。

"嘘——"我指指儿子房间。

丈夫不管不顾。如水的月光被击碎，奔走着留下匆忙的一瞥。

疾风暴雨；大漠孤烟；长河落日；小桥流水；三月烟花；嘈嘈切切错杂弹，大珠小珠落玉盘；这次第，怎一个"爱"字了得？思绪如剪辑错了的影片，毫不相干，又互为关联。

丈夫很男人味儿地拍拍我的脸颊"我爱你，永远……

我别转脸倾听下文，丈夫似乎短了路，木在那里。

意识到丈夫的僵滞，已是几分钟后的事。

孰不知，儿子何时竟站在我们床前！"——爸爸，我要拉屎！"儿子对着丈夫雄伟的脊背愤怒呐喊。

……

丈夫迅疾扯一条毛毯很潇洒地缠在腰间，样子滑稽透顶而又一本正经。鼻腔里很无奈地叹息一声，然后弯下腰手忙脚乱摸拖鞋。

我把自己藏进黑暗，月亮知趣地蒙住脸。我里一层外一层缠裹自己，其实这缠这裹这藏这躲已无济于事，反倒更渲染了自己无法言说的窘境。

脸红心跳着，在被窝里想怒想笑，想嗔想叫，却终未找来借口。此时，儿子已将满屋挤压浓缩过的异味逼进鼻腔，沁入肺腑，我莫名其妙不合时宜地打了个嘹亮的喷嚏……

清晨，温暖的太阳照耀着万物生灵，城市慵倦地翻身起床复又陷入无奈的喧嚣与忙碌之中。儿子很客气地将丈夫唤醒，十分礼貌地将其驱逐到厨房，取而代之，躺在丈夫枕畔，像是欲言又止躲躲闪闪。小手却在我的脖颈上温柔地摩挲。一会儿儿子又将我的脑袋扳来扭去仿佛安装他的活动玩具，这一切的背后似乎潜伏着某种预谋，让人顿生疑窦。儿子审视我半天，终于陪着小心问："爸爸掐你的脖子，疼吗？"

我丈二和尚摸不着头脑。

但是很快联想到昨晚那销魂又沮丧的一幕，立刻吃了清醒剂般了悟于心："没没，不疼。"脸腾地燃烧成一团火焰。

"'这孩子他不听话'，看我打他屁股！"儿子佯怒，顺手抄起扫床笤帚追到厨房,瞄准丈夫臀部丰硕的区域"啪啪"挥了两下,回头向我邀功请赏,"'看你儿子表现不错'吧,我把爸爸揍哭了!"自豪与骄傲在眉宇间漾开,弥漫了小小面庞。

丈夫前呼后应地在厨房"呜呜呜"作恸哭状。我和儿子喜不自胜。

穿戴整齐,儿子突发异想:"妈妈怎么不穿裙子呢?"我想了想认真回答儿子:"穿裙子骑车会摔着你。"

儿子纠缠起来:"穿吧穿吧。"

好吧好吧,翻箱倒柜。穿。

儿子兴奋得满屋子乱跑乱撞,仿佛要去参加一个盛大宴会,宴会的中心人物是他,而不是妈妈。

生命在女人身上耕耘一遭,不会不留下蓬勃的痕迹。虽然丈夫一再强调自己的爱一如既往:"生了儿子,你才真正美丽成女人。女人只有脱了少女外在的脂粉气,才会真正显露出成熟的骨肉美。这时的你不仅是女人,而且是女神。"对他的诸如此类的论调我一概嗤之以鼻,然而我的腰还是不可逆转地粗壮了一圈,这让人心中很生出些颓丧与自卑。

站在穿衣镜前,儿子凑上来上下打量,最后下结论道:"妈妈穿裙子,真美丽!"

我差点儿感动得晕过去。

收音机在预报天气。气温骤然下降了10℃。我毫不犹豫坚定着自己,告诉儿子:"今天,妈妈穿——裙——子!"

儿子欢呼。

穿上裙子穿梭于城市的繁华与繁忙,感觉果然非同寻常,很青春很飘逸,很潇洒很美丽。感觉带我重温少女浪漫的旧梦,心态变得矜持羞涩拘谨年轻,对一切充满了好奇与向往。

儿子扯起一方揩鼻涕的小手帕,招摇过市,好似迎接新嫁娘的新郎,拥着幸福,兴奋得小脸儿直泛红光,小嘴唇不停地嘟嘟嚷嚷,直引得路人投下艳羡与嫉妒的目光,怅然远去或驻足凝视。

城市虽然的确冷嗖嗖袭来了西伯利亚寒流,我的身心却因了坐在车后的儿子那火炉般熊熊燃烧的热情的炙烤,变得温暖如春。儿子,不,我的小王子,这一个生命的诞生令我感触到若梦若幻如歌如诗般的陶醉与沉迷。一种说不出的情绪,鼓荡着我爱的红帆,柔柔的春风撩拨着我的心绪,我充满自信地驱车前行,似在跨越一次生命横杆……

天气很冷,心情很暖。我的心就在这冷风裹挟里在这热情炙烤中熔化了……

熔化成一种永恒,熔化成一种美丽。

耳朵去世了

一波三折，儿子过关斩将般一步步接近小学校门槛。如今生活节奏加快，但小学生报名手续反而繁琐起来，诸如要携带父母双方的户口簿、购粮本、住房证，其次是孩子的户粮关系、婴幼儿健康接种卡，就要大功告成了，在年龄上又卡了壳。儿子比规定年龄差了三个月又十六天。校长说，差一天也不能收。

有好心的老师暗里透露，要么改改户口，要么多交点钱。丈夫心眼实：改了户口你们也知道年龄不够，和我现在明白告诉学校有什么两样？不一样，年龄以户口为准。丈夫说，这世道逼良为娼，犯错误还讲究技巧。

最后我与丈夫达成共识：交钱。不用欠着求人时那一份无法偿还的人情，更不用委屈了孩子想与人平起平坐的愿望——他的同龄人改了户口都报上了名。

一千元！掏钱买一年的时光，值！阿Q们都会如此自安自慰！也有一点私心，儿子上了小学，大人能够得到解脱，从出生到上学，整整六年，呕心沥血，度日如年。

却不然。第一天儿子欢天喜地背着新书包上学，等我下班去接时教室已空无一人。老师说一小时前放学走了。大热的天攥出两手冷汗。找遍孩子可能出入的宽街窄巷，哪有儿子的影子？灵机一动，许是丈夫接了？飞快骑上车，一路呼啸着找公用电话,拿起电话时猛然想起:丈夫在外面开会。传媒告诉大众的孩子被拐卖的悲剧故事一幕幕浮现眼前,我已经预感到大祸临头。

疲惫地往家赶,却不知如何上的楼。

妈妈——儿子蹲在门前,像一只肮脏的小狗。我一句话说不出。只是长长地长长地吐出一口气!

晚上跟丈夫复述这场惊险:四站地,四站地啊,儿子第一次去那一所小学,居然自己走回了家,找到了家!

儿子见到我时说了这样一句话:看我,够伟大的吧?!

丈夫说,既然他能找着路,就让他以后坐汽车上学,省得我们接送。千里之外的外祖父听到这个消息,一通责骂后,我也只好死了这份想轻省偷懒的心。

于是便觉得让孩子早上学一年,实际上是自寻烦恼自讨苦吃。

远没有这么简单。

做算术题,老师说,先飞来五只鸟后飞来三只鸟一共有几只鸟?答案简单明了:八只。儿子未举手就抢先站起来反驳:五只。后面的三只鸟飞得慢。

做手工时,老师发了手工材料,剪贴成小房子白天鹅课程表。儿子余兴未尽,连同书包衣服口袋都当了手工材料,超额完成了手工作业,背着布满大窟隆小眼睛的新书包回到家,儿子还得意地拿出他的艺术品向爸爸妈妈炫耀。

麻烦还在后边!

家庭作业每天要家长签意见,等他睡了去检查他的作业,发现每一页都画满对勾,还模仿了老师笔体歪歪扭扭打了一百分。

我气咻咻拿了作业去问丈夫:我们小时候哪是这样!丈夫看了我一眼,不置可否。

考试极频繁,至今各门功课加起来考试不下二十次,每次考完问怎样,答曰:一百分。但是到今天为止尚未出现奇迹——考过一百分。儿子也苦恼,再遇考试问他成绩如何,他就十分谦虚地说:九十九分。等卷子发下来,仍未兑现这个诺言。需要补充一点,刚才接到儿子从学校打来电话:数学考了一百一十分,满分。

晚上儿子回到家里,一连打出去四个长途电话,告诉我远在天南海北的亲人,他考了个满分:一百一十分。儿子说:我考了满分心里真甜,晚上我会高兴得睡不着觉的。儿子为自己的努力结果欢欣鼓舞。丈夫花了五毛钱将这张卷子复印一份作永久保存。

儿子是个小学一年级学生了,而做了父母的我们仿佛也退回了三十年,重新体验那段淡忘的生活,有时激越有时平和有时荒唐有时快乐。

现在儿子开始学造句。老师要求用爸爸、妈妈、耳朵分别说一句话,并写到拼音本上。

儿子托了腮苦思冥想,最后一笔一划将造句写到作业本上。不会写的字注了拼音。

爸爸:爸爸是妈妈的爱人。

妈妈:妈妈是我的 Bǎo hù shén。

耳朵:耳朵去世了。

童言无忌

在父母面前,孩子们总会提出种种奇思妙想。比如,儿子说,我不想 1989 年出生,我要出生在唐朝。

深究,方知儿子最近学了孟浩然的《春晓》。儿子一方面发誓要做古人,以表达对古人的敬仰;另一方面又毫不留情地开着古人的玩笑。举个例子:《春晓》让儿子一读,就变成了这样——"春天不洗澡,处处蚊子咬。夜来龙卷风,吓得李白跑。"儿子陶醉在令诗仙气绝的顺口溜里,只几日,这顺口溜竟不胫而走。

出生年代以及属相问题困扰着儿子。但儿子自有其解脱的办法。坐火车探家,旅途中儿子结识了一校友,人家曾在他现就读的小学里读过三年书,如今已是某大学二年级学生。儿子惊喜,说真巧,我也二年级。俩人迅速打得火热,座位调到了一起,交流食品饮料。儿子趁机将校友的档案材料刺探一番,校友也想得知儿子的有关情报。儿子落落大方有板有眼地"答记者问":本官生于公元 689 年,现年是 1997 年,减去 689 年,等于 1308 岁。我在心里盘算,公元 689～740,不正是孟浩然的生卒年限嘛。

儿子又说,猜我属什么。属蛇?蛇不好。属眼镜蛇差不多。看过《狮子王》吗,我属那里头的狮子。狮子多厉害,咔,咔,咔(儿子站到椅子上,竖起手掌,踢腿,转身,配音,耍了一通,险些冲到椅子底下)。考考你,狮子一天需要多长时间睡眠?小兔呢?牛呢?校友大摇其头,连声说:不知道。计算机专业不学这个。儿子于是又一番"胡言"。

这并不可笑,每个人的童年都会有这样的经历:异想天开,毫无顾忌。那是生命走向成熟的一种自觉充填,只是不同时代要求充填的内容不同而已。

儿子最终告诉校友:记住我的名字,我说慢点你记快点,我叫杨—李—白—杜甫。儿子心满意足,父母无可奈何。

在李白杜甫的国度里,进行传统文化熏陶必不可少,但"狮子王"的渗透却也防不胜防。生长于这个时代的孩子,既不拒绝古典,亦热衷现代。

弹奏人生

儿子五岁，身心发育良好。儿子坐在钢琴前，显得过于幼小，而钢琴像一座山愈发的雄伟高大，这一小一大看上去极不协调。

钢琴的旋律十分动听悦耳，要想使儿子也能驾驭这庞然大物，不知该付出怎样的努力。

儿子从幼儿园回到家，先洗手喝水，然后端坐在钢琴前长长吐一口气，似在放松紧张的情绪。接着一双小手不停地敲击黑白琴键，叮叮咚咚的乐音顿时溢满屋子，一小时后这音乐的轰鸣才能归于平静。此时自鸣钟指向晚八点，儿子走出小屋，饭菜已经摆在桌上，儿子简单吃完，才能像正常孩子一样做自己想做的游戏。至九点，看着儿子略显倦怠的小脸儿，我带着慈爱的口吻说："儿子，洗洗早些睡吧，明天还上幼儿园……"

儿子打着长长的哈欠，懒懒地洗漱。五分钟后再来看他时，儿子已酣然入睡。

这时我就自责：何苦赶这种时髦，大人孩子都套了枷锁般毫无自由可言。我也曾试探儿子："钢琴送人吧，那样可以随心所欲地玩，假期还可以去海滨城市度假。"儿子望着我的脸，确认我不是开玩笑时，泪水一点点涌满眼眶："妈妈，是不是我还不够勤奋?我要好好弹,琴别送人。"以后的几天,儿子果然练得很卖力。

我踌躇。

儿子毕竟只有五岁,发了誓不过三天,他照样贪玩。下午我去幼儿园接他,他死活赖着不肯回家,软磨硬缠地求我:"妈妈,今天放假一天,不练琴!"看我面无表情,又改口说:"我想玩一个小时,半个小时行吗?"

我硬起心肠说:"半小时!"

儿子获特赦般雀跃着去打滑梯了。

这才是儿子的生活啊。

老师说,孩子一旦选择了钢琴,就注定将会失去快乐的童年。但是,他一定会拥有幸福的晚年。音乐会使人受益一生。

我不怀疑。但是这断言过于残酷。人生苦短,钢琴连接的是生命的童年和晚年。这不能不使旁观者喟叹。

儿子面对钢琴老师时,更多的是拘谨和慌乱。老师有足够的经验和耐心调教各种各样的顽童和学生。但老师也有喜怒哀乐,高兴时,便夸儿子真聪明真伶俐;儿子弹错时,老师会毫不掩饰地说:你真笨,再找不到你这么笨的孩子了。我站在老师和儿子身后不禁想:也许选择钢琴本身是家长的不明智,但接受指责的不该是五岁的儿子。

夜幕四合,我骑车带着日渐消瘦的儿子,走在城市的路灯之下,那夜路向远方无限延伸,不见尽头。世上的路有千万条,为什么儿子没有选择的自由?何况,还是在开始……

儿子突然对我说:妈妈,你打我的手吧,我没弹好。"

儿子将一双小手举在我眼前,我鼻子一酸,模糊了视线……

　　我并不指望儿子成为钢琴家，但我也绝不扼杀儿子的音乐天赋。通过练琴我想使儿子懂得：世上任何一件事想干好都非轻而易举；反过来，任何人也未必能做好所有的事。我们试着寻找适合自己的路，我们在寻找的过程中总要付出代价。但我们不能丧失信心。

　　想到这儿，我对儿子的歉疚多少有些释然：望子成龙固然可喜，然而做一个普通人并为社会所必须同样重要。

　　弹奏黑白琴键的人生是辉煌的，但能做到黑白琴键的默默无闻扎扎实实不也是一种人生吗？正如路灯并不光彩夺目，但却为赶夜路的人带来光明。

世界

那一天,我在面对电脑专心地写一篇文章,儿子来到我身后,口气郑重地说,妈妈我要请教您一个问题。我头也未抬随口应道,请讲。

儿子哗哗地翻着书,然后说,什么是情人节?

我的文章正写到投入处,儿子所提问题,我几乎没有听清。为了掩饰这种心不在焉,我装作思考的样子,说,请把问题再重复一遍。

儿子走近我,提高了嗓门说,什么是情人节?

我吓了一跳,不停击键的双手下意识地停了下来。以中国老百姓的观念来看,儿子所提问题实在是有几分严重了。儿子只有八岁,居然提出这类问题,老实说我有点吃惊,联想到不久以前老师所说的一些事情,我真切地感觉到不能再对儿子等闲视之了。

但我没有惊慌失措。我将身体转向儿子,态度认真地反问,你怎么理解呢?

儿子眨眨眼睛,胸有成竹地说,情人节,就是接待外宾的节日。

我差一点笑出声来。

儿子的表情相当严肃,这表情让人误以为他在思考一道数学难题。儿子在等待我的评判。

我收敛了脸上的笑意，歪着头，斟酌一番后说，你这样认为我想一定有你的道理，那就权作这样的理解也无妨。

儿子盯着我的眼睛审视了半天，确信我并无搪塞的意思，就决定在这个问题上不再予以深究，旋即，儿子抱着书走开了。

我悬着的心这才落了地。

其实对这一类问题我本不该大惊小怪，儿子也不是没有考验过我的承受力。不久前，他曾就电视上的广告词以及电视剧中的某些镜头跟我作过探讨，比如，什么叫梦中情人，为什么叔叔总爱掐阿姨的脖子？儿子对前一个问题百思不解，但又想独立解开这道难题，于是皱着眉头思索了半天，最后很勉强地认定，梦中情人，就是一个人在梦中见到了最好的外国人。我不想对儿子的解释作出任何成人化的判断，不管这解释多么荒唐离奇，多么滑稽可笑。

但是我必须有自己的判断，否则这场讨论就会无边无际无休无止。细心的读者大概已经注意到，儿子解题总喜欢在外国人身上打主意，我估计这与我丈夫经常与外国人打交道有直接关系。记得当时我是这么对儿子说的：你的解释可以成立，甚至能入新华字典，可惜——我话说一半立即打住。在保持了几秒钟的静寂后，接着，是我和儿子的会心微笑。第一个问题就算有了结论。

关于第二个问题，儿子仍然穷追不舍刨根问底，我知道回避是不可能的。但我一定要措好词，回答还要巧妙，而且不能简单得类似于一加一。如果说回答这类问题令我绞尽了脑汁是一种夸张的话，那么要想不费吹灰之力就能把一个八岁儿童应付过去,也纯属是一种痴心妄想。

为了节省文字,我还是直接说出我当时对问题的解答吧。我说,叔叔之所以那样对待阿姨,主要是为了表示一种友好。我在回答问题的当儿,似乎是为了验证答案,电视上不失时机地上演了一男一女亲昵的镜头。儿子立刻将眼睛聚光,而后如释重负地说,果然。

我也如释重负。

在以后的岁月里不可避免地会遇到这些成人生活镜头,但儿子一点也不一惊一乍。有一次去公园,一对青年男女在假山上的小亭子里互相依偎,我们在湖里荡舟,不知怎么儿子发现了山上的景致,但他没有声张。等我们上了岸,儿子若有所思地自言自语,为什么两个人友好还流眼泪?我被问愣住了。儿子朝假山上张望,一副牵肠挂肚的模样。顺着儿子的目光,我只看到了一个人的背影。

在儿子的世界里,一切充满了新奇,一切充满着疑问;他被新奇所吸引,他为疑问而苦恼。于是儿子想当然地以为,父母就是百科全书,父母所说就是标准答案。

儿子翻出我和丈夫的合影相,仔细端详,然后颇为不满地红了脸大声质问,为什么你们友好,不让我友好?

这时儿子需要的不是解释,而是一种安慰。最简单的做法是,将他置于我和丈夫的中间,对着穿衣镜说,准备——咔嚓,一切问题迎刃而解。

然而,儿子的生活并不局限在我们的小小家庭,只要走出这个小家就有许多要求来规范他的言行,或者说,一个孩子要没有自觉规范自己言行的习惯,你就不知道他会做出什么有悖于常规的事来。

这使我想起了老师曾向我提到的关于儿子的问题。记得是在一个下午的放学时分，天阴得很重，远方不时有雷声滚来，似有大雨降临。老师将我拉到楼梯的角落，我注意到她的表情有些神秘，因为正常情况下她应该请我到办公室而不是在一个旮旯里。她说，我得跟您谈谈。说话的时候，她的目光不时向周围扫来扫去，惟恐有人突然而至泄了密一般。

事情是这样的，老师说，前不久，他亲了一个女同学的脸；今天他又亲了一位男同学的脸(他，是指我儿子。作者注)。因为有同学告状，所以我不得不向家长反映一下情况。

我听出来了，老师的谈话包含两个意思，一是我儿子有了情况，二是老师对儿子曾经比较爱护或偏袒。

最后，老师夸奖了我儿子，说他本来是个不错的孩子，成绩一直挺好。言外之意，是要我们共同帮助他别滑向泥坑，健康成长。

当时我一直保持洗耳恭听的姿态，老师谈了很多，中心思想是对该生要慎重对待，不可掉以轻心。

告辞的时候，我才突然注意到天已经完全黑了，地上汪满了积水，雨，在哗哗地下。

回到家里，儿子埋怨说，妈妈你不守时间，说好了去接我结果根本没见人影，看看，衣服全湿透了，还有书包鞋子。我张口结舌。

吃晚饭的时候，我感到气氛比较轻松，就想把话题作某种延伸。我这样做的目的是想让谈话双方都解除随时可能产生的心理压力。我询问了孩子的学习情况，最怕哪位老师，最推崇哪位同学，甚至还一起研究了要不要对他们"勒鸭子"的游戏规则作一番改进。儿子的谈兴很浓我觉得此时即便说了他什么不好，比如重提那次数学"偶尔考了个倒数第九"（引自儿子的话，作者注）恐怕他也不会生气。时机已到，我迅速将谈话直接切入了正题。

我先问了那个女同学在班里表现如何，儿子说，不错，外表看她笨头笨脑的，实际上很智慧（智慧，这个词儿好。我立刻表扬了一句）。儿子接着说，她办板报，都是自己画插图，还会写美术字。她会写楷书隶书等等好几种宋体字（儿子将楷书隶书统统划归宋体的势力范围，应该说在书法界是一个独创），而且写得又快又好，所以我觉得她挺可爱的。老师表扬了她好几次，所以我就把我的一支自动笔送给了她。我还亲了她一下。不知为什么她又给我告了老师，结果呢？嘿嘿，老师也没批评我。

我又问了那个男生，儿子的表情立刻变得生动而富有色彩。儿子说，他简直太可爱了，个子比我矮半头，走路一扭一扭，平时说话声音又细又小，像个小女孩。别看他在我们班年龄最小，可每次考试都名列前茅。尤其是这次期中考试，你猜他考多少分？我故意猜得很低，然后一分一分往上加，直到最后儿子控制不住地要说出谜底。儿子说，双百分儿啊！这时我就做出十分惊讶的样子，以使我们的谈话得以深入和继续。妈妈，你说他厉害吧！我知道这是儿子对同学由衷的敬佩和赞叹。我不停地点头，表示我与儿子想法一致感同身受。儿子显得非常激动，说，我想向他表示我对他的祝贺，可是老师在班里都已经祝贺了。没有别的办法。可我一定要表示我对他的尊敬。

　　儿子的情绪又低落下来。儿子说，他却生病了，好几天没来，今天他来了，老师说，他还没有完全退烧。下课以后，我去摸了摸他的额头，真的很烫。我觉得他的样子挺可怜，就把我小水壶的水倒了一杯给他喝。喝完水他卧在桌子上休息，我亲了他一下就又上课了。

　　如此严重的问题，经儿子这么一说，我感觉到先前的绕弯子实在大可不必；老师的那种神秘以及担心显然也有点小题大作。

　　那么，关于情人节的探讨也无须大惊小怪，你可以回避这个字眼儿，但你绝对无法回避现实；不信，你打开电视，或者翻翻书，你就一定会看到孩子所提出的种种问题——而且你定然难以回避。

　　成人在规范中生活习以为常，但孩子的生活却总要打破常规。

　　本来要做的文章却无法做下去，儿子捧着一本书正读得津津有味，对于他来说，情人节只是他所不知晓的众多问题的其中之一，弄懂它或者弄不懂并无引起他的特别注意，但是，他始终对"为什么"感兴趣，且总是渴望走进成人的世界里，而他却不知，自己的世界五彩斑斓，圣洁无比。

　　那个世界缘于儿童无拘无束无穷无尽纯洁无暇的丰富想像力。

儿子所关注的婚姻

吃完午饭，儿子扎了围裙主动抹桌子，洗碗，擦地板。我和丈夫坐到沙发上欣赏着儿子忙碌，觉得挺享受。

这时，儿子发问：舅舅为什么不结婚？

我和丈夫对望一眼：这话从何说起？

儿子从厨房探出身子，腰里的围裙松松垮垮一直拖到膝盖以下，认真的神态和滑稽的打扮让人忍俊不禁。儿子一手拎了锅耳朵，一手举着洗涤剂，又问：前一段不是嚷嚷着舅舅要结婚么？怎么现在又没动静了？

现成的回答是：大人的事，小孩儿不要管。可话到嘴边，我又改变了主意：是啊，为什么不结婚呢？你是联邦调查局的，要不打个电话调查一下事故原因？

弟弟到了谈婚论娶的年龄，且孤军奋战在南方，全家关心本是好事。可儿子毕竟不到十岁，俨然以大人的身份问长问短，让真正的大人感到，仿佛被剥夺了特权似的不平而又不满。

儿子说：我看那，舅舅既然现在没结婚，干脆也就别结婚了。

这话听了让我觉得刺耳，按孔子的意思说：这是犯上。心里免不了暗暗积聚愠怒。但脸上仍平静如水，我想探探儿子还有什么险恶用心。当然他若继续胡言乱语，我将保留对他实行制裁的权利。我爱弟弟，我不允许儿子对他出言不逊或者态度有失恭敬。

儿子说：我的意思，是一辈子不结婚也不错。

我说：恐怕不行。

儿子说：怎么不行？一生献身工作，那才了不起呢！

真是一派胡言！

知道诺贝尔吧，一生没结婚，献身事业，最后把全部遗产三千三百万瑞典马克留下来，设立了诺贝尔基金会，到现在为止，诺贝尔基金每年的利息就是一百万美元。儿子大言不惭，好像他是长辈，在教训自己不懂事的儿女。

从一桩没影的婚事扯到诺贝尔，你还真不能低估一个孩子的想像力，这时的谈话弥漫着理想主义气息，让人的心灵瞬间变得高尚起来。

我酝酿的怒火渐渐熄灭。

我得承认，我的脸上和心里都开始松动，原来儿子并没有恶意。我又问：那么，你将来是否也打算当一回诺贝尔？还有，你的这种打算和安排，舅舅同意么？

儿子说：舅舅的问题简单，我给他打个电话不就解决了？！至于我嘛（还至于呢，真是煞有介事，我在心里嘟囔），我打算献身科学，用一生的精力研究蛋白质的分子结构写出它的分子式。

不知儿子从哪里看到了一条消息：说蛋白质的分子结构和分子式至今尚未研究出结果。所以儿子发起誓来立刻有了凭借。

虽然如此，我仍感到振奋。这样伟大的理想，到目前为止我还从未萌发过。我真诚地祝福儿子：为了你的蛋白质和分子式，请允许我们向未来的杨氏诺贝尔表示敬意和钦佩！

接下来的谈话肯定风趣。但是——

儿子说：但是，我必须结婚，我不打算孤身一人生活。比如，像楼下刘奶奶，老了，身边也没有一个自己的孩子来照顾，太可怜了。我得娶妻子，还要生好几个孩子。

我故意逗儿子：准备当幼儿园园长？光照顾孩子和妻子啦，还怎么搞科学研究？

不，我一个月回家两次，看看孩子，料理料理家务，其它时间都在实验室搞我的课题。儿子的态度十分果断，想法好像已是深思熟虑了的。

我还是被儿子的想法震慑了。毕竟这一切对他来说太遥远了。对于婚姻他懂什么？比方说吧，邻居有一对双胞胎儿女，有一天邀了儿子出去玩耍。回来的时候，看得出儿子玩儿得很开心，头上脸上背上都是汗，若不是天已经黑透，怕是不会主动回家的。但他兴犹未尽，和小伙伴另约了时间，改天再玩儿，非要尽兴不可。晚饭时胃口不错，不断地说着笑话，最后说，我看他们兄妹俩倒挺合适的。丈夫停了咀嚼，问：干什么合适？儿子将最后一口饭扒拉到嘴里，含混不清地说：结婚呗。我抢过话头说，他们是兄妹，是一家人——还未等我将话说完，儿子又抢了我的话头，说——所以他们结婚最合适，比如您和爸爸不是一家人么，你们就结婚了不是？不过他们兄妹一结婚我就惨了，没人和我结婚，我不就成了光杆司令啦。看看，看看，这就是儿子眼里的婚姻。

真正意义上的婚姻家庭和未来，包括前途事业，以一个孩子的心智其实是无法洞悉的。但我又想，他所洞悉的东西也许比成人实际经历的要美好、神圣。如果用一个贴切的词来形容他的行为，我想应该叫"关爱"。对所爱的人给予特有的关爱，在给予中自己获得一份幸福。这样来解释他的行为我想丝毫也不过分。虽然他在这样做时自己并未觉察到，但我实实在在地感到了事情所具有的意义，而且他以后还会这样做下去。

我愿意我的儿子能更多地关心书本，功课，甚至游戏，但是我也明白，儿子的生活中不仅仅拥有这些，对于未知的一切他可能更热心于介入或者参与。当他介入或者参与了这些生活时，给成人世界带来的除了活力，我想，还会带来一些让人意想不到的东西。那是什么呢？

儿子肯定会告诉你。

儿子叮叮当当洗涮完毕，站到我们面前时，头上脸上，胸前袖口都湿淋淋的。对此我们毫无责备之意，相反用了赞赏的目光去抚摸儿子。

儿子倒有些不好意思，嗫嚅地说：这是劳动的痕迹。儿子的话援引自某一本书主人公安利柯的父亲。我马上将书中人物的对话续接下去：劳动不会生出脏东西来，并且他身上所沾着的东西，是工作时带来的，不管沾的是什么，决不脏。

儿子偎过来，似乎在表达一份感谢。说：将来我长大了，成了总统或者著名科学家，外国邀请我去讲学，我一定要带着爸爸妈妈去。

多么善良的孩子！但我的想法却无法脱离现实：一般来说，出访都是携夫人孩子，哪有带爸爸妈妈的？我认真地说。

儿子瞪大了眼睛说：从我这儿开始，一律规定：出国访问必须带爸爸妈妈去……

如果他是婴儿，我会俯下身去，怀着无限爱意去亲吻儿子，可是他长大了，虽不能像对一个婴儿那样表达，但那爱却是不变的，直至永恒……

数学与兴趣同等重要

假如有一天，你上小学的儿子拿回一张数学成绩单，上面赫然写着：二十八分，倒数第一名。作为家长，你会怎么办？愤怒，斥责，安慰，体罚，无所谓，鼓励，惊讶，沉默不语，等等等等，所有的作法和想法我都表示理解。但是这个二十八分，却无论如何是难以更改了。

不错，这是我的一次真实经历。使我获得经验的人，是我的儿子。那时他上小学三年级。

现在有必要说些题外话，因为这个二十八分对我的刺激太大了。

我比较好强。我也对别人的品行作过诸如此类的评价。我个人认为，人们之所以对"好强"产生兴趣，一是因为它体现了大众对一种行为方式和品德的普遍首肯或具体认知；二是因为它体现了一位伟人谆谆教导的千真万确，原话好像是：世界上怕就怕"认真"二字，共产党就最讲认真。也许，做了父母的我们，虽然有一些不是共产党员，但他们为切实尽到"第一任老师"的责任，做什么事都极力地自觉坚持认真的原则。而且也确确实实尝到了认真的甜头。比如我，因为认真，做成了一些事，当然也品尝过失败的滋味。这是后话，此处不提。

对于我来说，最大的失败莫过于学了中文。年轻时，我是偏爱理科的，但是阴差阳错，数理化远离了我，我的工作却越来越不可逆转地亲近着文科。我不否认,文学(最终还是跟文科沾亲带故)曾经甚至继续给我带来了一些意想不到的东西,比如名利,但是,却不能因此消解我放弃理科所经历的失落和痛惜。那是少年的一种追求吧。

我的丈夫以及丈夫的父母都和这"文"打着纠缠不清的交道,为此半辈子或一辈子地奉献热情。当然也为此吃了不少苦头。这跟时代有关,这里按下不表。

所以,我们有一个共同的愿望:将来,儿子一定要搞理科。

儿子肩负使命叩响了生命之门,从诞生之日起,就注定了必须学会放弃一切与父母相左的爱好和向往的命运。一个国家一个民族的振兴首先要使民众胸怀希望,并且在将希望变成现实的奋斗中唤醒民众敢于牺牲个人利益,面对艰险和牺牲勇于赴汤蹈火前仆后继在所不惜的精神。那么一个家庭或者一个家族,对一种理想的追求同样要有所承袭,要由个体的生命作连续的攀登,这样理想才不致最终演化为乌托邦式的虚妄幻想。当然每一次攀登都要付出代价。

就靠这二十八分吗?

我和丈夫各怀了一份焦急、忐忑,面对着不知深浅的儿子,说什么呢?其实有许多话要说,说了,谅他小小年纪也无法理解。我们陷入了自我设计的悖论之中,进退两难。

那一夜,我失眠了。

我审视自己的真实面目:表面上我对儿子的要求是——甘居中游,这样儿子会学得轻松,玩得痛快,真正拥有一个快乐的童年;内心里我对儿子惟一的一次考试失利都看得比地球毁灭还要严重。我究竟怕失去什么,是别人对儿子的轻看?还是自己的面子?还是想用自己的夙愿来左右儿子的一生?

无论我以什么理由为自己辩护,都无法改变我对自己的厌恶,因为我是个多么自私的母亲啊!儿子替我实现了理想将是我的一份荣耀,而儿子失利的难堪和苦恼却要由他独自承担。

我从不过问儿子的功课,但我自负地认为,他能学好,我们小时候没有人来管,不照样取得了不错的成绩吗?那虚荣心所包含的实质内容是:一旦儿子成绩优异,毋庸置疑,它来自父母的优秀遗传基因。而眼下,儿子的基因继承了父母的遗传无疑,可是为什么却考了二十八分?

我们忘记了一位智者的忠告:天才来自于百分之一的聪明和百分之九十九的勤奋。我们还可以将此话理解为:仅仅有百分之一的灵感而不付出汗水,只能使聪明者变成白痴。

如果不是二十八分的提醒,我们能做如此深刻的反思么?

我们将那张具有历史意义的试卷摊在饭桌上,和儿子一起,各执一支笔,逐题演算起来,虽然那些题很简单,但我们对此没有表现出一丝一毫的轻视,而是怀了小学生才有的真挚专注的神情,计算、誊抄、检查。

那张试卷,我们签字时写了分析意见:

第一题基本概念不清;第二题,由于审题不仔细,导致会做的题反而做错;第四题,漏做了,说明平时学习马虎已经养成不良习惯,应引起家长注意;第六题,只做了一半,思路正确,但缺少灵活性,说明知识掌握得过死……

儿子根本没有觉察我们对二十八分的种种思考、担忧和焦虑。

这就是被儿子戏称为"家庭数学研究所"草创的背景和雏形。其实这个研究所的触角何止局限于拥挤狭窄的家里呢？上学要路过一个商场，我会就地取材因材施教：商场的一面墙全部采用玻璃来装饰，分一层，两层，三层四层，一、三层各用相等的玻璃六块，二层比一层少用一块，四层比二层少用两块，这面玻璃幕墙共用玻璃多少块？我们的研究课题在向外作无限延伸；

到公园，路遇一位小女孩，我们随即编一道题：她三年后和你现在的年龄一样大；你和她现在一样大时，她才三岁，你今年九岁。请问：她今年几岁？我坚信古人说的话：世事洞明皆学问；

我们去文具店：我说，大本五毛，小本两毛，买四个小本子，三个大本子，给售货员五块钱，应该找给我们多少元钱？也有人说：功夫不负有心人，铁杆亦能磨成针。

儿子饶有兴趣地听着，嘴里不出声地计算着，或错或对，倾听的我获得的都将是一种交流的幸福和响应的满足。

儿子的奥林匹克数学考试再度失利，受到打击的不再是父母，而是儿子。

儿子给老师写了一封信，表达自己想继续留在奥班的愿望。并总结了自己失利的原因。那是儿子最苦恼的日子，整整两星期。

但是最终，老师答应了孩子的请求：不过只能旁听，而且不能列入正式生名单。

儿子大喜过望。他在日记中写道：

我的理想是长大了当一名数学家。学好奥林匹克数学，就是为将来实现理想打基础。我要做到：不懂就问，勤奋好学，不能像过去图省事抄答案，也不能因为打球常常误了上课……

竟在不知不觉中，儿子对数学产生了浓厚兴趣，且经常拿奥赛的难题来考我们。丈夫被考得一塌糊涂时，并不气馁，而是用了当年研究甲骨文和竹简的认真劲儿一遍遍地演算，推理，分析；当然若是儿子做错了题，我们并不直接指出错在何处，而是装出不明白的样子主动虔诚地拜他为师，并像个不开窍的学生似的反反复复地问：教授先生，这是为什么，那又是为什么，直到"教授"自己发现了错误，并反过来提示我们，以后不能在诸如一二三方面出现问题等等。数学研究所对儿子产生了无法描述的魅力，在这种氛围里，学习还能成为负担吗？即便会遇到很多困难，儿子所具有的是战胜困难的信心，绝不会是苦恼。

在区奥林匹克数学选拔赛的考场内外，有两支队伍颇为引人注目：一支是数千名小学生组成的参赛队伍，另一支是由家长组成的阵容壮观的慰问队伍。前者通过竞赛，将选拔出二百来人到区奥班进行学习培训，并为迎接 2000 年全国奥赛做精心准备；后者是与考生有着血缘和各种亲缘关系的庞大家族成员——比如爷爷奶奶姥姥姥爷父亲母亲姑舅表姐表弟之类，儿子的一位同学竟去了十三位亲属助阵；我和丈夫未能莅临，而是躲在家里捧着菜谱研究京酱肉丝的烹调方法，等儿子考完后自己回到家里，亲口品尝到一直心仪的菜肴时，我们才后悔不迭地问儿子：怪爸爸妈妈没在考场外给你壮胆吗？儿子说:不,这样我反而没有负担,要不你们又得嘱咐一番,要求这样那样,心倒要乱的。

对于孩子,学什么,什么重要,并非是使之真正能学好的关键,无论学什么,要想学有所得,甚至成为终生的事业,靠的不是它的深奥或浅显,热门或者冷僻,实用或者形而上,而是兴趣。在学习中获得乐趣,那么你就有理由宣称:我是世界上最幸福的人。

儿子考上了区奥班,第一天上课走前,儿子感叹地自言自语:我真幸福啊!

为什么要当和尚

事情虽已过去，但我的大脑将其刻下了印记。因为记忆的提醒，我常常会责备自己。虽然这种自责，孩子难以觉察。

那天，儿子放学后照例坐到书桌前埋头写作业。桌角上一只小闹钟马不停蹄在奔跑。因为闹钟的奔跑和催促，儿子的作业写得飞快。

往常，儿子完成作业后会大喊一声：妈妈，写完了！那一声喊，具有摆脱了一切艰难困苦后的轻松和侥幸，也是在表功。但是今天他一声未吭。

我能猜测出他一声不吭的原因。两天前，我曾非常严肃地跟儿子谈过一次话，并表明了我的态度：那就是将他送到乡下，然后我从贫困山区领养一个孩子并发誓将其培养成材。理由很简单：儿子身在福中不知福，到学校不是为了读书，好几次只顾打球而忘了上课；做事磨磨蹭蹭，该睡时不睡，该起床起不来，忙乱中，不是找不着袜子，就是忘带课本；有一次老师检查家庭作业，作业本不见了，被老师视为未完成作业罚抄十遍课文。儿子当然不服：我作业完成了。苍白的申辩能说服谁？急中生智，当众将书包倒个底朝天，以洗清老师"强加"的罪名。果然，作业本儿不在。这真是一次致命的意外。但是，早上失踪的袜子于众目睽睽之中不期然登上了大雅之堂，结果可想而知。笑得最响亮最无所顾忌的是谁？还能是谁？当然是那个制造笑声的人儿。老师有理由让儿子做出检查,同时,要求家长写一份证明文字,以核实儿子是否说了假话。

儿子振振有词:我作业本忘记带了,不是没有完成作业故意不带,本人可从来没有不完成作业过呀。似乎自己蒙受了奇耻大辱。

我对老师的批评十分拥护,甚至以为是对家庭教育助了一臂之力。面对孩子的振振有词,家长与老师往往极容易结成统一战线。但证明必须写得实事求是:作业系按时完成,非后来所补。

儿子的检查写了四遍,尚未通过,至第五遍,不得不求助于我,说:给我找本书学习学习,到底应该怎样写检查。

我真的起身到书橱里乱翻一气,心里清楚这样的翻找定然毫无结果,但要做做样子,并且不能给孩子造成敷衍塞责的印象。之后,我郑重地摊开双手说,据我所知,目前还没有这方面的专著,如果有,必须请一个人来杜撰。

儿子来了兴致,问:谁?

你。我说。

我哪儿行?儿子谦虚起来。待到儿子反应过来,他的脸红了。

跟儿子谈话的那一天,我不想历数这些曾经的过失,结束谈话前我特意强调了一句:希望我们都能认真考虑考虑这件事,你还有什么想法,考虑好了,可以随时找我谈。

实际上那只是一时的闪念,真实的想法是:连自己的儿子都教育不好,还有资格去培养谁呢?但,还是觉出这个念头具有一定的实践意义。不敢保证一定起很大作用,但只要能起作用我决不放弃尝试的可能。毕竟他才九岁，不尝试又如何得知哪种方法对儿子更有效，最适合？从这个层面上来理解"可怜天下父母心"这句话似乎更有意味。此外，我以为适当地吓唬一下孩子并不为过，即使从法律的意义上讲，我认为并不触犯《未成年人保护法》。

儿子对《未成年人保护法》情有独钟，他是我们家庭中目前最重视贯彻此"法"的第一人。比如在你气愤至极想对他动用武力时，他的法律意识会像六月的雷雨一般呼之即来，瞬间将你的愤怒击垮、冲淡、熄灭，并毫不费力地将你举起的手牢牢地控制在半空中。他说，打人犯法。他说，有话好好说。他说，大人就会欺负小孩儿，我到法院起诉你们。举起手容易但在一无所获的情况下收回来就有些难为自己。这时大人有必要找个借口下得台阶并挽回面子：把你的考试卷子拿来！刚才还理直气壮胜券在握的儿子不会具有这种应变能力，只得乖乖地听从命令。情况急转直下，大人们有办法变被动为主动，使自己永远立于不败之地。可是不然，他又有了自救的新招儿：这是我的隐私，卷子你们不能看。

妥协是必要的。因为真理并非总在大人一方。但是，大人不战而败，就会生出一股闷气，仿佛自己受了什么人的欺负。于是就羡慕谁谁家的孩子如何如何，就埋怨，自己的孩子怎样不争气。

于是，很自然地想到：让他到山区吃点苦受点罪，感受一下什么叫贫困什么是落后。强烈的生存反差会促使孩子自觉思考：得到的来之不易，拥有的当加倍珍惜。这样做或许对孩子的成长能产生动力，并对他的一生产生积极的影响。

两天已经过去，我们按照习惯的走向各行其事互不干扰。

儿子的房门紧闭。但我看得出来，这两天他的情绪有些低迷，明显的标志是，他说话少了，吃饭时饭桌上的气氛一派死寂。丈夫用眼神告诉我：儿子深沉了，有点男子汉的味道了。

自作多情地看待自己孩子的优势，这是许多做父母的通病，我丈夫哪能免俗？

我是个例外么？肯定或否定的回答都不能准确地表达我的思想。面对自己的内心，我敢于承认：我还不如丈夫；面对公众，我得说，拉开距离看孩子，会增加几分冷静与客观。我要求自己这样做，但是否做到了我还没有十分把握。话虽这样说，并非能证明我比所有的家长都高明。我经常处于自相矛盾的状态中，为了解开矛盾，我须不断置换角色，忽儿当家长，忽儿当孩子。因为矛盾的焦点在于：我想当个好家长，同时也希望孩子能健康成长。

儿子出了房门，径自来到我的房间。我没有因为儿子的出现中断我对键盘的敲击，但我向儿子嘱咐了一句：去喝点水，拿你的杯子。

儿子坐到沙发上，托着腮，完全是一副苦难深重的表情。老半天才说：妈妈，我想跟您谈谈。

我侧过脸来，看到了满腹心事的儿子，心里不由一震。

我挨着儿子坐下来。但儿子起身走向电脑，老练地将我的文章存盘后并关了机，之后，挨着我重新坐下来。

我知道，我们的谈话将要拉开帷幕。

妈妈，我考虑好了。儿子的开场白干净利落。

过于严肃的表情使我对儿子产生了几许怜爱，但我控制住了自己的情感。

其实儿子只要有认错表现，我就准备原谅他。本来也就随便一说，哪能当真呢?我已经有了妥协的意向。

丈夫说:你对孩子的教育不是没有章法，而是缺少一种一以贯之的精神。这句话于关键时刻回响在我耳旁，其作用类似于聆听了伟人的谆谆教导。其实，家庭教育不得力的主要原因，就是缘于类似我这种母亲的"随机应变"，可有谁指责过母亲们呢?母亲是爱的象征，母爱是伟大崇高的。但爱与伟大崇高又掩盖了多少软弱、狭隘、毫无原则、得过且过和自以为是呢?母亲们无须反思自己，这是因为其特殊地位决定了她们对后代教育的方式和认识。包括我。

儿子接着说:我准备去五台山。

去五台山?我冲口问道。五台山可不近呢。再说了，现在也不是旅游季节啊? 就是想旅游，也得赶个假期吧。我这么想。

儿子垂着眼皮，沿着自己的思路说下去:我准备到五台山当和尚去。

当和尚?天哪!我吃了一惊，马上检点自己，我和丈夫的人生观有问题吗?是不是平时说话不注意，无形中让一些消极的东西影响了孩子?真是这样的话，我们岂不成了戕害孩子的罪人。可实际上，我们无论遇到什么困难，人生态度历来都是积极的啊。

小小年纪，在不具备能力对生活进行选择时，竟然毫不费力地对自己的人生道路做出了选择，我觉得这种选择比较恐怖，这种果决的态度使人担心。难道生活真的赋予了他必须逃避的理由么？我不由得上上下下打量这位要"当和尚去"的儿童，感到不可思议，感到莫名伤心，感到束手无策，感到措手不及。

他究竟为什么要这样想呢？

我一下乱了方寸，但我得克制自己，尽量不流露出慌乱和紧张来，口气平静但关切地问：当了和尚你能做些什么呢？

念经！我每天念经。儿子果决地回答我。

假如，人家不收你呢？我试探。

儿子顿了一下，咬着手指甲思忖着，忽然说，那我就去美国当神职人员。

似乎这个念头鼓舞了儿子，他忧愁的面庞飞起了两朵红晕。

你知道什么是神职人员？你怎么到美国去？我连连发问。

现在的儿童如何了得，居然动不动就美国来美国去的，他们究竟对美国了解多少，难道在中国待下去就那么可怕？儿子不知道，当我处于他这个年龄时，说话哪能如此随便，当然，现在对儿子说这些没用，他也没有功夫听你的天方夜谭。

儿子看着我说：神职就是搞宗教。

儿子又说：给我买张机票，十八小时就能飞到美国。

儿子的回答多么简单，也很实际。我张口结舌了。

谈话还能继续吗？我的中枢神经似乎出现了毛病，许多问题冲撞我挤压着我，而我却找不到理顺它们的缺口。

这问题太严重了。

我稳住情绪，说，这件事得和爸爸商量后才能决定，给我们一点儿时间？

这天晚上，我失眠了。

第二天晚上，儿子邀请我和他睡在一个房间，我答应了。这样的邀情，每半个月都有一次。每一次，我所充当的都是儿子的热心听众。没有灯，四下非常安静，儿子躺在我身边，娓娓地诉说着自己的烦恼，学校的趣事，对老师的看法，对爸爸妈妈的要求。从那些随意而坦率的谈吐中。我了解了孩子最真实的心理活动和微妙的思想情感，比如班主任老师今天化妆了；某某同学暑假去欧洲旅行了一圈；劳动技能比赛由于失利全班同学都哭了；他为同桌换肾捐了一百元钱，老师却不让他代表全班去医院看望同桌，而一定要他做出牺牲，这使他大为不满，认为老师偏心；同一位学生先后两次生急病，两位老师的态度完全不同，一位马上将学生送到医院，而另一位老师则无动于衷……而这一次受到邀请，我感觉与以往不同，不同在于，我和儿子在心理上的都怀有一份拘谨和防范，仿佛我们为离别预先安排一种仪式进行演练。我为此感到难过。

但我此次不想充当听众。

我有一些疑问必须弄清楚：你为什么一定要去五台山或者美国呢？你有没有别的打算？

有啊，儿子的心情似乎好多了。他说，我也想过到街头流浪，可是万一让老师同学们撞见，多丢脸；再说，乞丐啊流浪汉呀都那么脏，不洗澡，不理发，多恶心啊。走得越远，认识我的人越少，见不着我，你和爸爸也就不用再跟我生气了。而且，也不用读书了，省得都烦。

念经也要有文化，和尚里头硕士啊博士的大有人在。经文都是古汉语，你才念了三年书，字还认不全，经文怎么看得懂呢？

儿子担心起来：念不会也得赶我走吗？

我想告诉儿子，妈妈的真实用意并非要赶他走，可儿子的确因为我的一闪之念被逼无奈而选择了一回自己的未来。我说，其实将来干什么都不重要，关键是，现在你得学好本领。

儿子坐起来，脸贴着我的脸问，你改变主意了？

我坚定地点点头。

我还想告诉儿子，其实我很内疚：任何强加于人的做法，都是不尊重人的表现，孩子虽小，也仍然渴望得到别人的尊重。对孩子独断专行所造成的伤害，也许是最刻骨铭心的伤害。孩子成材固然可喜，但拥有健康成长的环境也许对孩子更为需要。

"文学爱好者"

我有一个顽固的想法：将来无论如何不能让儿子从事文学创作。我写小说，纯属误入歧途，虽然写不好，但其中甘苦早已领教，不想让儿子再步我的后尘。再说，随着现代科技的发展，人们选择职业的自由度会越来越大，为什么非当作家。生活节奏的加快，也会减弱人们对文学或者文字的兴趣，人们更喜欢电子读物，更热衷有形有声有色的影视或光盘。文学的位置会相对地发展为边缘。这是文学的悲哀。但我希望有人针对我的上述观点进行指责——你这是杞人忧天。

根据我国目前的经济实力，为生存而择业的现状恐还会持续相当一段时期。从长计议，我还是希望儿子将来能有一个相对稳定的收入，但想以写小说为业达此目的，应该说相当困难。

基于以上世俗的考虑，我不愿儿子接近文学，当然读文学名著另当别论——那是丰富精神世界的一个途径，我尚未糊涂到不讲理的地步。

所以，儿子的作文得了优，或被当做范文在班里朗读，我只适当地给予鼓励，并不赞扬，以致有的时候让儿子感到诧异：您不高兴吗？

说实话，我心里十分高兴，但，我不愿流露出真实情感。

在这种情况下，儿子提出要去见某位作家，确实使我为难。我清楚:我为儿子设计的未来可能被儿子所颠覆。我替自己担着一份心,也为儿子的前程担着一份心。

在某次文学会议将要闭幕的前夕,儿子来到了我下榻的宾馆。当时我有种被逼无奈的感觉。但是儿子却是骑了一个多小时自行车特意赶来的,望着那张稚气的脸,作为母亲,心情复杂。一失足成千古恨,脑海里忽然冒出了这样一句话。

到会的所有作家都给儿子写了真挚的留言。虽然,他们写起文章来如大河奔流滔滔不绝一泻千里,可是面对一个九岁的小学生,他们的笔一下子变得涩滞而沉重了,久久地蹙着眉,掂量着思考着,然后郑重地记录下那些思想。

儿子高兴坏了。一再地说,谢谢阿姨,谢谢伯伯。

我不鼓励儿子的行动,相反,努力想让其从过度的兴奋中挣脱出来。对于一个孩子而言,过早地引导或发展其爱好,未必是件好事;反过来讲,强令孩子改变自己的爱好,并不能断定其将来一定能成材。

处于如此矛盾中的我,尚不能自拔,又如何让孩子对未来进行选择呢?

儿子又提出新的要求:我想见见铁凝阿姨,行吗?

读完一本书,就想见到著书者,这种心理应该说比较正常。但成人只是想想而已,并非一定要付诸行动。而孩子却不行,想到了就一定去做,讲究立竿见影。

拒绝儿子的理由有一千条,但我说不出口。

私下里,我问铁凝:有没有时间?有位同志想见见您?

我认识吗?

不。他认识您。

文学爱好者?

我不知怎么回答才好,想了想说:可以这么认为,或者叫"追星族"吧。

我们不约而同地笑了。

儿子那些天拼命练贝多芬的钢琴曲《献给爱丽丝》,我觉得奇怪,"老师布置的新曲子?"

儿子摇摇头,说:"我自己想练"。

"那么,钢琴作业不就完不成了?"

"放心——快去写您的文章。"

二三十本相册摊得满屋都是,我问:"不是搞个人影展吧?"

儿子表情神秘,不置可否。

我觉得儿子当时有点走火入魔。当然也可以换一种说法,叫做:执着或者投入。

不知道,在文学"追星族"里,儿子算不算年龄最小的?再者说,有那么多的影星,球星,歌星你不追,追了也显得时髦,哪有上赶着追作家的?文学早已退出了主流社会,昔日辉煌不再,小小年纪难道能拯救文学的命运吗?这样想时,愈觉儿子的举动不可理喻。

当铁凝终于看到了这样一位"文学爱好者"站在自己面前时,她似乎有些意外,但是,她还是笑了。仿佛在说:文学大有希望,你看,希望在这儿!

儿子说,真遗憾,您这儿没有钢琴,我是想专门为您演奏《献给爱丽丝》的。

一周后,儿子的作文再一次得了优,老师还当做范文在班里进行了宣读,作文的题目是——《我认识的一个人》。

　　不用我明说，估计读者诸君已经猜到那篇作文描写的是谁。而我看到这篇文章时，已经不像以往那样紧张，甚至，我一直悬着的心,此时反而落到了实处……

新年的礼物

新年来到了,你最渴望什么?

如果你正值寂寥之时,或处于奋斗之中,或在饱受病痛之苦,而你意外得到了你所需要的,那么,新年的到来意味着什么?当然意味着幸福。幸福的降临,被你倍加珍视,这个时刻或许将成为永恒,不可磨灭地镌刻在你记忆的深处。

在医院里,我看到了这样一幕:老人躺在病榻上,面部浮肿,气色黯淡。白色墙壁和白色床单,使周围的一切笼罩在静谧安宁之中。老人的病很重,甚至可以这样说,这种病已无药可救。但老人的心情却不灰暗。

枕畔摆放着一帧刚寄来的贺卡,老人时不时拿过来,拉远距离看看,又举到眼前端详一番,反反复复像是审视一段美好的记忆。这一远一近的打量,使得人脸上的表情丰富起来。贺卡是自制的,甚至那纸有些粗糙,但制作得一点儿也不潦草,上有一幅"树和花"的儿童简笔画,在画的一侧题了字,字迹稚嫩但工工整整,上面写道:

奶奶:

祝您身体健康,走进新世纪。

不用说，这是来自远方的孙子的祝福。老人微闭了眼睛，深浅不一的皱褶里洋溢出难以言说的幸福和感动。是的，走进新世纪。老人觉得这是摆脱病魔的希望所在。老人这样想的时候，真的感到自己已经恢复了健康的身体。那张自制的贺卡，像阳光一样温暖了老人的心灵，照亮了老人失却春天的生命。

一生的岁月，无论多么沧桑，但终将成为以往。这一个新年的到来，老人渴望的最是一声天真的问候与祝愿，活着，走进新世纪。

走进新世纪，是生命对自身的一种超越，也是灵魂对生命的深深依恋和热爱。

生命，有时极为脆弱，犹如风对树的摧残，存在与消失近在咫尺之间。

常老师的丈夫被车祸夺走了生命。惊愕与悲痛通过十指的表达，在钢琴上流动出强烈旋律，以呼唤不复存在的生命，这一个新年的到来对她意味着什么？无边无际的绝望？挥之不去的噩梦？

可是她收到了一份新年礼物：一盘录音带。

常老师将磁带放进带仓，按下放音键，几秒钟后，她听到了这样一种声音：

敬爱的常老师：

　　谢谢您的教诲。我的琴声将陪伴您永远……

常老师一直克制着的眼泪从心底汩汩淌出，在泪眼模糊中，她仿佛看到了一张调皮可爱的脸庞。

贝多芬主题鲜明的奏鸣曲，贺绿汀欢快跳跃的《牧童短笛》，巴赫如歌如诉的创意曲……

这些曲目曾经是她手把手调教的结果，可是现在她除了感受到音乐的独特魅力之外，还有说不出的感受，是生命对生命的抚慰?是生命所依赖的精神力量的滋生?她说不清。

但这一个新年的到来，给了她勇气和信心，还有音乐大师所无法诠释的问候，为此她感念这个平凡而又非常的日子。

新年来到了，来得自然而又喧嚣。

在南方打工的人群中有一位年轻的父亲收到了一封信，信里有一幅照片，是儿子寄来的。儿子的信极短，但是，父亲读后哈哈笑了。

同伴们问他笑什么，并争抢着去看那封信，信上说：

爸爸我长高了。祝你劳动致富!

照片上的孩子背倚着门框，门框上有红绿黄几种刻度。年轻的爸爸指着绿色刻度说，去年儿子到这儿。说着，眼圈竟红了。

同事们再碰到一块儿，便改称其为"劳动致富"，年轻的父亲笑着答应，同时想，不能辜负了儿子的愿望，干!

新年来到了，你的渴望被这个特殊的日子点燃，当你的渴望意外地得到了满足,你所得到的仅仅是个人的幸福吗?肯定还有别的,那是什么呢?

　　每个人都会努力去寻找,因为答案就在其中。

爱

　　我有一位老师,一直关注我的写作,对我的要求甚严或曰苛刻。一篇文章的标题,内容上的铺排,甚至一个句式的使用都看得十分挑剔。但是有段时间突然与我失去了联系,之前说要到外地讲学。那个"外地"不具体。我埋头写作,很长一段时间过去了,我打电话过去,方知老师大病未愈,问为什么这样?答曰:不能影响你写作。我愕然。

　　我想了很久,如此珍视别人的事业和时间的人,他所具有的感情该赋予什么意义呢?

　　爱。只有这个字能概括其意义的全部。

　　由此我想到另外一个人,我的母亲。她在病入膏肓时我刚分娩了儿子。千里之外她念念不忘的是,别回来,刚生了孩子路上招了风就是一辈子的病。结果是预料中的生离死别。母亲这样做的时候,心里只装着一个字。

　　爱。没有任何杂念。

　　我的挚友忽然有了情感的迷失,苦恼得恨不能独自去荒漠,去雪原,甚至去死。狂热的迷恋之后,陷入理性的沉思,然后痛苦果断地斩断缠绵,重归已有的家庭。

　　为了爱。爱别人。亦自爱。

　　爱,是人类最美丽的语言。

　　爱,是人类无私的奉献。

为生命立碑

我读自己过去所写的文章，就有一种阅读经历的感受。那些文章让我仔细回顾了过去，文章并不老到，但稚拙、朴实的文笔令我产生联想，联想使我重温过去的美好或不美好，重温过去，使我对逝去的岁月有了全新的认识，幸福而且感伤，但曾经的日子，毕竟已经远去。

在那些文章里我读到了一个人，那个无意伤害我却深深刺痛我的人。那篇文章使我得意过，得意来自于我笔下描写了那个人的美好，但一切早已成为过去。那个美好的人背叛了自己。

正如现在被我曾信赖的人所伤，或许它也迟早会退到记忆深处，经岁月淘洗，伤口日渐痊愈，殷殷的血迹一日日溃去。我在这样劝解自己时，恰因我正浸泡在无边的苦痛中。整整一个月以及紧随其后的一个月，再一个月。我不想向任何人申明这苦痛的缘由，但我不隐瞒，它是对我人生跋涉的一次重创。这个制造创伤的人，眼下正志得意满，飘飘然陶陶然。

所有的来函、电话一律被拒绝。我坐在昏暗的房间里，不做任何事，不见所有的人，不迈出房间一步，没有倾听诉说的欲望，没有愤怒自怜的情绪，没有时间观念，甚至没有眼泪。人大概在走向生命终点时才会有这种无望无奈无欲无求的感觉吧。我在这样的心境中苦度时日。

这样的苦度使我想起一句话：孤独就是自杀。我不想自杀。但我需要孤独。季节的脚步正走向春天，我为什么要急不可待奔赴寒冷黑暗的地狱？孤独之手正一点点扼住我的咽喉，而我没有疼痛的感觉，这样的麻木不仁使我对自己更加绝望。

那天家人接电话，我就坐在一旁，我能听到对方的声音，但我冰冷地说：我不在家。家人迟疑了一下，等对方放了电话，家人仍迟迟不肯将电话放下。终于放下电话后，责备道：你为什么这样。你不该这样。

我无动于衷地听家人数落，无动于衷地回绝电话里的关心、诚心、真心、热心。

但我的脸涨红了，额上冒出了冷汗，也许那个电话确乎与众不同，但我任性地想，在我拒绝去接电话时，被拒绝者一律平等。这样想的时候，我冷寂的心动了一下。在那心弦微微颤动之后，我有了一些思维。在我恢复了正常的思维后，我的心莫名地由坚硬变得柔软，由冰冷而渐渐溶化了。谁不需要真切的关心？

我原谅了自己硬起心肠做事的冲动，也试图为这冲动寻找开脱的理由。这时，我终于流出泪来，满腹的酸涩苦痛化作泪水一串串一行行从心底倾泻而出。在你得到什么时必先要付出代价，在我倾泻心情垃圾时，却要事先忍受孤独与非难。这就是代价吧。

我得到过许多，当失去不可避免，那失去的似乎不必过分看重。因为在得到的过程中已包含着失去。人能够平静平淡地看待得到的一切时，对失去事物的痛惜之情也便得到了缓冲。

我现在自己解放了自己。冷静对待生命中的苦难磨砺，爱恨歌哭、是非纠葛、恩怨悲愁，并勇于承受，就不至于对自身造成损伤。快活着的每一天，并在快活中完成于人于己有益的事，便是给予那些伤害他人的人提供忏悔的机会，它能照彻心灵污垢，更能提升精神，使被伤害者具有健硕的肌体，从而以崇高的人格力量使自己在人生的竞技场上立于不败之地。

所有的日子都来吧，坚强，自信，豁达，这是支撑人生的精神力量。站着，自己为自己助威呐喊，自身以外的丑恶只能成为个体生命景致的陪衬；站着，个体生命就会为生命长河增添夺目的光彩。

关于爱好

双休日于百姓而言,寻常上演的节目不外乎以下几种:走亲访友,合家团聚,集体出游,做家务活儿,或者干脆睡个安生觉。无论你在其中扮演什么角色,目的在于,收拾一周来的紧张、辛苦,迎接下一周的生活。

在这种日子里,我有了特别的爱好——骑自行车逛街。深究,会发现我之爱好实在是出于不太美妙的动机,这动机又缘于我的几次并非值得炫耀的遭遇。

说来让人不好意思,那天上班遇大雾,仅二十分钟的路程,我飞快骑了一个多小时后发现周围的参照物异常,急忙跳下车向行人打听。对方一脸茫然,压根没听说过我要找的单位。只好随机转移话题,问:此处为何地?答曰:师院。天,我自己先吓了一跳。这么说吧,我以城市的最东端为起点,径直冲到了城市最西端。粗算行程有三十余里吧。情急之中,掉头便往回骑。并未骑出去很远,又乖乖返回来问一位难得遇上的路人:我怎么走能到桥东?也就是说,我首先要回到桥东,然后才能找到单位。被问的人满脸同情而且热心,随手拣来一根树枝蹲着在地上画一幅行走路线图,重要的路口标上了建筑物名称。我虚心地听,不懂的地方大胆提出质疑。按理,我在石家庄有十几年的居住资历,看懂这样一幅"地图"当不成问题,我这样想着,指了"地图"说:这是哪儿,那是哪儿。对方的表情告诉我，我所说的方位与行走路线背道而驰。好心的路人没有任何不耐烦的表示。几番解释，见我仍在似是而非指鹿为马，只好将"地图"复制到我掌上。这令我既感动又不安。一再道谢后，握着这份自信和热情，我向桥东一路杀将过来。

当我骑到人民商场时，发现太阳已在头顶灿烂微笑，我知道，预计8点半要参加的会议只得泡汤。

这样一次将自己弄丢的经历，说到底没什么让人称道的意义。但自尊心提醒我，公开这件事岂不证明自己弱智？！

让人羞于提及的是第二次自我迷失。那天，晴空万里，阳光明媚，我陪外地来的友人去县里办完事坐车回返，眼看就到市区了，车子"扑哧"扎了胎。等待修车的工夫，太阳西沉，车修好，天已夜幕四合。司机说，先送我回家，他和友人今晚住旅馆，明儿一早赶回去，并郑重将我安排到前排去坐。我老练地指挥司机，左拐，右行，向前，觉得到了，跳下车握手告别，目送朋友倒车，回身看一眼大院的铁门，意外发现找错了门儿。忙叫住司机，坐上车又找，至夜里12点，眼看回家希望落空，只好陪友人一同进旅馆住下，第二天发现旅馆竟在家的附近。

令人难以置信的是，尔等居然在城市混迹了半辈子。又由于职业特点，视走南闯北为家常便饭，但每一次出差都能像返回式卫星一样，并不飞向外星球，而沿既定轨道平安回到家中。如此分析我的迷失，大概不能化归城市恐惧症之列。但我想，乡村人烟稀少，道路单一，在那儿绝对不会迷路。机会果然垂青于我，我将在乡村实现我的诺言——

我去灵寿一个乡镇采访，朋友骑摩托车送我。朋友问，认得路吗?我毫不含糊地答:当然。一副成竹在胸的样子。因为此前我已坐汽车去过两趟。

五十公里路程雅玛哈250车速达到120迈。那种威风,仿佛人在飞。

三小时后,油没了。朋友问:还有多远?我也疑惑,自信产生动摇。乘朋友正加油,悄声问身旁师傅,对方笑笑说:没多远了,就快看见天安门了。

因为我的不辨东西,令我产生改造自我的冲动:双休日骑车周游市区,以强化我对方位道路的记忆,并由此向城外延伸,从地域而民情、民俗、民风,接触熟悉更多的人,拥抱更广阔的世界。

从此周末骑车逛街,成为我职业以外的一种爱好,并渐渐成为习惯。

注 视

认识我的人,一般从我发在报刊上的文章进一步了解我;而了解我的人从我的文章中看我的喜怒哀乐;知道我喜怒哀乐的人只在千里之外的一座城市里默默注视我,注视的目光里写满疼爱,惦念,关怀。那座城市的名字叫平顶山。

我是那座城市长大的孩子。现在我生活在别人的城市里。离开了父母的城市我就不再是孩子。我的平顶山。

那座城市很远,用三百六十五个日日夜夜的思念都无法抵达彼岸;那座城市很近,每一幅童年的照片都能使我在曾经的城市里重新体验一番。哦,平顶山……

电波翻山越岭,传到我耳中的是,看到你发在××报刊的文章了。然后是一座城市的骄傲。而那座城市出现在笔下的机会却极少,履历表上的界定:籍贯、出生地、现住址,它一律被排斥在外。但是梦中不忘的是这座城市。那里布满了我生命的足迹,还有亲情、乡情、手足情,不变的眷恋之情,情系平顶山。

我的城市大度地原谅了我的薄情寡义,从不计较我对她的在意与否,不论我何时归来,都以拂面的春风迎接我,不论我何时离去,都以难舍的依恋恳求我:留下吧,留下吧,我在挽留的热泪中渐远渐去,并在别人的城市里开始自己的生命泅渡,我的宽厚的平顶山。

一起长大的伙伴,用手机给我打长途,话里盛满了对我的美慕佩服和祝福,我知道自己从不是个刻苦的人,我若知刻苦就不是目前这般模样,但我得装做很功成名就的样子,我之所以这样做,是怕对方失望,因为他用我来象征一座城市,象征我们一起长大成人的伙伴。对我的失望便是对城市的失望,对我们许多人的失望。为了不使对方失望,不使自己失望,我必须功成名就,我为一座城市的荣耀而付出努力,想来不仅是一份责任更是一份宠幸。我爱平顶山。

于是,我的单调而枯燥的工作成为必须,我的浮躁而懒惰的本性得到调理和改造。我变得踏实专注,孜孜以求而忘记了表面的功成名就,我愿成为一座城市的根基,有谁看到根基在上窜下跳指手划脚。生命不在于以什么形式出现,而在于找到生命的根基,然后将生命贯穿始终,不论是开花结果或者长命百岁,生命都会创造一种价值和奇迹。

这样,活着就有意义。

那座城市里有一批爱文学的青年,文学使青年的心灵多姿多彩,而这批青年到了舞厅其舞姿却不亚于我居住的大城市的档次。他们就是当年我的影子。只是那时,我们的伙伴手拉手唱着歌下乡插队,跳舞也只会跳"忠"字舞。但是我们同样无忧无虑,同样激情澎湃。

在别人的城市里偶尔听到乡音,那音韵拖拽得我迈不开腿,耳朵却在仔细地辨别这乡音的具体发源地,离我的城市多近多远,方位地域,于是浓烈的乡情如久窖的佳酿,醇厚绵长地弥漫在心房,对视的眼睛开始潮湿,渴望表达的欲念增强,看不见的感情海洋一层层、一排排激起相见恨晚的波浪,陌生的双手紧紧握在一起。

　　亲人……

　　有乡音相伴便觉别人的城市也很宽厚，接纳你的投入，也兼容你的"移情别恋"和"身在曹营心在汉"。当童年的伙伴走进你客居的城市时，你便以主人自居，惟恐你的不周和丝毫怠慢影响了一座城市的形象。那个常以"别人身份"而"客"居在此的人，此时才想到，我的城市，不仅是童年生活过的城市，也是现在居住的城市。城市从未对你另眼相看，而你为什么对城市冷眼旁观呢。

　　关于对城市以"别人"与"自己"的概念区分，并非由于地理的因素使然，其真正的原因，来自于每个人的心理认定。

　　虽然我未生长在这座城市，但同样的，这座城市里有注视我的目光，犹如曾经的城市一直关注我的目光一样，目光中不仅有疼爱关怀，更有鞭策和砥砺。我当努力……

草长莺飞锁幽思

城市的春天，与一个个沉睡不醒的梦相伴，那梦，多半是挥霍的，恣意放浪的——犹如城市人桀骜不驯的性格。而往往这梦与现实形成较大反差。春到城市，脚步会变得懒散而惰性十足。相比而言，乡下的春天却来得爽快振作，于积极的外表中孕育着宁静平和。春天的乡村所蕴涵的丰富内容超越了城市人扑朔迷离的梦境。不信你看，山坡上，小路旁，屋檐下，墙角边，围墙根儿，田埂上，农田里，小溪旁，到处都有隐隐约约的绿在膨胀，受了绿的蛊惑和牵引，眼前或是目力所及的远方，皆为农人忙碌的身影。于是，春的气息仿佛凭借了苍天的威力，将绿挥洒得一泻千里，其迅猛震慑了爱做梦的城里人，其苍翠欲滴似乎是在向谁发出深切的邀请，使城市人的目光身不由己地被郊外勃发的生机所统治抑或是垄断。旷野的春天，绿得那么铺张，铺张得能够将人淹没，全然不像在城市的表现——悭吝、羞羞答答、徘徊犹豫。乡村的绿色是对忙碌的农人的一种衬托；农人的忙碌恰是对绿色的最好回报。

不管你梦中是否期待，也不顾农人会怎样忙碌，春，径自来了。

城市的春天，盛开在花盆里供人观赏；不养花者，会用花朵一样美丽的服饰打扮出春天，以取悦自己或他人的心境；不打扮的人,从天气预报中呼唤春天,期盼着春光明媚带来的一身轻松;不看电视的人,骑上自行车,在街道两旁,公园、广场,留意寻找着春天的迹象,在寻找的过程中萌发一年的希望。从丛林般的楼群里飞出的孩子们的笑声里,到一对对情侣漫步街头的甜蜜中,从伴随着录音翩翩跳跃的舞蹈里,到偶尔划破长空留一道黑线的鸟鸣,你皆能谛听到春天急促欢快的足音。或是城市过于喧闹吧,或是城市过于热烈吧,当春的脚步触到都市的肌肤,立刻显得拘谨而怯生生的,像一个胆小的孩子独自面对黑夜,迈出的每一步都带有试探的意味,这试探令城市人平添几分等待的焦急和备受捉弄的怨怼。

我们到乡下吧,城市人说。

我们进城吧,乡下人说。

乡下人进城为的是出苦力挣钱,城市人到乡下图的是一份自在清闲。挣钱的太累,清闲者心烦,但共有一个春天。

当城市与乡村接壤并使乡村也耸立起高楼大厦,人类还有没有新的渴望?当一切愿望皆能变为现实,思想是否还有生长的土壤?

无法生长思想的土壤,心灵的绿阴会不会像城市的春天一样倦怠、半死不活?

在春的季节里,无所依傍的心灵倘若能被绿色唤醒,即使在水泥的森林里也能感受到旷野吹来的风,风会告诉你,农人在播种……

天堂地狱

母亲去世后一年,父亲说,把母亲的骨灰送回老家安葬吧。我们兄妹对望一眼,答应说:好吧。事情就这样定了下来。

那时候,我们是为了祭祀母亲周年,纷纷请了假从各自居住的城市赶来,父亲的问题提得虽然有些突然,但大家理解:母亲的骨灰不能总寄居在火化场里。叶落归根,天经地义。

刚过清明节,大家齐刷刷请了假从不同方向日夜兼程,在千里之外的老家相聚。

老家草长莺飞天高云淡,兄妹各怀心事埋头往前赶路,有人气喘吁吁追上来问:刚下车吗?怎么没有碰见。并不认识却像遇了熟人似的口气。仔细打量,方觉出此人与一个人相像。好多年前回过一次老家,大姨家的儿子还穿着开裆裤,清水鼻涕扯得老长,袖口打了蜡一般乌黑闪亮,看到别人嘴一动就馋得直吮手指。是表弟!

已经高出我半头的表弟肩宽腰细,头发乌亮,长出了稀稀疏疏的上髭。

表弟夺过我手中的提包,憨憨一笑,顾自在前面走。

我特意穿了旅游鞋,一路小跑,仍被表弟远远地甩在后面。

山坡上打了格子般的农田被青绿的麦苗覆盖,牧童们骑着黑褐色的水牛在远远近近的山脊上飘游。

　　表弟的学生蓝布褂子润湿了一片，远远望去像是不经意打翻了一瓶墨水。

　　表弟初中毕业，在这样的山区，能读到初中毕业的人并不像城里的大款那样普遍。表弟还想读高中，但是县里惟一的高中，不仅要求成绩合格，还要缴得上名目繁多的学费。表弟泄气地说：我到广州打工去，挣了钱我再上学。其实完全不可能，他已经十八岁，城里的孩子十八岁正要考大学……如果说城乡还有距离，在入学的可能性上的差距才是最根本的差距。没有人不承认这种差距，谁来帮助缩短这差距？这差距随着时间的推移会越来越小，还是恰恰事与愿违地一日日加大？忙碌的城里人和急于要拥进都市的乡下人似乎来不及思考这一切。生存是本，离开了这个大前提去奢谈"差距"岂不成为痴人说梦？

　　来到外婆家的时候，太阳已经偏西。外婆家的三间房，枕着山面向南，东边有别人家的院落，西边有一座山。夕阳从山上落下，山这边就腾起紫罗兰颜色的雾岚，成群结队的牛儿迈着四方步，心满意足地回到自己的家园。三五只母鸡在离家不远的场院上点头哈腰，煞有介事地在地上印一幅逼真的竹叶图。

　　童年时我回过老家，随了大人去山上砍柴，老姨的柴捆又高又大，我的柴捆只有细细的一把。趁着老姨歇气的工夫，我钻进山上的松树林，三下两下砍了枝杈，捆了捆下山时，被护林工人生擒。我操着一口外地腔，理直气壮地说，给你镰刀，不过三天后请给我送回去，我是谁谁谁家的外孙女。然后我背着柴捆气势汹汹下山。当天晚上护林员送来了镰刀，感叹地说：城里孩子怎么不怕人呢？外公买了烧酒炒了醋肉花生米，护林员吃得满面红光最后罚外公五元钱完事。

童年记忆中的松林溪水，如今已成参天大树，水库里养了鱼，农村变了。

外婆昏花着一双老眼，端详了半天问：你是小齐吗？怎么想起回来看看！表弟在一旁做着翻译：小齐是当年的知青。

我握着外婆一双干树枝样的手，一种悲戚涌向喉头。

外婆躺在床上，床上的棉被露出了一簇簇棉絮，印花的被面脏得看不出红的花绿的叶，外婆终于认出了我。

外婆问：你妈为什么不回来？再不回来就见不到我喽……

大姨冲我使了个眼色，我起身去拿旅行包，我给外婆买了一顶平绒帽，织了一双毛线袜，还做了一件大红缎子棉袄。母亲说，外婆有了这三样东西，死了也就闭眼了。

外婆果真笑了，笑得淌出了眼泪。你妈想得多周到。你妈多狠心，留下外婆不管自己在城里享清福，你妈不孝顺。

外婆又开始唠叨。大姨说阴历年的年三十，外婆说不行就不行了，后来寿衣都穿好了，外婆又活过来了。外婆说，我要见你妈一面再走。

我的鼻子有点发酸。

父亲从外面回来了。父亲先回来了十天。父亲的头发几乎全白了，眼睛红肿，嗓子嘶哑，父亲的神情疲惫不堪。

哥哥说：事情不顺利。

我悄悄问大姨：棺材呢？大姨站起身，与刚进屋的什么人打着招呼。

哥看了我一眼便走出去。我跟出来。天已经黑下来，没有路灯的村庄像掉进了幽深的枯井，到处黑古隆冬。哥打着手电在前面走，我浅一脚深一脚跟在后面，脚步声清亮而又夸张，我屏住呼吸，目不斜视。

村边的小学校里有微弱一束光，我们迎着光走进去。一间没有门窗的教室，门被卸了。露出豁豁牙牙的土墙，窗洞上放一盏油灯，灯光一跳一跳，冒出黑黑一道烟，灯下坐着一个男人，背光看不清面目。男人的前边有森然一副棺木，厚七寸，刷一层血红油漆，庞大的躯体将屋子塞得要撑裂一般。

孤灯清影，棺木断墙，我的心情开始乱起来。

第二天一早，父亲给我们分工：他去镇上采买，你在家里扯布，谁去请人来做饭，找车，请风水先生、买砖水泥等等。

父亲很累。父亲拖着一根棍子上山，为了选一块理想的墓地，父亲几乎踏遍了方圆二十里沟坎山梁。

父亲的族上人答应给一块山地，等父亲百年之后与母亲合棺。父亲拿着信，突然就决定，把母亲的骨灰在老家安葬。年迈的父亲感到了故乡的可亲。

父亲的长兄提出一个条件：给我买一台电视机，十八寸的。父亲说：这算什么条件，让孩子们凑钱给你买，不过眼下不行，孩子的母亲死前死后把家花空了，现在土葬又要花一大笔钱，孩子们不说，我知道他们多困难，缓缓，一定给你买。

父亲看着村上家家户户的灯泡三天打鱼两天晒网，就想说，电视不如拖拉机实用，但几十年不回家的父亲，回了家并不想让故乡人扫兴。

父亲的长兄老实厚道，说这台电视跟弟媳没关系，活人不能向死人要钱算帐。

事情总算定下来。父亲舒一口气倒并未感到很累。

父亲的长兄中年丧妻,后又续弦,当第二个妻子为他生下传宗接代一根独苗后,未听到婴啼便又撒手西去。那根独苗在父亲的长兄我的大爷的精心喂养中,一天天长大而且即将娶妻。童年的我们回到外婆家时,就会翻一道山梁先看望大爷,大爷给我们炒花生,花生又脆又香;大爷给我们做糍粑,糍粑又粘又甜;赶上过年,大爷就一日三餐让我们吃大片大片的肥肉,肥肉香而不腻,解了馋还吃得多。大爷是我们心中的一尊神,仁慈而又博爱。

临走之前,大爷一连几天沉默寡言,要么埋头去编圆圆的竹篮,要么背上猎枪到深山里打几只野兔或者山鸡,我们踏上火车时光顾了看大爷送的礼物,全不知大爷也会伤心落泪。

想起大爷的时候,就会回味起肉香,糍粑的甜,可是,父母总不带我们回去看大爷。

大爷如今老了,背佝偻了,脸上的皱纹刀刻一般纵横交错深深浅浅。

自顾不暇的父亲知恩图报,教育自己的儿女好好念书,将来接大爷出来享享福。

父亲雇了车到城里买来木材,车开到大爷的小村时天突然下起了雨。父亲冒着雨赶快找人将木材卸完盖好,雨却停了。

天,一点点晴起来,太阳钻出云层时,大爷门前的泡桐树哗地绿了。

大爷将父亲拉进屋里。父亲很饿,他在外面奔波了三天,没有吃过一顿圆圆饭;他还想躺下来踏踏实实睡上一大觉,小手扶拖拉机一路颠簸了二百里，骨架子都要颠散了。父亲这样想着的时候就迷迷糊糊地睡着了。

一觉醒来，已是下午。父亲走出大爷的瓦屋，舒展地伸了个懒腰，然后，定在那里。

一垛木材不复存在。

父亲愣了许久。

后来父亲去外婆的村子找到老舅，老舅雇了人拉了板车将扔到闲置的土地上的方木一车车运到了学校。

按照当地的习俗，母亲的棺木是不能进外婆家的。

按照当地的习俗，母亲应该埋葬在父亲族人的墓地。

大爷拒绝了母亲。

也许父母与老家有着陈谷子烂芝麻的经年纠葛，也许只因为父亲拒绝了大爷的要求抑或族人的要求，化作灰烬的母亲灵魂仍要四处飘摇。

那所学校，其实就一排四间青砖青瓦房，那是当年父亲转业时政府的照顾。父母在外地工作，那样的一栋房子显眼地矗立在族人乡亲的眼里，莫如说是一种挥霍。父母说，办个学校吧，给孩子们做学堂。那时候我的哥哥刚刚出世。

母亲如今又要回到那所学校，那是家，本是家，可是现在母亲无家可归。

天刚蒙蒙亮，父亲说：都快起床。我们摸摸索索穿戴整齐，哥捧了骨灰向学校走去。

母亲平静地望着她的儿女，望着她的亲人，一步步远离尘世，躺进自己的福地。

合棺的时候我忽然感到活着的孤单，我扑过去，母亲平静地望着我,似在安慰我:坚强些孩子……

　　唢呐刺耳地吹奏着安魂曲,我不知道母亲能不能在我的一阵比一阵凶猛的悲泣中安息。一所瓦房能泯灭所有的善良与亲情,那么一个生命又能唤起什么呢?

　　什么也没有。生命的过程如此简单,生了来,死了走,来去匆匆,生死无常,亲情、道义又算什么呢?

　　我们仅能以物化的东西代替我们的忏悔、依恋、思念、痛苦,用来安慰我们自身,死去的人既不需要这物化量化的缅怀,也无法知道这缅怀,而我们心中却得到了解脱,我们为了解脱愈加虚伪地活着。

　　一路的鞭炮一路的尘烟扬起我的思绪,我想,活着有多么痛苦,而母亲才真正体验了幸福,一旦体验了幸福,生命就宣告了结束。人生多么残酷。

　　父亲被人挽着,蹒跚的步履愈显得苍老,父亲走着,似在完成一种生命的仪式。

　　母亲的墓地选在向阳的半山坡,山下有水,山上有树,既得地气,又得仙风,风水先生说,这是福地。

　　后来外婆作古,就和母亲肩挨肩葬在了一起。外婆在世时一面思念女儿,一面骂女儿不孝,这样死后的厮守是否弥补了生前长相忆难相见的缺憾?

　　雇来的人,大都是亲戚,老舅说:每人十元,走时一人送一瓶白酒。白酒不贵,一瓶不到四元。我数了数,总共是二十九人。

　　我们兄妹回来以前都借了钱,到了外婆家当晚就交给父亲,父亲就又交给了老舅,老舅差人买了几箱白酒还有过滤嘴香烟。父亲说，咬咬牙，挺过这一关。入乡随俗，不能铺张，也别让人感到寒酸。再说，你们都有文化，太随俗也让人笑话，一点不随俗人家会说你妈不会教育孩子。

葬礼是活人证明什么的方式，活人便要没完没了地纠缠着死人证明自身。

古朴的山村，敦厚的乡亲也要用这种特殊的方式联络情感维系血统，人类到底文明进步了多少？

连山村也文明发达到用形式表白思想，活着倒似乎简单了。活着就是一种多余。

惟缺少的是金钱。

二十多个精壮劳力碍手碍脚地为死人忙碌时，并没有一人出于真心想出力。有一些人就闲着脱了衣服捉虱子，有一些人追逐着互相往对方衣领里装沙子。沙子是父亲从几十里外的沙河买了雇人拉回的。他们追逐着，一边嬉笑。这样的表演与特定剧情如此背道而驰，我们兄妹就站在一边。

我夺过一把铁锹，吭哧吭哧去挖着一心的怨愤。老舅夺过我的铁锹，哪有女儿给母亲挖坟墓的？

城里的生活让我们从小背离乡村，而乡村的未来又在一日日靠近城市；我们的根扎在乡村，城市又给予我们生长的营养，我们被城市同化以后，并未忘掉乡村，乡村却在自身的变化中与我们剥离。幼时，乡村的亲人疼爱我们，那时我们完全没有城乡的概念，只有亲情维系；长大以后，我们思念故乡，更多的是出于道义以及父母情感的维护，其实乡村对我们亲切而遥远。家乡是一所旧茅屋，一个怀想着的人的微笑，甚至是曾使自己摔过一跤的老牛。而家乡的人离我们愈来愈远，我们只会在偶然出现的梦中与亲人相会，之后我们一如既往地工作，或者学习。

一座墓穴竟要那么多人从早干到晚，这在城里是要被炒鱿鱼的。我跟哥哥嘟囔。

哥哥白了我一眼，去山下的池塘挑水。

我也拣起无人过问的扁担，挑一对大铁桶，摇摇摆摆去挑水。

嬉闹的人耷拉着一双眼皮子继续在闹，老舅追上我喝斥：你这样干，让我下回还求人不？我不冷不热地说：这种人，在我们那儿的劳务市场一抓一大把，恐怕倒找钱也没人要。

老舅生气了：这是在农村！

我不依不饶：农村不干活也没人白管饭！

老舅不吱声。夺过我肩头的担子走到塘边，将后边的空桶放下，前边扁担勾带动空桶往外一甩再往里一带，水桶灌满了，胳膊一垫一桶水上了岸，老舅并不放下扁担，只是将身子转一圈，把后边水桶打满，挑起来一颤一颤沿田埂走了。

我拣起一块土坷垃，往水面上打一串水漂，水漂扩散开去，一圈一圈像水下游动着大鱼。

我替母亲委屈，如此的知书达理，却有这样浑浑噩噩的乡亲。

我在刻碑文的时候，天已经擦黑，哥哥打着手电，问：两个小时能完吗？

我粗略算了算，一百五十个字到十点钟完工，已是最短的时间。

山区不同于城市，常有野兽出没，还有一些可怕的传说。

我虽是个无神论者，但是四面漆黑在一根指头细的光柱下往水泥碑上刻字还是第一次经历。夜风轻轻地吹来，四周空旷而又静寂，我的手开始发抖。

父亲说：我在这儿等着，刻完一起走。

父亲在一边，我就仿佛回到了家，我刻着，越刻越熟练，越快越好，哥在我刻好的碑文上描着红漆。

星星出来了。

附近的几座坟茔芳草蔓蔓，但都新培了土新送了花圈，我想，从此我们兄妹天各一方，谁来陪伴母亲谁给母亲送寒问暖发送纸钱呢？

人为什么要离开故土呢？离开了为什么又要回来呢？

离开了便有一份牵挂，归来了又多了一份失落。但是，并没有人因此停止了离别，而离别时常化作黄粱一梦寄托牵挂。

所以有人就唱一首歌——《回家》。那是离家的人唱给自己听的。

九点十分，我们完成了全部碑文的刻写工作。父亲坐在田埂上正想打盹。我和哥哥搀着父亲，顺着灰白的山道往外婆家走。

路，变得漫长而崎岖。一天没吃东西，饥饿一下攫住我们。我说现在若是给我一座山，我一口能咬下山的一半。哥说，那一半呢？我说躺下去一边嚼一边睡。

外婆家到了。

食客如云。所有的壮汉都斗鸡一般红了脸，找来帮厨的人说是母亲的远房亲戚。我去舀水洗手时，见他正从锅里捏起一块肥肉,而他的胳肢窝里还夹着一瓶白酒。

他往堂屋上菜,老舅千恩万谢地请他吃菜,他说,胃不好,不能吃油腻的。老舅又敬酒,他说,早戒了。弄得老舅下不来台似地往人家兜里连塞三包烟。

父亲躲到暗处,我端去一碗大米稀饭,父亲喝了,说,我先睡了。

老家的人喝酒都兴划拳,嗓音奇高,夜静的时候传得很远。喊声越大,就越能多喝,喝得越多,就证明主人越热情,如果不让人喝醉,就等于主人没招待好。第二天或者紧接着找个由头再喝,直到宾主满意为止。

我睡了一觉醒来,发现酒桌上七倒八歪,但仍有人在坚守阵地,顽强地往嘴里夹着花生米。我翻了个身又沉沉睡去。

后半夜突然下起了雨,爸第二天一睁眼就说:老天有眼啊。我想,上苍也为母亲哭泣,可是母亲却不能进祖坟领地。

外婆在黎明时分剧烈地咳嗽起来,我穿着秋衣秋裤,缩着肩膀去灶屋倒水,一脚踏上软泥一样瘫在地上的亲戚,禁不住尖叫一声。哥飞跑过去,见我平安无事,说别一惊一乍地,像鬼掐的一样好不好。我做了个怪相,逃出灶屋。

外婆患有严重的营养不良症。那一年母亲接她到我们居住的城市,每天早上要给外婆冲一杯麦乳精打两个荷包蛋,外婆觉得这是浪费,用绝食抵制母亲的孝心。但是有一次她喝了麦乳精不头晕了,她就总嚷嚷着给我药喝,我的头晕病犯了。那时候我正下乡插队,听母亲说那些事时就觉得奇怪,还以为外婆在农村苦坏了变着法子要母亲花钱伺候她,实际上是惩罚母亲。很多年过去,我才明白,营养不良造成的低血糖使外婆经常头晕，麦乳精所含丰富的糖分补充了外婆身体的急需，所以她认为麦乳精是药，药能治好她的病。

那时候我们家徒有四壁，我和哥哥在农村劳动一年勉强能挣够自己的口粮，而父亲却因了一些历史问题往往让人不肯罢手，也使弟弟妹妹在学校抬不起头。

外婆以为城市是天堂，母亲在天堂里生活所以就忘了家乡，忘了爹娘，忘了祖宗。外婆就来教训母亲。

外婆终于明白父母不回故乡，其实有他们的苦处，在城市并不比在故乡生活的人更富有，心情更舒畅，外婆不闹腾了。

外婆离开城市时，母亲借了钱给外婆买了车票凑足路费。外婆再不愿走进城市。

外婆咳嗽的声音越来越大，我端着一杯清水不知所措。

外面传来沉闷的雷声，恍若白昼的闪电挟持着雨点将夜幕撕开，天，漏了一样倾倒着雨水。

天亮时分，雨停下来。我跳下床，父亲已经等候在门外。

父亲的脸肿起半边，说话时有了嗯嗯的声音，嘴角起了燎泡。

我和父亲顺着山路来到母亲墓前，上苍有眼，母亲的墓、碑完好无损，完好无损。

我细心地往坟上培土，刚栽种的松苗支楞着枝干，似乎对新的环境并不畏惧。

我们往回走，父亲如释重负地说：你妈可以安息了。

大爷迎面走来，我一惊。大爷笑着说句什么就与父亲站成了脸对脸。

大爷挥手给了父亲一拳，转身就走，如一阵旋风很快消失。

回到外婆家,见哥哥汹汹着回来,方知哥哥惹祸了。

哥一大早跑到大爷家,告诉大爷,母亲已经埋葬了,大爷的恩情今世今生不忘,扔下一千元钱转身就走。

大爷便觉受了晚辈侮辱,全是父亲教唆,冷不防给父亲来了个回马枪。

我跟哥哥私下商量,赶快离开这个地方,我们葬了母亲,还要照顾好年迈的父亲。这是老家,还是地狱?

老舅领了一个人找到父亲,走到外面低声说着什么,父亲为难地摇着头,又勉强地点点头。

父亲回来后拉我到门后,问我有五百元钱吗?

我掏出钱数了数:还剩二百来元,全部交给父亲。父亲从自己衣兜里翻着零票,一毛一毛凑着数。最后交给了老舅,老舅数了数,交给了来人。

哥拉过老舅,问:那块地不是先交了钱吗?

老舅说:要青苗费。

哥问:他不是叫母亲大姑的吗?昨晚上不是白送了一箱酒嘛。

老舅说:那是还人情。

讲人情怎么还要钱?哥寻根问底。

现在不是过去,钱是钱,人情是人情。老舅越说我们反而越糊涂。

哥就去追那人,按辈份那人跟哥同宗同辈,哥大他两岁。

哥拿了一条烟递给他:乡里乡亲,以后还要多关照。

那人接了烟说:不好意思,亲戚嘛,好说好说。

之后那人拉了哥去喝酒。很热情，不去不行。不去就是瞧不起穷亲戚。哥对"穷"字敏感，不敢不去。

哥不会喝酒，当然喝得酩酊大醉。回来的时候，青苗费被人偷偷塞到了兜里。哥迷迷登登地说：这是谁的钱，怎么跑我兜里的？

老舅正拿了烤得又黄又脆的大米饭锅巴，叭地咬下一口，然后咔咔嚓嚓嚼起来。

母亲墓地确实毁了一大片长势不错的麦苗。不过那块地原本是老舅的，后来老舅承包了鱼塘，抽不出人手种更多的土地，便让给亲戚去种。那一片麦苗想当初还是老舅撒下的种子。

我叫住老舅，说：把酒烟要回来，欠多少钱给多少，要多少给多少，就是别欠这份人情。人情债无法还清。

老舅停了咀嚼，嘿嘿干笑两声，说，你黄毛丫头，懂什么。说完，就要下地。

院里的青砖还有几百块，还有几十袋水泥，一大堆沙子，全是母亲墓穴用剩下的。父亲说，留给老舅盖院墙用。

我四下看看，果然，别人家都有院子，惟独这边空着，像是一张报纸开了天窗。老舅也难，赡养老人，负担家小，就是铁打的人也会累弯了腰。老舅从未向母亲伸过手。

姨表弟叫我们去吃饭，父亲说，你们去吧，我累啦。

我和哥哥借了一辆加重车，哥带着我一路歪斜往姨家吃饭。

老家招待人差不多都是七个碟子八个碗，白酒管够，最后吃米饭。大姨家不外乎这些，吃饭的时候我发现缺两个孩子，就装着出去洗手,到灶屋发现那两个孩子在吃剩饭,我一手拉了一个往外走。

大姨红着脸说:他们小不懂事,上桌吃饭没规矩的。我给他们盛了米饭,挟着肉。孩子们望着大姨,不动筷子。我就说:你妈妈让吃,现在比赛,看谁吃得快奖励肥肉,谁吃得慢奖励小油菜。两个孩子飞快地扒着饭,吃着菜,我看见大姨的眼里就不同以前地水汪汪了。

小时候,我们回外婆家,那时大姨还未出嫁,她会跑到镇上扯几尺花布给我做件外衣,或者,连夜为我赶做一双布鞋。那外衣我常常等到过年才肯穿一下,然后叠整齐压到枕头底下。等下次穿时发现衣服已经放小,我会伤心地哭着,并不舍得淘汰给妹妹。

大姨会唱许多山歌。那时候我们一同上山砍柴,歌儿与我们做伴,等我回到城市,我会用对歌击败所有对手,之后成了学校有名的歌手。

如今,大姨脸上已布满艰辛劳作的沧桑,额上的皱纹写满了生活的辛酸。哥说,表弟想上学,我们支援他。

临走的时候,表弟一直送了我们很远很远。我说,回去吧,你老送,我们就没法骑车子了。表弟停下来又抓住哥的手说:能带我走吗?我想进城。

我一时无语,望着哥哥。哥哥的手被表弟紧紧握着,在摇。

哥半天没找到合适的话。这时已能看到母亲的墓地。哥突然说:替我照顾好母亲,行吗?我会给你寄钱。

表弟抓住哥不松手:表哥,我想跟你走,求求你,你带我走行吗?

我走过来,对表弟说:城市不是天堂,不过你想出去闯荡一下也好,我们一起来合计合计,你要投奔我们,我们就要对你负责,现在我们分析一下,出去以后你能干什么?我在替哥哥解围。

表弟两眼空洞地望着前方,呐呐地说:我可以扫街掏厕所,拉车装货,卖菜卖冰棍,什么活我都能干,挣了钱我回来接着上学。

我的心一动。

哥哥说:行,就这么定了,到城里有哥吃的就不让你饿着,有哥穿的就不会让你冻着,先走,然后再说干什么,挣了钱我送你读书去,那么多人不愿读书,你进不了校门,这不公平,哥要你重新拿起书本。哥说着激动起来,拉着表弟一起走了很远很远。等我们发现了彼此的失态都不禁大声笑了起来。

那笑声在老家的山谷中回响,经久不息。

我们约定,第二天坐车就走,哥把手表拧满弦递给表弟说,明早八点钟火车站见。

第二天火车已经进站仍未见表弟的影子,我们扶父亲上了车,车就要启动时大姨跑过来,哭着说:表弟昨晚上高兴,喝了两瓶烧酒,早上再也叫不醒,摸摸鼻子早没气了……

火车轰隆轰隆向前飞驰,大姨的哭声被远远甩在后边。前边是城市,后边是乡村……

辉煌境界

都市。黄昏。多风。

残阳如血静静地挂在西天,淡然中涌动着一丝悲壮;风在呼啸,穿过大街巷起尘土,追逐着行色匆匆的人们;而我,站在街市僻静的一角,任凭那冷冷的风在身边盘旋,寂寞如潮水般袭上心头。

常常在这种时候,思绪被拉得很远很长。

跨出校门,桌上的日历已更数册,那些和我一般的人,也和我一样感到寂寞吗?

在校时,总以为外面的世界很精彩。所以出得门来总没着意去看看留在身后的足迹,待到生命的小船在岁月的河流中晃悠徘徊,才意识到自己走得过于匆忙。

不是没有春天般绚烂多彩的憧憬;不是没有夏日般如火如荼的热情;不是缺少秋季收获后的激越和成熟;也不是丢失了冬日雪原的那份宁静与冷峻。可是,为何美好的激动在悄然中逝去,忧伤的苦恼又在默默中袭来?这是一种必然,还是一种偶然?

风拂在脸上,感到有些冷。没想到自己承受了自己原以为承受不了的挫折,走过了自己原以为无法经受的历程,却很难将心中的那份孤独与寂寞抹去。

仔细想想,落寞缘于无聊,孤独来自空虚,而无聊与空虚又源于什么呢?时常抱怨生活不如意,工作不顺心;似乎是壮志难酬,怀才未遇,这一切的症结又在何方?

在风中,我突然想起了一位朋友说过的话:当你感到无聊与寂寞时,你不妨看看你是否在平凡、坚定、扎实地生活;不妨想想你是否将生活过于理想化了。如果你将生活理想化,再坚定充实的生活也会陷入理想与现实的矛盾中,如果你以一种怨天尤人的方式生活,再客观现实的生活意愿也是一句空话。我们虽然无法避免人生的种种苦楚,诸如寂寞与孤独,但是只要我们以现实为起点,扎扎实实地工作,生活一如那枝繁叶茂的大树深深扎根于其脚下的土地,那么,寂寞与孤独也不过是灿烂人生的点缀而已。

品味着朋友的话,我恍然大悟:我已在青年人特有的血气方刚和冲动激情中,不知不觉地将生活理想化了;当年激扬文字指点江山的气势和向往,已无力让我承受过长的平凡。这不能不说是一种悲哀,然而我欣慰,我在心灵寂寞和孤独的追击下,已觅得一剂步入人生辉煌境界的药方!

我知道,前面的路还很长很长……

菊　赋

　　菊，秉桃红李白之姿，怀素兰清桂之气，具玉洁冰清之质。

　　春风和煦、百花齐放而菊常青；芳草萋萋林木葱笼而菊常绿。秋草枯枯，落木萧萧，菊凌秋风而斗霜露，奇葩竞妍；北风啸啸，水瘦山寒，菊迎朔风而傲冰雪，孤芳自洁。不与群芳争春献媚，不受暖风润雨而色泽生辉。百花发时独不语，一发百花皆赧然，此乃菊之天赋本性。

　　盛世之时，默默无闻；萧索之际，一展芳颜。百花均惧寒霜冷露，朔风残雪，顺境中生，逆境中亡，不堪风雨一击，菊经严霜风雪而亭亭玉立，气真色润，叶绿肉嫩，粉蕊含春。花有红者如火，黄者如金，白似雪，绿若碧，粉若少女之面，紫若金秋之葡萄。其绚烂之况，暗淡之泽，非诗人画师所能描绘渲染。

　　余爱菊，独爱菊之气质。落英缤纷，寒蝉凄切，秋风杀尽娇妍。菊孤身笑傲于冷霜清风之中，馨香淡淡，脉脉四逸，身处旷野，气存乾坤，且风霜愈严而花愈娇，其贞、洁、清、雅，千古咏唱，百世吟哦：

　　　　云淡秋高落木寒，飒飒西风百花残，
　　　　菊自玉露清秋始，独笑风霜展芳颜。
　　　　月冷香馨浸晨曦，风凄花艳染夕烟，
　　　　不与群葩争春色，遍着金甲斗霜天。

姨 妈

姨妈一直未嫁，是因为年轻时她曾喜欢过一个人。那个人后来成了画家。

1995年，姨妈在她七十五岁生日的前一天，收到一封来自香港的信。姨妈捧着信愣了半天，后来系上围裙就去做饭。

幼年在姨妈身边度过，直到上山下乡才离开姨妈。长大后听到些有关姨妈的事情，支离破碎，残缺不全。待我结婚生子，姨妈仍孑然一身，方觉出事情的不一般。

后来姥姥背着姨妈拿出一张照片让我看，我才恍然大悟。

照片上的人年轻俊朗，眉清目秀。当时是进步学生的首领，姨妈出身富商，人生得端庄而秀丽，在津门一所女中读书时颇为引人注目。两人在一次学生游行中相识，而后暗生爱慕之情，却无机会向对方表白。

后来照片上的俊朗少年随地下党转移到这里那里，偶有书信辗转带给姨妈，姨妈一直未回信，矜持的姨妈当时只有十八岁，以我现在的眼光看这个年龄，她还是个孩子呢，不回信也不显得做作。

解放后，姨妈在天津一家大报工作，跟一位著名作家同在副刊部共事多年。以她工作生活的环境，选择配偶似不成问题。但姨妈对男女婚恋的态度似是局外人漠不关心，热心人想帮忙也无从下手。

"反右"的时候从南方一座小县城来过一纸公函,调查姨妈与英俊少年的关系,姨妈矢口否认:不认识。

之后姨妈有很长一段时间精神萎靡,记得那年我已经是初中生了,常常参加学校乒乓球队的训练,每天不打到天黑透决不罢休。姨妈在自己苦恼自己。

后来又有人到家里来搜查,说那俊朗少年就潜伏在这里,姨妈绷着脸嘴巴紧闭,一言不发。

大约又过了半年,姨妈被开除了公职,说姨妈里通外国,将特务藏匿在家里三月有余,不久又风传,那个特务去了香港。姨妈的耳朵眼里藏有电台发报机,暗里与香港联系。

当时我对这种风传一直心存好奇,终于有一天我找了个借口拿挖耳勺仔细地搜寻了姨妈的耳道,结果失望至极。

因为受姨妈的牵连,我到下乡前也未能入团。上大学时要求入党我还一直为有姨妈这层关系而顾虑重重。

给姨妈写信的正是姨妈心恋的画家,画家约她到当年的女中校门口相聚。

画家在经历了半个多世纪的沧桑后从香港向天津女中校门口走来,向姨妈走来,两位年过古稀的老人在相互的打量中不禁百感交集。

姨妈在七十五岁的时候宣布与画家结婚,然后姨妈挽起画家说:"走,我们回家。"

"我们回家……"画家喃喃地重复着这句话,两位老人并肩走过傍晚的街市。

山的巍峨

在饭馆街头火车站这些人口聚集的场所，常常会遇到一些行乞者，他们蓬头垢面，衣衫褴褛，说话低声下气，看人低眉顺眼，有老人孩子妇女壮汉各色人等不一而足。如今富有的人如雨后春笋爆满星级宾馆酒店，可要饭的人仍繁衍不断。

那天晚上，我出差归来，经过车站的地道桥时，一男人五体投地拦住我的去路，吓出我一身冷汗。等我缓过神儿来才发现对方不是抢劫犯，不是精神病患者，只是向我讨点钱。若不是我马大哈，何至于半夜三更步行回家，单位又不是出不起"小公共"那点钱。当时我下了火车才发现，我口袋里仅剩下九毛钱。若要"打的"，也不可能。

我掏出九毛钱放进他的盒子。一个人弃之自尊，不得不做一件令自己难堪的事情该有多难，我由衷地同情他们。

当我走出地道桥，心情复杂地回望时，我看见一个人在抽烟，姿态悠然，正是那个乞丐！一种鄙夷之感顿时灌满我的胸腔。

以后再遇到乞讨者，我会扭转脸佯装看不见，乞丐就会念咒般在耳边聒噪：大姐大姐行行好，可怜可怜给点钱。当我的忍耐达到极限，我又会去掏钱，那时我的全部感觉是厌恶。当然残疾人与老人例外。经常出差，便与他们成了熟人，便聊天，那个年轻的乞丐向我透露，他在这里干了三年，如今已有两万元存款,说着他嘿嘿笑两声,里面也有我的赞助款。

商品经济真是为众多人发财提供机会,不成想,行乞也能行出个"状元"来。他说,将来准备搞乞丐托拉斯,全国各大城市建立他的子公司。我愕然,道德沦丧与文明进步究竟是不是一回事?

我想到单位门前那个钉鞋匠,下肢锯掉,每日早出晚归,脖子上拖着一只带轮子的木箱,两臂当膝,两手当脚,走街串巷,缝补着生活,养活着自己,心里就感动起来。

钱是好东西,它可以实现自我使你产生成就感;钱可以是一堆废纸,将其堆成山,它可以使人挥霍掉灵性与良知。

有一首歌中唱道:"生活就像爬大山……"那位行乞的万元户站在山下望山,他的目光永远不可能越过山的巍峨而至更远,那位钉鞋匠在山上跋涉,他所看到的仅仅是山吗?面对同一座山的两个人,感觉肯定截然相反,那是因为:各自所选择的人生参照物不同。

忘掉忧伤

她走出监狱的那一刻,哭了,又笑了。她想像普通人一样与亲人、同学或朋友随便坐在公园的长椅上,或干脆站在街市的一隅,放松身心,慢慢地长谈。

这一天,她盼了十年。

无数个难眠之夜,她的眼前总要浮现出那可怕的一幕:一声沉闷的枪响,丈夫靠着她的胸口慢慢地倒下……"我把他打伤了,快来人啊!"她怎么也没想到,那个给她带来无尽苦痛和羞辱的丈夫会死在她的枪下。

在丈夫对她无休止的折磨中,她想到过离婚,也想到过死。可想过之后,她又自信,她能使他回心转意,能使他好好和她过日子,因为他们曾经相爱过……

丈夫脸上的血色一点儿一点儿地褪去,惨白惨白的一张脸。她怕了,也急了,她开枪时,想的仅仅是要他受点儿伤,从而使他有个结束放荡生活的机会。

她祈祷地上躺着的男人能睁开眼睛,可他的生命实实在在地结束了。在以后的日子里她想的最多的是他的双亲和自己的老母。她不知道该怎样补偿她给他们带来的痛苦。

最初,是狱里的警官们给了她再生的勇气。他们告诉她,她还年轻,要走的路还长,她不能毁了别人,再毁自己。这些话,她以前也听别人说过,可没能打动过她,她才干了蠢事。

在狱里，又听到这些话，她才感到她还想活下去。于是，她振作起来，读书，写日记，给犯人们上文化课，她要充实自己，要重新活出个样子。她的生命注入了活力，岁月便匆匆逝去……

现在，大墙已被她甩在身后，头顶的阳光十分灿烂。街上行人，没有谁注意她，她也要融入这匆匆的人群，像海里的一滴水，树上的一片叶，普通得不能再普通……

她就要过上普通人的生活了。找上一份工作，自食其力。闲暇时，在灯下读一本好书，或去街心公园跳跳健身舞。如果，有某一个男人走进她的生活，她会真诚地告诉他她的过去，给他一份信任。如果对方不接受她的信任，她会平静地和他说一声再见。

忘掉忧伤，平静地生活，不奢望别人同情，也不强求自己。这是她经受了十年铁窗后，做一个普通人的心态。

支 点

男孩儿刚上初三,黑眼睛像刚刚洗濯过,清清亮亮闪着智慧。嗓音正在变粗,交谈的当儿,语速流畅时细而脆亮,接近于小女孩儿;语速受阻,声音就短促而喑哑,如同重感冒病人,这时他会羞赧地脸红起来。

他从兴安岭来。

吕文科演唱一首歌:《在那高高的兴安岭上》。清澈的河水,茂密的森林,洁白的云朵,那里是童话的王国。小时候会想像那里住着七个小矮人,白雪公主在善良的滋养中起死回生。

他从小生活在林区,五岁时第一次见到父亲,还闹了个笑话。一群玩耍的小伙伴里大胡子单单选中了他,松针似的胡须扎得他又疼又痒。他抹着眼泪向妈妈告状:那个家伙掐我屁股还啃我脸。父亲只在晚上下山取粮取物,那时他往往在梦中,第二天一早他还没醒父亲又上了山。林区的孩子有很多在童年时代都不认识父亲,但是父亲绝不会认错了儿子。

父亲是从大学里被遣送到林区劳改的,林区的工人对爸爸的劳改并不冷眼相待。他在林区上了幼儿园小学初中,他们的老师都是原来的知青。但是知青们后来都陆续回了北京上海。他们现在也要回上海去。父亲当年的同学现在都是专家学者,最一般的人每月收入也超过一千元。可父亲现在每月才拿二三百元。父亲说，只要能回上海，什么都不在乎了。单位不放人，父亲说档案不要了，家具全部送人，赤手空拳打回老家去。父亲够苦的，他们的同龄人如今大都抱了孙子，可自己的儿子还不能顶天立地。

父亲说，回上海上高中将来考全国最好的大学。男孩儿想，要是在林区考上大学该有多好，林区的孩子不爱读书，爱读书的又没人教得了，我若是考上了大学，全林区的阿姨叔叔们会为我饯行的。

其实林区挺有意思的，夏天种菜，冬天捕鸟，季风来临之前一律停炊停电，一日三餐由上边发到每家每户，那阵势，就像进入了共产主义。

父亲在林区巡逻时发真枪，正经的荷枪实弹。上山时要搜身，不能带上山一点火种。谁要违反规定，当场正法吃枪子，跟正规部队似的，特刺激。

就是就业太难。老一辈林业工人退下来，小一辈顶上去，顶上去的都是不愿念书早早退了学的，干别的不行，不愿干林业又不得不干。有文化的人又不愿回林区。林业工人实在太苦太累。夏天无论多热都得穿整齐，森林里有各种毒蚊毒虫，哪里露出来哪里就会被叮咬得起疤化脓，甚至死亡。冬天再冷也不能回家猫着。要是国家拨些老师去就好了，林业工人都有了文化，就能改变林区现状改变工人的原始生存环境，科学育林、开采、管理，林业工人才真正有了奔头。

男孩说，我想将来报考林业学院，重新回到林区。

给我一个支点，我能撬动地球。男孩子无限憧憬地描绘着，黑眼睛注视着想像中的所在，仿佛他已看了林区的未来。

举起你的尊严

那一天所发生的故事包括细节，我难以忘记。时间为1995年3月29日。地点：我的办公室。那时有人通知说开会。

他走进来，端一只空杯子，放下，从我刚打满开水的暖瓶中倒水，几乎倒得溢出来，然后他吹散热气，盖上瓶塞，拧上杯子盖儿。坐到我对面。

我埋头看一篇将要编发的约稿。

开会对于编辑，只要与业务无关，尽可以看书看报包括看稿，领导也对此习以为常。

他都说了些什么，我似是而非。

改错别字的时候，我握笔的手感到了一丝酸酸沉沉的疼痛。我放下笔用左手轻轻揉搓输液留下的青紫斑痕。大夫当时说，做一个小手术，就再不会化脓发烧了。我试着去了趟手术室，等大夫叫到我的名字，我还是吓出了一身冷汗随即逃之夭夭。就是个扁桃腺嘛——丈夫批评我。

以后的几天老老实实输液。

第三天液体未输完我偷着跑出去周游列国，结果，第五天再度住院接着输液。大夫说：何必呢！

那时候我鬼迷心窍于一个故事。这个故事本应由身经百战的老父亲完成，可他一生不苟言笑，费了九牛二虎之力最后落得个瞎子点灯白费蜡。垂头丧气的我就在这时撞上了我所痴迷的故事。

丈夫说，不能放弃。必须把这个故事讲好。

我找"冒号"请假的时候，对方的回答莫名其妙。

后来领导苦口婆心好言相劝，软硬兼施，铁面无私。我的请求被挡在门外。

他坐在我对面，一杯接一杯的茶水化作语言的泡沫在空气中蒸腾，他仍在滔滔不绝地说。我忽然有了上厕所的欲望。

——我融进那个故事的过程，是一串艰苦卓绝的考验，我爬山，我涉水，我徜徉于文字堆积的大山，坐车、骑摩托、呕吐、流泪、疼痛、激动，我将那个故事的前后因果背景人物用思索的念珠串了起来。我黑着眼圈两腿灌铅再来上班的第一天正好赶上了开会。

释放热能后我回到办公室跟他坐成对脸，此时他显得异常激动。脸青黑泛红，嗓音宏亮，说话的节奏像与人争吵。他站着，挥来舞去的手臂似在强调着什么又像驱赶着什么，同仁将目光投向我又躲躲闪闪望向别处。

他站着。

我再看稿子时精力无法集中，思路总往他的声音里游走。我盯着稿子却视若无睹地听到一个奇怪的声音。

那是在辱骂一个人。

我写的是一个抗战故事。故事的结局是：那个汉奸被人民政府就地正法，他还留下个儿子……

他也去过那个村子——他现在站着。但他没有写那个故事。

　　我想，嫉妒这种嗜好一旦被男人发扬光大未必就很糟，相反它会促使男人强大。

　　我终于听明白了，他所有的教导旨在说明一个主题：我不能写这个故事。

　　我写的那个故事读了的人都交口称赞，有人扬言：能获奖。我付之淡然一笑，为了民族的尊严我高扬起正义的旗帜，荣辱得失已不属于个人。个人在民族的森林中多么渺小。

　　他在喷吐第二句秽语时，我端起杯子走过去倒水，倒满杯子后我拧紧杯盖。一步步走回我的桌前。

　　我突然举起杯子——你再骂一句！啪——我将杯子摔过去，四溢的开水映着一地的碎片。我说：

　　你是那个汉奸的儿子！但你还是一个中国人。

祝　福

认识她纯属偶然。那是十年前，我为采访一篇女性犯罪的文章在监狱中与她邂逅。

她年轻。短发齐耳，穿一身"号衣"仍不失其挺拔秀丽，一双黑眼睛充满忧郁。她犯的是杀人罪，刑期为死缓二年。

采访她时，话题无法切入，她一直沉默，间或叹息，后来暗自垂泪。门外监管人员在走来走去，车间里机器的轰鸣一阵阵压过来，令人感到窒息。

她那种坠入命运深渊而无力自拔的悲哀绝望表情，至今仍铭刻在我的记忆中。

在市报的光荣榜上，我曾不止一次看到过她神采奕奕的大照片和事迹。她是市级劳动模范。也曾因在公共汽车上勇斗歹徒而接受过电视采访。那时她满脸纯真和自信，浑身洋溢着蓬勃朝气。

高墙。电网。荷枪实弹的士兵。一天，她与一个穿"号衣"的陌生男性相遇。怎么样？咱们在公共汽车上你死我活，现在咱们平起平坐了。不过你还不如我，还有一年我就能"出去"，你怕这辈子就只剩羡慕的份儿了。

面对着曾被社会和自己所不耻的渣滓败类的嘲讽，那一刻，她恨不得自杀。

她试图自杀：吞咽钉子、绝食、将衣服撕成布条勒住脖颈。

最终她还是活下来了。

一晃十年逝去。当她突然站到我面前，我好半天竟未能辨认出她是谁。

她老了。其实只不过三十六岁。比起十年前那个热情鲜活的劳模来，青春明显枯萎，头发稀而黄，眼角鼻翼有细密的皱纹。我们互相握着对方的手，情不自禁传达出彼此的百感交集。

她患了严重神经衰弱症，常伴有幻听、幻觉，因而获准保外就医。

她还没有得到真正意义上的自由，但她确确实实呼吸到了自由的空气。这一天，她盼了整整十年！十年，对于青春，是一种无法弥补的遗憾。她将这种涌动的情怀与感触用文字写了下来，并希望得到我的理解与帮助。

我被这真情实感深深打动。

监狱十年，她写了大量日记：一本？两本？八本十本？整整装满了一大纸箱。《红楼梦》中的诗词曲赋她能倒背如流。她自修了大学中文专业的全部课程。

她被减了刑：死缓两年至无期，有期，十五年。

生活中的每一种体验都会变成价值连城的财富：痛苦、失意、绝望、思考、友爱、苦难、沉沦、自省……

她的照片再次在市报上刊出。那是一帧艺术照：黑色朦胧的背景，烘托出身着白色礼服的她。她施了淡妆，棕色翘边礼帽下轻纱掩面。她在笑。那是久负重荷后一种释然的笑，笑得意味深长。在那帧照片的一侧登有她的千字短文。正是经我修改后的那篇文章。

　　不知道,这座城市的读者从中读出了什么,细心者是否会将十年前的她与今天做一番比较? 或者人们根本无暇注意那一帧照片和那一篇文章,或者人们早把她淡忘了。

　　我将那篇短文读了数遍。而她捧着那张报纸呜呜哭了……那是对逝去岁月的追悔?是对人生的喟叹?还是对未来日子的渴求?

　　她杀过人,被杀的是个十恶不赦的流氓——她的丈夫。她维护了她的尊严,但她却为这尊严付出了青春。

　　然而,她毕竟有了新的开端,面对未来,她一定能笑得灿烂。

后记:世纪之门

　　世纪钟声即将敲响，在希望萌生时，相伴的是惶惑和不安。只有这时，你才会如此强烈地感受到时光的易逝和希望的难以把握。时间的河流奔腾向前，那是一种不可抗拒的诱惑，也是一种无所不在的鞭策，更是一种毫不留情的提醒。无暇驻足顾盼左右的你我，面对新世纪的微笑不仅需要承接的勇气，还需要追问自己：你，准备好了么?追问的内涵，具有总结和确立信心的双重意义。如果你是一位写作者，不会满足于提醒或追问，那么思考与行动或许更能体现你对新世纪的心情和态度。

　　跨进新世纪，是自然赋予每个人的权利，也是一次自我超越的机遇。肉体的超越可以一次完成，而心灵与精神的超越需要一个砺炼的过程,砺炼，不可能在一夜之间完成。文学或者写作本身，就是对意志的考验和磨炼，需要才华，需要坚守。才华既有与生俱来的天份亦有后天的发愤;而坚守，是一种信念，是对理想孜孜以求不懈努力的人生态度。才华与坚守，没有止境，终极的目标便是对自身局限的一再打破。打破局限，就是对理想一而再再而三的整合和重建。目标存在于不断的创造之中,创造的完结并非目标的界定，更不等同于理想的完成和实现。

　　写作者在写作伊始，无不期待着每一部作品获得成功。

但是成功不可能莅临每位写作者,抛开诸多世俗的因素,我们应该想到:写作的过程便是在成功道路上的奔赴,真正的失败,是对自己思想的未展示和对生活的未开掘,而不等同于最外在的形式——鲜花和掌声的失去。当掌声和鲜花向我们涌来时,难道你的奋斗之路就会永远平坦吗?当你的道路笔直而光明时,成功对于奋斗者是否还有参照性质和借鉴意义?文学所坚守的是读者对文字的爱戴,是精神对精神的期待,是生命对生命的抚慰,是心灵对心灵的信赖。无论科学技术的脚步迈得多快,无论纸介质出版的文字作品所面临的冲击多么强大,我们有理由相信,阅读的渴求和快感绝非用游戏机、电子读物就能取代,站在世纪门槛上,我推想,下个世纪带给人们最奢侈最高贵的享受是什么?当然是文学,而且是印刷在纸上的那种。

那一天很快就会到来。

这,也许是我对新世纪最美好的祝愿。能为阅读者带来如此的快乐,我感到写作是多么神圣的事业,我当发愤。

姚彩霞

1999 年 12 月 6 日于石家庄